Heribert Weishaupt

Tödliche Dunkelheit

Ein Troisdorf-Krimi

ratio books

Heribert Weishaupt
Tödliche Dunkelheit
Ein Troisdorf-Krimi

Cover: Heribert Weishaupt

Impressum
ratio-books • 53797 Lohmar • Danziger Str. 30
info@ratio-books.de (bevorzugt)
Tel.: (0 22 46) 94 92 61
Fax: (0 22 46) 94 92 24
www.ratio-books.de

ISBN 978-3-96136-057-4
E-Book 978-3-96136-058-1

published by

ratio books

Über den Autor:

Heribert Weishaupt wurde 1949 in Stolberg im Kreis Aachen geboren. Über vierzig Jahre arbeitete er in der deutschen Sozialversicherung im Bereich Krankenversicherung. Mit Beginn des Ruhestandes erfüllte er sich seinen Wunsch und begann mit dem Schreiben von Kurzgeschichten und Kriminalromanen.

Heribert Weishaupt ist verheiratet, hat zwei Söhne und drei Enkelkinder. Seit über dreißig Jahren lebt er in Troisdorf im Rhein-Sieg-Kreis.

Es ist kein Unglück, blind zu sein.
Es ist nur ein Unglück,
die Blindheit nicht zu ertragen.

Konfuzius (551 – 479 v. Chr.)

Nur die Dunkelheit ist echt,
das Licht scheint nur so.

Volksmund

1

Es stürmt und regnet. Dunkle Wolken ziehen über den Himmel. Immer wieder zucken Blitze und erleuchten mit gleißendem Licht den ganzen Himmel. Hinterher ertönt das Grollen des Donners, als wolle er die Stadt sprengen. Ein typisches Sommergewitter.

Das Gewitter passt ausgezeichnet zu seinem Plan, auch wenn er das Wetter grundsätzlich nicht mit eingeplant hat.

Es sind kaum Menschen auf den Gehwegen und die, die sich bei dem Wetter nach draußen trauen, stemmen sich mit gesenkten Köpfen hinter dem Schirm gegen den Wind und den Regen und beeilen sich, den Widrigkeiten des Wetters zu entkommen.

Trotzdem schaut er sich vorsichtig um, als er aus dem Wagen steigt. Er hat keinen Schirm dabei. Schnell zieht er die Kapuze über den Kopf. Nicht nur wegen des Regens. Die tief ins Gesicht gezogene Kapuze macht ihn fast unkenntlich. Niemand soll sich an ihn und an sein Gesicht erinnern. Mit den Händen in den Taschen, den Kopf gesenkt, läuft er hinüber zum Eingang des Hauses mit der Hausnummer 27.

Vor dem Eingang, wo er weitgehend vor dem Regen geschützt ist, streift er sich routiniert dünne Latexhandschuhe über. Er hasst diese Vorsichtsmaßnahme. Das prickelnde Gefühl, wenn er über nackte Haut streicht, wird dadurch erheblich gemildert. Aus Sicherheitsgründen hat er keine andere Wahl. Er darf keinerlei Spuren hinterlassen.

Er findet den Namen ohne Umschweife auf der Tafel der Mieter und drückt den Klingelknopf. Nichts geschieht. Das hat er auch nicht anders erwartet aber jetzt ist er sicher, dass sich niemand in der Wohnung befindet, dass die Wohnungsinhaberin noch nicht nach Hause gekommen ist. Er nimmt den Nachschlüssel und schließt die Haustür auf.

Auf die Benutzung des Fahrstuhls verzichtet er. Er will nicht das Risiko eingehen, jemandem zu begegnen, der ihn die gesamte Fahrt über, auch wenn diese nur zehn oder fünfzehn Sekunden dauert, ansieht.

Geschmeidig und behänd wie eine Katze, eilt er das nüchterne Treppenhaus hinauf. Erwartungsgemäß begegnet ihm niemand. Welcher Mieter benutzt schon das Treppenhaus, wenn ein Fahrstuhl vorhanden ist?

Außer Atem erreicht er den Flur in der dritten Etage. Ruhelos schaut er sich um und findet schnell die gesuchte Wohnungstür.

Bevor er auch diese Tür mit einem Nachschlüssel öffnet, putzt er pedantisch seine nassen Schuhe auf der davor liegenden Fußmatte ab. Er darf keine verräterischen Fußspuren in der Wohnung hinterlassen.

Er drückt die Tür auf. Noch schnell ein finaler Blick rechts und links in den Flur, dann huscht er in die kleine Diele. Er schiebt die Tür leise hinter sich ins Schloss und verschließt sie wieder. In der Diele verharrt er einige Sekunden reglos und horcht. Keine ungewöhnlichen Geräusche. Nur das Prasseln des Regens und das Heulen des Windes sind zu hören. Die Tür zum Wohnzimmer steht offen. Er geht hinein und scheint mit den Augen jedes Möbelstück und jedes Accessoire zu scannen. Ja, das entspricht auch seinen Vorstellungen: Moderne Einrichtung, sauber und aufgeräumt. Dann ein Blick in die Küche und ins Bad. Hier das Gleiche. Sein Eindruck verfestigt sich. Die Frau hat einen guten Geschmack – so wie er, was die Frauen betrifft.

Zuletzt betritt er das Schlafzimmer. Ein breites, französisches Bett. Vielleicht zu breit und zu protzig für eine Single-Frau. Aber vielleicht hat sie öfter Herrenbesuche über Nacht, mit denen sie das Bett teilt. Das kann die Sache für ihn vielleicht einfacher machen. Einen festen Freund hat sie im Augenblick jedenfalls nicht. Das hat er herausgefunden. Daher wird sie auch heute, wie jeden Tag in den letzten Wochen, voraussichtlich allein nach Hause kommen.

Er weiß, ein gewisses Restrisiko, dass sie womöglich jemand mit nach Hause bringt, besteht immer. Dann hätte er ein Problem, für das er auch eine Lösung einkalkuliert hat. Aber sein Vergnügen würde dann zwangsläufig ausfallen.

Er rechnet mit einer Wartezeit von ungefähr einer Stunde. Dann wird sie von der Arbeit nach Hause kommen. Das ist für ihn durchaus akzeptabel. Wenn das Ziel es wert ist, kann er geduldig sein – und wert ist es das Ziel, zweifellos. Genauer betrachtet liebt er sogar diese Wartezeit, in der sich seine Vorfreude und Erregung immer mehr aufbaut.

Endlich hört er das ersehnte Geräusch. Ein Schlüssel dreht sich im Schloss der Wohnungstür. Er zieht die schwarze Sturmmaske aus seiner Jackentasche und streift sie schnell über den Kopf. Lediglich Augen und Mund bleiben frei.

Die Wohnungstür ist wieder ins Schloss gefallen. Er vernimmt Schritte in der Diele, die sich in Richtung Schlafzimmer bewegen. Er steht bereits versteckt hinter der halb geöffneten Schlafzimmertür, den Rücken gegen die Wand gepresst. Mit einem Ruck öffnet sich die Tür fast vollständig und trifft ihn beinahe. Er drückt den Rücken noch fester gegen die Wand.

Zu seiner Freude bleibt die Tür offen, sodass er dahinter nicht zu sehen ist. Er wartet. Sein Mund ist trocken. Er kennt das. Es ist die Aufregung und die Spannung.

Eine junge, zierliche Frau mit kurzen, schwarzen Haaren tritt ins Zimmer. Sie ist hübsch. Sie wendet seinem Versteck den Rücken zu. Er kann ungehindert beobachten, wie sie mit natürlichen Bewegungen die Knöpfe ihrer Bluse öffnet, sie auszieht und mit Schwung auf das Bett wirft. Dann zieht sie ihre Jeans aus. Auch diese landet mit Schwung auf dem Bett.

Der weiße BH und Slip auf ihrer leicht gebräunten Haut erregen ihn aufs Höchste.

Er hat genug gesehen. Er kann nicht mehr warten – er muss handeln. Mit einem gewaltigen Tritt schmettert er die Tür ins Schloss.

Die Frau fährt herum und erstarrt für den Bruchteil einer Sekunde, ehe sie versucht, nach der Klinke zu greifen. Dieser Sekundenbruchteil genügt ihm und er umschlingt sie mit seinen muskulösen Armen und wirft sie auf das Bett. Sofort springt er hinterher und drückt sie mit seinem Gewicht in die Kissen.

Seine kräftige Hand verschließt ihren Mund, denn Schreie oder Hilferufe kann er sich nicht leisten. Mit der anderen Hand packt er den BH und reißt ihn der Frau vom Körper. Auf die gleiche brutale Art entfernt er den Slip. Die Frau windet sich unter ihm und tritt aus Leibeskräften mit den Beinen ohne ihren Gegner zu treffen. Ihre Fäuste trommeln auf seinem Rücken und gegen seine Schultern.

„Wenn du schreist, wirst du es bereuen“, sind seine ersten, heiseren Worte.

Die schwarze Maske mit den dunklen, glühenden Augen ist direkt über ihrem Gesicht. Seine Hand gibt den Mund der Frau frei. Die Angst und der Anblick der Maske lähmen sie. Sie gibt keinen Laut von sich.

Ihr Atem geht stoßweise. Ihr Körper ist verkrampft und schmerzt. Sie begreift, sie hat keine Chance.

Auch der Mann atmet schwer.

„Versuch es zu genießen. Du magst es doch auch“, fügt er in einem fast freundlichen Ton hinzu.

Inzwischen rinnen Tränen über ihr Gesicht. Sie versucht nicht, ihr Schluchzen zu unterdrücken. Ihr ist klar, was jetzt geschehen wird.

Die Ahnung der Frau bestätigt sich auf brutale Art. Der Mann keucht. Sein stoßweiser Atem schlägt ihr ins Gesicht. Sie ist zu keiner Reaktion und zu keinem Laut mehr fähig. Ihre Kehle ist wie zugeschnürt. Ihre Bewegungen erlahmen und ihr zierlicher Körper verhärtet sich. Sie fühlt sich wie betäubt, wie erstarrt. Der Mann nimmt darauf keinerlei Rücksicht. Kompromisslos vollzieht er die Vergewaltigung.

Schmerz durchflutet ihren Körper. Mit weit geöffneten Augen starrt sie an der Furcht erregenden Gesichtsmaske vorbei gegen die Zimmerdecke. Sie ist wie zu Eis erstarrt.

So plötzlich wie der Albtraum begonnen hat, so endet er. Der Mann hat erreicht, was er erreichen wollte, springt vom Bett und hastet zur Tür. Bevor er aus ihrem Blick verschwindet, hält er kurz inne und dreht sich um.

„Und keine Polizei, sonst ...“

Er lässt offen, was dann passieren wird. Den angsterfüllten Blick der Frau ignoriert er. Ohne ein weiteres Wort verschwindet er aus dem Schlafzimmer.

Die Frau hört, wie die Wohnungstür ins Schloss fällt. Es dauert lange, bis sich ihre Erstarrung löst. Dann bricht sie erschöpft und erniedrigt in Tränen aus.

2

Freitag, 05.07.2015 – 15:45 Uhr

Ich bin wie Millionen anderer Menschen. Und ich bin damit zufrieden – will grundsätzlich auch gar nicht anders sein.

Sollte ich jemals in meinem Leben einen Mann finden, bei dem ich mich für immer geborgen fühlen könnte, dann hoffe ich, dass ich im Laufe der Zeit nicht genauso abgestumpft werde, wie viele Menschen meines Geschlechts, die während der Zeit des Zusammenlebens zum Urgestein von Anpassung und Schwäche werden.

Bei Tobias bin ich mir nicht sicher.

Doch, ich bin mir ziemlich sicher, dass er nicht der Mann für ein ganzes Leben ist.

Vielleicht ist es ein Fehler, bei ihm zu bleiben. Vielleicht hätte ich nein sagen sollen, als es noch leichter möglich war.

Aber ich war träge, wollte nicht den unbequemen Weg der Konfrontation gehen – entschied mich für den bequemen Weg der Anpassung und Gleichgültigkeit.

Es ist aber auch nicht so, dass Tobias mich nicht interessiert und ich ihn nicht mag. Nein, grundsätzlich mag ich ihn. Er ist ein durchtrainierter, gut aussehender junger Mann. Seine dunkelbraunen Augen signalisierten mir von Anfang an Wärme und Geborgenheit. Und er hat Wesenszüge, die ich mag, die mich manchmal auch verblüffen und sogar neugierig machen. Neugierig auf etwas, das sich mir noch nicht offenbart hat.

Es liegt wahrscheinlich an mir. Ich will keinen Mann in mein Leben lassen – noch nicht. Ich mag nicht alles von mir preisgeben und ich mag keinen uneingeschränkten Anteil an ihm und an seinem Leben nehmen.

Ich frage mich: Bin ich überhaupt für eine dauerhafte Beziehung geeignet?

Damals, als ich ihn kennenlernte, stand ich in keiner Beziehung. Es war mehr als ein Jahr her, dass ich einen festen Partner hatte. Manchmal sehnte ich mich nach einer neuen, festen Beziehung, meistens jedoch nicht. Hin und wieder ein One-Night-Stand oder höchstens eine kurze Affäre – mehr gestattete ich mir nicht. Ich hatte keine großartigen Pläne und wollte nur ab und zu einen Mann. Ja, ich wollte gelegentlich unbedingt einen Mann. Vielleicht auch nur für eine Nacht, vielleicht für eine Nacht und einen Tag. Vielleicht auch für etwas länger, aber auf jeden Fall nur für eine überschaubare Zeit.

Dann trat Tobias in mein Leben.

Heute bin ich unsicher. Mein Innerstes sagt mir, ich sollte gehen – sofort und ohne Rücksicht und Sentimentalitäten.

Es ist siebzehn Uhr. Ich könnte die Bar verlassen, in der ich sitze und schreibe, meinen Koffer aus dem Wagen holen und in irgendeinem Hotel in diesem Ort einchecken oder mit dem Taxi in einen anderen Ort fahren und dort eine Unterkunft suchen.

Aber wieder hält mich meine Trägheit zurück. Wahrscheinlich noch weit über das Jetzt hinaus. Ich kann nicht sagen, wie lange noch.

Oder ist es meine Erziehung, mein Charakter? Das geziemt sich nicht, das macht man nicht, seinen Partner während der Urlaubsreise zu verlassen. Solch eine Aktion würde mit Sicherheit niemand gutheißen. Weder meine Freundinnen, deren Anzahl dünn gesät ist, noch seine Freunde. Wenn er denn überhaupt welche hat. Ich kenne keinen. Auch seine Eltern kenne ich nicht. Er sagte mir einmal, dass sich seine Eltern, als er noch ein Kind war, haben scheiden lassen. Er sei bei seiner Mutter aufgewachsen. Verwandte scheint er keine zu haben. Er hat nie darüber gesprochen und meinen Fragen ist er ausgewichen. Über seine Vergangenheit spricht er nicht gerne und irgendwann habe ich es aufgegeben, Fragen zu stellen. Sein Leben vor mir interessiert mich auch nicht so brennend.

Aber wieso bin ich so sehr großzügig? Er wohnt kostenlos bei mir und lebt von meinem Geld. Er ist Student, studiert Mathematik und molekulare Biomedizin und hat außer BAföG kein Einkommen. Er versucht noch nicht einmal, einen Job zu finden, um sich etwas hinzuzuverdienen. Aber das ist nicht das Entscheidende. Was mich beschäftigt und mir keine Ruhe lässt, ist die Frage: Wieso gestatte ich ihm, mich zu besitzen und zu lieben? Ich kann es nicht sagen, ich finde keine Antwort auf diese Frage.

Was ihn betrifft, behauptet er zwar, dass er mich liebt, sogar über alles liebt. Ich konnte ihm das anfangs nicht glauben. Ich nahm an, er braucht und benutzt mich als seine Marionette, sein Spielzeug, das er weglegen kann, wenn es ihn nicht mehr interessiert. Doch inzwischen glaube ich ihm tatsächlich, dass er mich auf seine Art liebt. Ich weiß nicht einmal, weshalb ich ihm inzwischen glaube. Es ist völlig absurd, dass wir jetzt bereits mehrere Monate zusammenleben. Irgendwie kann ich nicht von ihm lassen, nicht Schluss mit ihm machen, so wie mit manch einem Mann vor ihm.

Dabei ist er nicht gerade unproblematisch. Er hat Ansprüche. Nicht nur in finanzieller Hinsicht. Seine Meinung zählt und ist unumstößlich. Er will sagen, wo es lang geht, er will mich bevormunden, wie gesagt, *besitzen*. Das ist häufig ein Streitpunkt zwischen uns. Muss ich tatsächlich so abstumpfen und ein Heimchen am Herd werden, nur damit mein Partner zufrieden ist und sein Ego ausleben kann?

Ein ganz klares Nein!

Heute ist wieder so ein Tag, an dem ich denke, dass ich bereits einen Schlussstrich hätte ziehen sollen. Mein ganzes Dasein fühlt sich an wie Stückwerk, ohne Aussicht auf Vergehen oder Vollendung.

Es ist heiß. Die Gedanken und Vorsätze verdorren auf dem Weg bis zur Ausführung.

Ich bestelle mir den dritten kühlen Weißwein. Tobias liegt drüben im Park im Schatten und ruht sich von der langen Fahrt aus. Welch eine Selbstverständlichkeit.

Andererseits bin ich froh, dass ich jetzt Zeit für mich habe.

Es ist schön, die französische Sprache um mich herum zu hören, ohne zu begreifen, was gesagt wird. Ich muss mit niemandem reden und man sieht mir nicht an, was ich denke. Wie heißt es doch in dem Studentenlied: „Die Gedanken sind frei." Und Gedanken sind unschädlich für den, über den man sich Gedanken macht. Aber nur so lange, wie sie Gedanken bleiben.

Es wird Zeit, dass wir weiterfahren, wollen wir unser Ziel noch vor Einbruch der Dunkelheit erreichen.

Mir ist klar, dass er das ganz anders sehen wird, wenn ich ihn wecke. Aber was soll's. Es ist auch mein Urlaub!

Anna beendete die Eintragungen in ihr Tagebuch. Sie hatte seit Monaten nichts mehr eingetragen. Genauer gesagt, seit dem Tag, an dem sie Tobias kennengelernt hatte. Sie schlug das Buch zu und verstaute es sorgfältig in ihrer Handtasche.

3

Freitag, 05.07.2015 – 16:30 Uhr

Tobias war, wie Anna erwartet hatte, nicht begeistert, als sie ihn zur Weiterfahrt aufforderte. Lieber hätte er noch im Schatten der Parkbäume weitergeschlafen. Erst als Anna ihm den Vorschlag unterbreitete, hier ein Hotel zu suchen und in dem kleinen, französischen Ort zu übernachten, erwachten seine Lebensgeister und sein Widerstand. Er sprang auf.

„Auf keinen Fall. Denkst du ich bin ein Schwächling, ein alter Mann? Wir fahren weiter – so wie geplant."

„Aber du warst doch gerade noch müde und wolltest nicht aufstehen ..."

„Unsinn! Wir fahren", unterbrach er sie barsch und unterband damit jeglichen weiteren Einwand.

Mit energischen Schritten ging er in Richtung Parkplatz, wo sie ihr Auto abgestellt hatten. Anna sagte nichts mehr und folgte ihm. Letztendlich war es auch ihr Wunsch, heute noch am Urlaubsziel anzukommen.

Das Navigationsgerät führte sie sicher aus der Stadt heraus und zur nahen Autobahn. Bereits in der Stadt schaltete er das Autoradio ein und suchte fieberhaft einen Sender mit aktuellen Hits. Die französischen Sender konnten jedoch seinen Musikgeschmack nicht befriedigen. Er legte daher eine ihrer CDs ein und drehte die Lautsprecher so richtig auf. *Queen – Greatest Hits,* die Musik, die beide mochten.

Die anfänglich schlechte Stimmung war bald verflogen und beide sangen die Texte aus voller Kehle mit.

Beim fünften oder sechsten Track des Albums schaltete sich der Verkehrsfunk des Radiosenders automatisch mit einer Durchsage ein und unterbrach die Musik. Auch der Gesang der beiden jungen Leute wurde damit unterbrochen. Mit ihren geringen Kenntnissen der französischen Sprache verstanden sie den Inhalt der Meldung nicht. Sie waren lediglich sauer, dass ihr Gesang so abrupt unterbrochen wurde.

Als nach der Durchsage die Musik wieder einsetzte, waren die Euphorie und die Lust mitzusingen mit einem Male dahin. Anna drehte das Radio leiser. Sie schloss die Augen. Sie hatte die Rast in dem kleinen Ort nicht wie Tobias zum Schlafen genutzt. Stattdessen hatte sie in ihr Tagebuch geschrieben und sich Gedanken über sich, über Tobias und über ihr gemeinsames Zusammenleben gemacht – wie immer ohne direkte Konsequenzen.

Anna rutschte tief in den Beifahrersitz. Der Sicherheitsgurt spannte und war ihr unbequem. Da nur wenig Verkehr auf der Autobahn herrschte, löste sie, trotz Tobias' Einwand, den Gurt und duselte vor sich hin.

Es war fast wie früher, als sie noch ein junges Mädchen war und mit ihren Eltern in Urlaub fuhr. Meistens fuhren sie morgens sehr früh los, wenn es noch dunkel war. Bereits nach wenigen Kilometern auf der Autobahn schlief sie regelmäßig ein. Sie erwachte erst, wenn die Sonne hoch am Himmel stand und es im Wagen heiß und stickig war. Sie erinnerte sich, dass sie immer wieder ihre Eltern mit der Frage nervte: *Wann sind wir da*? Ihr Vater reagierte darauf sehr ungehalten. Ihre Mutter beschwichtigte dann immer und spielte mit ihr das Spiel: *Ich sehe etwas, das du nicht siehst.* Sie mochte dieses Spiel und sie mochte ihre Mutter, die ihr ihre ganze Aufmerksamkeit schenkte. Wenn sie sich jetzt daran erinnerte, spürte sie wieder dieses Gefühl von Glück und Geborgenheit – wie damals. War ihr dieses Gefühl im Laufe des Erwachsenwerdens abhanden gekommen oder fühlte sie sich in ihrer Beziehung nicht richtig glücklich und geborgen? Wieder die alte Frage, dachte sie und verdrängte die Gedanken – zumindest fürs Erste, beschloss sie.

Hin und wieder überholte Tobias einen LKW. Von Berufsverkehr, wie er in Deutschland zu dieser Uhrzeit üblich ist, war hier nichts zu spüren. Daher war die Fahrt für Tobias stressfrei, wobei er die zulässige Höchstgeschwindigkeit von 130 km/h pedantisch einhielt. Jeden Überholvorgang konnte er ohne besondere Voraussicht einleiten. Die linke Fahrspur war so gut wie kaum befahren.

Tobias wollte gerade ansetzen, einen langsam fahrenden LKW zu überholen, als die Bremsleuchten des LKW unverhofft aufleuchteten. Zusätzlich schaltete der Fahrer die Warnblickanlage ein und drosselte erheblich sein Tempo.

„Verdammt, was soll das?“, zischte Tobias leise.

Er vermutete einen Stau, obschon er sich das bei dem geringen Verkehrsaufkommen nicht vorstellen konnte. Auch eine Baustelle war vorher durch Hinweisschilder nicht angekündigt.

Er lenkte seinen Wagen auf die linke Spur, um eine bessere Sicht nach vorne zu haben.

Anna, die wohl die etwas hektischen Bewegungen von Tobias und seine Unmutsäußerung im Unterbewusstsein wahrgenommen hatte, öffnete die Augen und stieß augenblicklich einen schrillen Schrei aus.

Tobias stieg voll in die Bremsen.

Er umklammerte mit beiden Händen das Lenkrad, sodass die Knöchel weiß hervortraten.

Das Antiblockiersystem des PKWs setzte ein und bewirkte die maximale Bremskraft.

Der Wagen begann zu ruckeln.

„N-e-i-n !!“, schrie Tobias.

Tobias‘, als auch Annas Augen weiteten sich völlig unnatürlich.

Tobias riss das Steuer nach rechts, um sich wieder hinter den langsam weiterrollenden LKW zu setzen.

Doch es war zu spät.

Der Geisterfahrer erfasste seinen Wagen frontal.

Ein fürchterlicher Knall zerriss die Luft, als Blech auf Blech traf.

Wie von allein wurde der Wagen von Tobias um die eigene Achse geschleudert.

Gegenstände flogen von der Rückbank durch den Innenraum.

Gleichzeitig zerbarst die Windschutzscheibe in unzählige kleine Partikel und die Airbags lösten aus.

Die Wucht des Aufpralls hob den Wagen des Geisterfahrers an und setzte ihn wie von einer unsichtbaren Hand gelenkt auf die Mittelleitplanke.

Der PKW von Tobias und Anna wurde mit der Motorhaube bis zur Fahrerkabine unter die Seite des LKWs geschleudert. Von der Wucht des seitlichen Aufpralls drehte sich der LKW und stand quer über der Fahrbahn.

Mit einem Mal schien der Spuk vorbei zu sein.

Hin und wieder hörte man ein Zischen, ein Quietschen und ein Klappern, wenn ein Blechteil zu Boden fiel.

Dann herrschte schlagartig Totenstille.

Nur aus dem Lautsprecher in Tobias‘ und Annas PKW drang makaber der Queen-Song „*Who wants to live forever*“.

4

Es ist ein schöner Spätsommermorgen. Der Sommer zieht noch einmal alle Register, bevor er sich abmeldet und es wird noch einige Zeit dauern, bis der Herbst das Regiment übernimmt. Die Sonne scheint von einem fast wolkenlosen Himmel. Das Laubwerk der hohen, alten Bäume taucht den Waldweg in einen angenehmen Schatten. In kurzer Entfernung vom Weg schnattern Enten auf einem Teich um die Wette. Am gegenüberliegenden Ufer ist der Teich großflächig mit Seerosen bedeckt. Im ufernahen Flachwasser steht ein Graureiher und wartet bewegungslos auf Beute.

Obschon es noch sehr früh ist, spielen einige Kinder am flachen Seeufer und die Mütter sitzen auf einer der einfachen Bänke und unterhalten sich. Insgesamt wirkt der Ort friedlich und harmonisch. Am Wochenende wird er von vielen Menschen aufgesucht. Jung und Alt, Familien mit Kindern, Spaziergänger, Radfahrer und Jogger suchen in diesem Teil des Waldes Entspannung und Erholung vom Alltag. An einem Montagmorgen wie heute, wird der See nicht stark besucht.

Seit diesem Sommer nutzt Anna die frühe, morgendliche Frische oft für einen Spaziergang zum See. An sonnigen Tagen verweilt sie gerne einige Zeit auf einer der rückenlosen Bänke. Das ist auch heute ihre Absicht. Ihr weißer Teleskopstock mit einer Kugel am Ende kratzt über den festen Boden des Waldweges. Sie weiß, nach exakt noch neun Schritten befindet sich auf der linken Seite eine Bank. Manchmal kommt es vor, dass die Bank besetzt ist. Dann verzichtet sie auf die kurze Rast und schlägt direkt den Rückweg ein. Heute ist ihr der Spaziergang schwergefallen und sie hofft daher, dass sie eine freie Bank vorfindet.

Sie tastet mit dem Stock im weiten Bogen vor sich den Weg ab. Nach ihrer Einschätzung muss sich die Bank in unmittelbarer Nähe befinden.

„Kann ich Ihnen helfen?“, fragt eine freundliche Frauenstimme.

„Ja, gerne. Ich suche eine freie Bank. Heute fällt es mir etwas schwerer, sie zu finden. Ich möchte mich etwas ausruhen und dann den Rückweg antreten.“

„Kommen Sie, ich führe Sie hin. Sie stehen fast davor.“

Die Frau fasst Anna vorsichtig am Arm und leitet sie etwas nach links. Nach wenigen Schritten schlägt Annas Stock gegen die Holzbalken der Bank.

„Hier können Sie sich setzen. Wir sitzen auf der Bank auf der gegenüberliegenden Seite des Weges. Wenn Sie Hilfe benötigen, rufen Sie einfach. Die Kinder spielen am Wasser.“

„Vielen Dank. Aber ich komme schon zurecht.“

Anna bleibt noch einen Augenblick stehen, bevor sie sich hinsetzt. Sie legt den Kopf in den Nacken und lässt den seichten Wind über ihr Gesicht streichen. In diesem Augenblick ist sie ganz bei sich. Sie spürt das Herz in ihrer Brust schlagen. Es tut ihr gut, aus dem Haus herauszukommen und die Natur zu erleben.

Anna setzt sich hin und atmet erleichtert aus. Sie genießt die wenigen, warmen Sonnenstrahlen, die durch das Blätterwerk der Bäume bis zu ihr durchdringen.

Es ist schön, dabei den freudigen Stimmen der Kinder und dem Schnattern der Enten zu lauschen. Das Schnattern wechselt sich hin und wieder mit dem Gurren einer Taube ab.

Annas Gehirn produziert aus der Erinnerung das Bild einer Taube mit ihren starren, ausdruckslosen Augen ohne Wimpernschlag. Anna erinnert sich an den Ausspruch: *Die Augen sind der Spiegel der Seele*. Sind diese leblos wirkenden Augen ein Indiz dafür, dass Tauben keine Seele besitzen? Annas Augen sind ebenfalls leblos und ausdruckslos, die keinen Lichtstrahl und kein Bild mehr aufnehmen. Hat auch sie keine Seele mehr? Hat sie mit dem Verlust des Augenlichts ihre Seele verloren?

Sie kann den Gedanken nicht zu Ende denken. Eine Stimme lässt sie hochschrecken. Vielleicht ist das auch gut so.

„Wir wollen gehen. Möchten Sie uns bis zum Parkplatz begleiten? Das ist bestimmt einfacher für Sie, als allein durch den Wald zu gehen. Man stolpert doch leicht über eine Wurzel oder über einen Stein“, spricht die Frau von vorhin sie an.

Anna muss sich sammeln, bevor sie antwortet.

„Das ist nett von Ihnen. Aber ich möchte noch etwas hierbleiben. Ich gehe fast jeden Tag den Weg und werde schon aufpassen. Vielen Dank.“

„Dann noch einen schönen Tag und vielleicht bis ein anderes Mal.“

„Ja, Ihnen auch einen schönen Tag.“

Anna vernimmt, wie die Kinder und mehrere Frauen sich entfernen.

Sie ist jetzt allein und kann die Stille und die Geräusche der Natur um sie herum genießen.

Die Ruhe und Idylle wird nur gestört, wenn ein Flugzeug tief über den Baumwipfeln den See überquert und zur Landung auf dem nahen Köln-Bonner Flughafen ansetzt.

Anna hört nicht nur das Dröhnen der Triebwerke, sie stellt sich dann auch das Bild des Flugzeuges am wolkenlosen, blauen Himmel vor. Sie kennt das aus früheren Zeiten.

Sehen kann sie das seit ihrem Autounfall von vor mehr als zwei Jahren nicht mehr.

Sie ist vollständig blind!

5

Nach dem fürchterlichen Unfall im Juli vor zwei Jahren auf der Autobahn in Frankreich musste Anna noch an der Unfallstelle von den Rettungssanitätern reanimiert werden. Ein Hubschrauber brachte sie ins nächste Unfallkrankenhaus, wo nochmals eine Reanimation erforderlich war. Sie hatte lebensgefährliche Verletzungen. Der stark alkoholisierte Geisterfahrer, mit dem sie frontal zusammengestoßen waren, wurde tödlich verletzt und verstarb noch an der Unfallstelle. Ihr Freund Tobias hatte Glück im Unglück. Er kam mit einigen Rippenbrüchen, einem Armbruch sowie mit starken Prellungen davon. Verhältnismäßig schnell war seine Gesundheit wiederhergestellt.

Bei Anna stellte man im Krankenhaus schwerste Schädelverletzungen und Gehirnblutungen fest. Es stand lange auf des Messers Schneide, ob sie überhaupt überleben würde und falls, wie würde dieses Überleben aussehen? Nach mehreren Operationen verbrachte sie lange Zeit auf der Intensivstation im künstlichen Koma.

Als sie erwachte, verlegte man sie in eine Spezialklinik für Augenheilkunde. Nach gründlichen Untersuchungen dann der Schock: Die Ärzte eröffneten ihr, dass eine Wiederherstellung ihres Augenlichtes nicht mehr möglich sei. Sie sei auf beiden Augen irreversibel erblindet. Bei dem Unfall waren mehrere Risse im Knochen bei den Sehnerven beider Augen aufgetreten. Bei der Heilung entstanden Verdickungen am Knochen, die die Sehnerven abdrückten.

Obschon beide Augen medizinisch gesund waren, würde sie für den Rest ihres Lebens blind sein. Rest ihres Lebens? Anna konnte und wollte die Aussage der Ärzte nicht verstehen. Sie war doch noch so jung und der größte Teil ihres Lebens sollte doch noch vor ihr liegen.

Eine niederschmetternde, hoffnungslose Prognose für sie.

Das Auge ist für viele Menschen das wichtigste Sinnesorgan. In der heute in einem riesigen Maße visuell ausgerichteten Welt, werden wahrscheinlich mehr als zwei Drittel der Informationen durch das Sehen aufgenommen. Mit der Tatsache, künftig auf viele Informationen verzichten zu müssen und die Menschen und ihre Umgebung für den Rest ihres Lebens nur noch durch Ertasten oder durch Geräusche wahrnehmen zu können, konnte sie sich nicht abfinden.

Täglich haderte sie mit ihrem Schicksal. Weinkrämpfe erschütterten sie und wechselten sich mit depressiver Niedergeschlagenheit ab. Immer wieder fragte sie sich, wie sie weiterleben soll – und ob sie überhaupt in diesem Zustand weiterleben kann.

Ihr Freund Tobias lebte nach wie vor bei ihr und wurde von ihr finanziell unterhalten. Er versorgte und unterstützte sie, soweit er konnte. Psychologisch war er allerdings nur bedingt in der Lage, ihr zu helfen.

Durch die Leistungen der Haftpflichtversicherung des Unfallverursachers und ihrer privaten Unfallversicherung hatte sie keine finanziellen Probleme. Ihr Freund schaffte alles herbei, was auf irgendeine Weise für seine Freundin und für ihn eine Hilfe darstellte. Der Preis spielte dabei keine Rolle.

*

Eines Tages, als Tobias Anna wieder einmal fragte, wie es ihr ginge und ob er ihr helfen könne, rastete sie völlig aus.

„Du hast doch überhaupt keine Ahnung, wie es um mich steht und wie ich mich fühle!“, schrie sie wütend.

„Wie sollst du auch? Du bist nicht blind – du kannst ja sehen“, fügte sie fast entschuldigend hinzu.

„Für dich ist Sehen normal, wie es für mich bis zu dem Unfall ebenfalls war. Erst jetzt, wo ich nicht mehr sehen kann, habe ich erkannt, wie schön unsere Welt ist und dass ich diese Schönheit nie mehr genießen kann. Ich bin in dieser verdammten Dunkelheit für ewig gefangen!“

Anna ließ sich in einen Sessel fallen. Noch nie hatte sie in solch einer Klarheit und Offenheit zu ihm gesprochen. Tobias stand, von ihr abgewandt, vor der Balkontür und starrte mit leerem Blick hinaus. Er konnte sie nicht trösten, er war zu keinem Wort fähig.

„Doch halt. Pass‘ einmal genau auf. Wir machen ein Experiment. Nimm dir bitte eine Augenbinde, einen Schal oder sonst etwas und verbinde dir damit die Augen, sodass du nicht das Geringste sehen kannst. Diese Binde lässt du heute den ganzen Nachmittag um deine Augen. Danach reden wir weiter“, schlug Anna ihrem Freund vor.

Tobias sah keine Möglichkeit, diesen Vorschlag abzulehnen, wollte er Annas Vertrauen nicht einbüßen. Im Verbandskasten fand er zwei Augenklappen, die er sich über die Augen zog. Er konnte jetzt nicht mehr die Spur eines Lichtes wahrnehmen und war praktisch Anna gleichwertig.

„Okay, ich bin soweit“, sagte er unsicher.

„Gut. Jetzt versuche, den heutigen Nachmittag ganz normal zu leben, so wie immer. Nur mit dem Unterschied, dass du nichts siehst. Heute Abend reden wir.“

„Ganz normal den Nachmittag verbringen, so wie immer? Wie stellst du dir das vor? Wie soll das mit uns beiden funktionieren?“

„Ich stelle mir das nicht vor. Ich weiß wie das ist. Und du wirst das heute Abend mit Sicherheit ebenfalls wissen.“

Anfangs war er noch guten Mutes, obschon er sich bereits bei den ersten Schritten sein Knie an der Tischkante des Wohnzimmertisches stieß.

Anna saß währenddessen im Sessel und forderte ihn immer wieder zu den verschiedensten Tätigkeiten auf. Im Laufe des Experimentes zog sich Tobias mehrere blaue Flecken zu. Das war für ihn jedoch nicht das Schlimmste. Die totale Finsternis, die Desorientiertheit und das Gefühl der Hilflosigkeit waren wesentlich schlimmer.

Es dauerte nicht lange und er hob eine Augenklappe an, da er die Finsternis und den Zustand der totalen Behinderung nicht mehr ertragen konnte.

Ja, es muss schrecklich sein, was Anna durchmacht, dachte er. Er konnte jetzt in etwa einschätzen, was sie fühlte und weswegen sie so deprimiert war und ihr Leben als eine Qual ansah.

Nach wenigen Stunden nahm er sich die Augenklappen endgültig ab. Danach sprach er mit Anna noch lange über seine Erfahrung mit der Blindheit und lobte Annas Kraft, wie sie mit dieser Behinderung umging.

Dieser Selbstversuch war ein einschneidendes Erlebnis für ihn. Er hatte erlebt, wie Anna sich fühlen musste und war schockiert. Ab diesem Tag half er ihr noch tatkräftiger als vorher. Anstatt ihr Mut und Zuversicht zu geben, konnte er ihr aber nur Mitleid entgegenbringen. Das war jedoch die

Zuneigung, die Anna gar nicht ertragen konnte. Immer öfter führte das zu Streitigkeiten.

Er litt mit ihr und war genauso depressiv wie sie. Morgens nach dem Erwachen und abends vor dem Einschlafen fragte er sich immer wieder, wie es mit ihnen weitergehen sollte.

Im Nachhinein betrachtet war das Experiment weder eine Hilfe für Anna, noch für Tobias gewesen.

*

Monate später zog Anna eine Psychologin zu Rate. Sie benötigte jemanden, der ihre Stärken unterstützte und ihre Schwächen ausmerzte. Ihr behandelnder Arzt hatte immer wieder auf sie eingeredet, diesen Schritt zu gehen. Glücklicherweise fand sie eine Psychologin, die durch ihr einfühlsames Wesen Zugang zu ihrer Seele bekam. Im Laufe der Behandlung wurde aus ihrer Beziehung eine innige Freundschaft. Es dauerte trotzdem fast ein Jahr, bis Anna ihre Behinderung akzeptierte und einen Weg in eine positive Zukunft sah.

„Was soll's. Machen wir das Beste daraus", sagte sie eines Tages zu Tobias.

Sie begann, systematisch ihre häusliche Umwelt strategisch zu erforschen. Tobias war total überrascht und schaute sie verständnislos an.

„Wie meinst du das?", fragte er.

„Du wirst nicht mehr mein sehendes Auge sein und jeden Handgriff für mich machen. Ich werde selbst für mich sorgen. Ich muss versuchen, auf eigenen Füßen zu stehen."

„Was soll das? Hat dir das diese Psychologin eingeredet?", fragte er abfällig.

„Nein, das ist meine Entscheidung. Nur wenn mir das gelingt, ist mein Leben weiterhin lebenswert."

Beide vereinbarten, dass kein Teil in der Wohnung verrückt oder entfernt werden durfte. Auch kleine Teile, wie eine Vase oder die Fernbedienung der Stereoanlage, sollten ihren festen Platz haben. Nur so war es möglich, dass Anna sich in der Wohnung orientieren konnte.

Täglich trainierte sie, wie sie im Alltagsleben ihre Selbstständigkeit zurückgewinnen konnte. Ebenso musste sie alle lebenspraktischen Fähigkeiten wie Kochen, Putzen, die Bedienung der Elektrogeräte und vieles mehr neu erlernen.

Das Erleben ganz neuer Sinneseindrücke und das Schärfen der verbliebenen Sinne, musste ebenfalls immer wieder trainiert werden. Eine hierfür ausgebildete Rehabilitationstrainerin half ihr an drei Tagen in der Woche dabei. Wenn ihr Freund zur Uni fuhr und sie allein war, legte sie zusätzliche Trainingseinheiten ein.

Tobias bemerkte natürlich den stetigen Fortschritt. Einerseits freute er sich darüber, anderseits machte er sich Gedanken – Gedanken über sich. Wurde er doch mehr und mehr entbehrlich. Er war sich nicht im Klaren, ob er das wollte.

Nach fast einem halben Jahr war sie in der Lage, sich alleine in der Wohnung zurechtzufinden und die täglichen Arbeiten und Bedürfnisse alleine zu bewältigen.

*

Anna lag bereits im Bett, als Tobias zu ihr unter die Decke schlüpfte. Sie wandte ihm den Rücken zu.

„Schläfst du schon?", fragte er leise.

„Nein, ich denke nach", antwortete Anna und drehte sich zu ihm um.

Normalerweise trug Anna tagsüber immer eine tiefschwarze Sonnenbrille und im Bett eine Augenbinde. Es wäre ihr peinlich, wenn Menschen und besonders ihr Freund ihre Augen sehen würden. Heute Abend war sie verstimmt und nach längerer Zeit beschäftigten sie wieder einmal depressive Gedanken. Dabei hatte sie vergessen, ihre Augenbinde umzubinden.

Zwei ausdruckslose, trübe Augen starrten Tobias an. Er erschrak. Gerade ihre ausdrucksvollen Augen, die die Farbe des hellblauen Himmels hatten, liebte Tobias so sehr an ihr. Nichts davon war geblieben. Er war entsetzt.

„Gute Nacht. Mach dir keine Gedanken. Versuche zu schlafen", war alles, was er ihr mit erstickter Stimme sagen konnte.

Schnell drehte er ihr den Rücken zu und stellte sich nach kurzer Zeit schlafend. Tatsächlich konnte er lange nicht einschlafen. Er dachte über Anna, vor allem aber über sich selbst nach. Was war von seiner Liebe geblieben?

*

Als nächsten Schritt plante Anna, sich in der näheren Umgebung außerhalb ihrer Wohnung zu bewegen. Sie wohnte in einem der eng aneinandergereihten kleinen Reihenhäuser, der sogenannten Maikammersiedlung in Troisdorf. Die Häuser entstanden in den 1950er Jahren als Zwecksiedlung für die belgischen Soldaten. Nach dem Abzug der Streitkräfte wurden die Häuser seit 2002 nach und nach öffentlich zum Kauf angeboten. Annas Eltern kauften seinerzeit ein Haus, das sie nach einer aufwändigen Sanierung nur wenige Jahre bewohnten. Aus beruflichen Gründen zogen die Eltern nach Regensburg und Anna blieb allein in dem Haus wohnen.

Anna liebte das kleine Haus und sie schätzte die Nähe zur City und die nur wenige hundert Meter entfernte Wahner Heide.

Die ersten Schritte ging sie zusammen mit ihrer Rehabilitationstrainerin in Richtung Agger-Stadion, das direkt am Rand der Wahner Heide lag.

Sie prägte sich jede Besonderheit des Weges, jeden Bordstein, jeden Stein ein. Sie zählte die Schritte bis zum nächsten Bordstein, bis zur Straßenlaterne oder bis zum Straßenschild. Mit der Zeit bildete sich in ihrem Kopf ein imaginäres Bild der Umgebung, in dem sie sich immer besser zurecht fand.

Anfangs begleitete Tobias sie auf ihren Wegen. Je besser sie mit der Welt außerhalb des Hauses zurechtkam, je weniger musste sie Tobias' Hilfe annehmen. Ihm kam das gelegen. Die gleiche Energie aufzubringen, wie Anna sie aufbrachte, war ihm nicht möglich. Er hatte eine andere Wesensart. Er suchte immer den einfachen, den bequemen Weg. Die Blindheit seiner Freundin und die damit verbundenen Belastungen und unsicheren Zukunftsaussichten waren eine Bürde für ihn. Diese Last wollte er und konnte er nicht mehr ertragen.

Immer öfter traf er sich mit einer Kommilitonin. Ihr hatte er sich mit seinen Problemen anvertraut. Anfangs suchte er nur das Gespräch mit ihr. Mit der Zeit wurde mehr daraus und er genoss das unbeschwerte Zusammensein mit ihr.

Die Kluft zu Anna wurde immer größer und es war nur eine Frage der Zeit, bis er Anna den entstandenen Bruch nicht mehr verheimlichen konnte.

Anna hatte währenddessen ihren Weg zur unabhängigen Selbstständigkeit immer weiter intensiviert.

Unausweichlich kam dann der Tag, der Annas Pläne jäh beendete und ihre Psyche bis ins Mark traf – Tobias trennte sich von ihr.

„Ich kann nicht mehr. Das Leben mit dir macht mich kaputt", eröffnete er ihr eines Tages während des Frühstücks.

Anna traf diese Aussage am frühen Morgen völlig unvorbereitet. Ein Schock war es dennoch nicht. Dafür kam die Aussage ihres Freundes nicht überraschend genug. Seit einiger Zeit hatte sie damit gerechnet, obschon sie die Möglichkeit immer weit von sich geschoben hatte. Bei gemeinsamen Autofahrten hatte sie im Wageninneren einen ihr unbekannten Duft wahrgenommen. Mit Fragen hatte sie ihren Freund nicht konfrontiert – sie hatte Angst vor der Wahrheit und vor der Antwort, die er ihr geben würde.

„Gib es doch zu. Du hast eine andere Frau. Ich kann sogar verstehen, dass du dein Leben nicht mit einer blinden Frau und deren Problemen verbringen willst", antwortete Anna resignierend.

„Ja, aber versteh' doch ...", begann Tobias den Versuch einer Erklärung.

„Geh nur, ich komme auch ohne dich zurecht", unterbrach ihn Anna, drehte sich um und verließ, so schnell es ihre Blindheit erlaubte, die Küche.

Schnell, viel zu schnell, so dass Anna keine Chance mehr hatte, ihn vielleicht doch noch zum Bleiben zu überreden, packte er seine wenigen Sachen und Kleidungsstücke sowie sein Fernsehgerät und verschwand noch am gleichen Morgen.

Nachdem er die Tür hinter sich geschlossen hatte, hörte Anna, wie sich der bekannte Klang seines Wagens entfernte – für immer.

„Verflucht", war das einzige Wort, das sie hervorbrachte.

Dann sank sie völlig erschöpft und deprimiert auf ihr Bett. Von stundenlangen Weinkrämpfen geschüttelt, überkam sie der Schlaf wie eine schützende Decke.

*

Wenn sie sich am nächsten Morgen im Spiegel hätte sehen können, hätte sie sich mit Sicherheit fürchterlich erschrocken. Blass, rot verquollene Augen – ein jammervoller Anblick. Aber zum Glück konnte sie sich nicht im Spiegel betrachten.

Sie blieb den ganzen Tag im Bett – und auch den nächsten. Tränen hatte sie keine mehr. Ihre Nahrung bestand hauptsächlich aus einigen Joghurts, womit sie ihren Körper nicht gerade verwöhnte und stärkte. Auch erfreute sich ihre Haut nicht über Wasser und Seife. Ihre Flüssigkeitsaufnahme bestand hauptsächlich aus Rotwein. Der Alkohol ließ sie willenlos vor sich hindämmern. Tag und Nacht waren für sie gleich. Einen tiefen und festen Schlaf fand sie nicht. Wenn sie dann einmal für kurze Zeit einschlief, plagten sie Albträume.

Anna versteckte sich vor sich selbst. Sie fühlte sich als ein Nichts in dieser Welt und von keinem geliebt.

Nachdem ihre Vorräte an Rotwein aufgebraucht waren, nahm ihr Verstand langsam wieder seine normale Tätigkeit auf.

Nach der schlaflosen Nacht zum dritten Tag beschloss sie, ihr Schicksal wieder in die Hand zu nehmen. Und das sofort.

Als Erstes öffnete sie alle Fenster. Sie genoss es, wie die verbrauchte, übel riechende Luft aus den Räumen entwich. Die frische Luft wehte ihr um die Nase und hauchte ihr neues Lebenselixier ein. Dann begann sie, ihre Wohnung abzutasten und alle leeren Flaschen, Becher und sonstigen Unrat aufzusammeln.

Im Küchenschrank fand sie einige Happen altes Brot, die sie mit Heißhunger verschlang. Dazu trank sie mehrere Tassen starken Kaffee.

Ihre sprechende Blindenuhr sagte ihr, dass es 8:30 Uhr war. Sie setzte sich ins Wohnzimmer und nahm ihr Telefon zur Hand.

Ihre Eltern anrufen, die in Regensburg über fünfhundert Kilometer entfernt lebten, wollte sie nicht. Ihre Mutter oder sogar beide Elternteile würden sicherlich sofort kommen, wenn sie ihnen erzählen würde, dass Tobias sie verlassen hatte und sie jetzt allein war. Aber in ihrem jetzigen Zustand sollten sie ihre Tochter nicht sehen. Ihr Vater würde sicherlich ihr ganzes Leben und ihre Zukunft an sich reißen. Auf Jahre hinaus hätte sie keinen eigenen Willen mehr. Nein, das war keine Option. Sie wollte selbst ihr Leben neu ordnen. Dazu benötigte sie professionelle Hilfe.

Daher rief sie als Erstes ihre Freundin, die Psychologin, an, die sie am Nachmittag sofort aufsuchte. Gemeinsam überlegten sie, welche Schritte es als nächstes zu tun galt.

Die Psychologin wusste, wo sie bei Anna ansetzen musste. Durch viele, und zum Teil lange Gespräche in den folgenden Wochen, gelang es ihr, Annas depressiven Zustand in verhaltenen Optimismus zu ändern. Auch ihre Lebens- und Versagensängste ließen nach. Annas psychischer Zustand verbesserte sich immer mehr.

Jetzt war die Zeit gekommen, durch weitere professionelle Hilfe diesen Aufwärtstrend zu untermauern. Dazu benötigte sie Zeit – Zeit für sich selbst. Wenn sie andere über Zeitnot reden hörte, fühlte sie sich wie im falschen Film. Seit Tobias sie verlassen hatte, hatte sie mehr Zeit, als ihr lieb war. Sie war fest entschlossen, diese Zeit zu nutzen. Sie wollte nicht nur am Leben teilhaben, sie wollte ihr Leben gestalten und genießen. Trotz oder gerade wegen ihrer Behinderung.

Glücklicherweise hatte sie durch die Zahlungen der Versicherungen die hierzu notwendigen finanziellen Möglichkeiten. Über karitative Einrichtungen regelte sie die täglichen Arbeiten, wie Säubern der Wohnung, Besorgungen erledigen und Waschen der Wäsche.

Eine Blindenschule übernahm ihr Training, damit sie immer mehr lernte, sich außerhalb der Wohnung zu bewegen. Auch musste sie lernen, in Kontakt zu ihren Mitmenschen zu treten. Die Psychologin half ihr dabei, den Mut zu finden, allein den Schritt heraus aus ihrer heimischen Umgebung zu wagen und Menschen anzusprechen und gegebenenfalls um Hilfe zu bitten.

All die Geräusche, die früher selbstverständlich für sie gewesen waren, die sie gar nicht wahrgenommen hatte, stellten jetzt eine Bedrohung für sie dar. Der Autolärm, die vorbeihastenden Menschen, Schreie der Kinder oder die Hektik im Supermarkt machten ihr Angst.

Sie war noch nicht darauf eingestellt, dass jetzt die verbliebenen Sinne die Aufgaben des fehlenden Augenlichtes übernehmen mussten. Nur tägliches, hartes Training konnte helfen.

Diszipliniert führte sie dieses Training durch. Wenn sie allein war, ging sie manchmal zur Haustür. Bis dort fühlte sie sich sicher. Sie stellte sich dann neben die Tür und sog die Geräusche wie ein Schwamm in sich auf, sodass sie sich immer mehr daran gewöhnte. Der Radius, in dem sie sich bewegte, wuchs ständig.

Nach fast einem weiteren, anstrengenden und aufregenden Jahr konnte sie sich selbstständig und sicher außerhalb der Wohnung bewegen. Auch war sie durch die Betreuung ihrer Freundin, der Psychologin, inzwischen psychisch so stabil, dass sie allein für ihr Leben sorgen und inzwischen dieses auch immer öfter wieder genießen konnte.

6

Die Mütter mit ihren Kindern sind gegangen. Es ist still am See. Vor ihrem Unfall, als sie noch sehen konnte und die Welt noch in Ordnung war, spazierte Anna mit Tobias oft durch den Wald zum See. Jetzt empfindet sie den Wald und den See anders. Nicht, dass ihr Tobias fehlt, nein das ist es nicht. Die Geräusche des Waldes, des Sees und der Tiere verspürt sie jetzt viel intensiver. Sie verbindet die Geräusche der Natur und die Laute der Tiere mit Bildern, die sie früher gesehen und so sehr geliebt hat. Die Enten auf dem Wasser, das Schwanenpaar, das sanft über das Wasser gleitet, die unbewegliche Statue des Fischreihers auf der anderen Seite des Sees und der Sonneneinfall, der durch die hohen Bäume gebrochen wird.

Anna hört ein Piepsen in hohen Tönen. Wahrscheinlich eine Maus, denkt sie. Sie wundert sich, dass sie jetzt sogar diese Töne hören kann. Früher hätte sie diesen Tönen keine Beachtung geschenkt und hätte sie nicht einmal wahrgenommen. Seitdem sie blind ist, hat sich ihr Gehör anscheinend wesentlich verbessert. Sie freut sich über diesen Fortschritt.

Der tägliche Spaziergang, so wie heute, fast immer zur gleichen Zeit, ist eines ihrer vielen, eingeübten Rituale. Diesen Platz hier am Ufer des Sees liebt sie besonders.

Bestimmt hat jeder bereits einmal festgestellt, wenn man einen Menschen von hinten intensiv ansieht, dreht sich dieser mit einem Male um, als ob er den stechenden Blick in seinem Rücken gespürt hat.

Anna hat diese Erfahrung häufig gemacht. Oft drehen sich Passanten nach der hübschen, jungen Frau mit der dunklen Sonnenbrille um. Mitleid ist dann in vielen Gesichtern zu erkennen, wenn sie sehen, wie Anna sich den Weg mit dem Blindenstock ertastet. Sie ist sich dessen bewusst. Zu Beginn ihrer Blindheit spürte sie diese Blicke in ihrem Rücken. Im Laufe der Zeit verkümmerte die Sensibilität dafür und inzwischen ist ihr dieses Gefühl gänzlich verloren gegangen.

Daher spürt sie auch nicht die Blicke des jungen Mannes, dessen Gesicht zwischen den Zweigen eines Gebüschs heraus auf sie gerichtet ist. Der Mann beobachtet Anna intensiv und lautlos. An beinahe allen Tagen, wenn Anna diesen Platz zur Rast wählt, ist auch das Gesicht zwischen den Zweigen bereits dort. Der Mann scheint Anna zu erwarten. Wenn sie den Heimweg antritt, verlässt auch er sein Versteck und entfernt sich in die andere Richtung.

Anna bemerkt das nicht – wie soll sie auch.

Bisher hat er sie noch nie angesprochen oder sich zu erkennen gegeben. Bis heute.

„Guten Tag, darf ich mich zu Ihnen setzen?“, fragt eine junge, freundliche Männerstimme.

Anna, die gerade den Heimweg antreten will, erhebt sich und sagt: „Selbstverständlich können Sie sich hier setzen, für mich wird es Zeit zu gehen.“

„Ich möchte Sie nicht verjagen. Bleiben Sie doch noch. Schauen Sie, keine Wolke ist am Himmel und der Tag ist doch viel zu schön, um nach Hause zu gehen“, sagt der Fremde und setzte sich auf die Parkbank.

Anna, die nicht oft mit Menschen redet, nimmt diese Gelegenheit gerne wahr. Sie setzt sich wieder hin, in der Hoffnung auf einige, nette Minuten unverbindlicher Kommunikation.

In dem Moment scheint der Mann Annas Blindenstock zu bemerken und bedauert seinen vorherigen unbedachten Satz.

„Entschuldigen Sie bitte. Ich habe nicht bedacht, dass Sie blind sind."

„Kein Problem", erwidert Anna heiter.

„Sie haben ja recht. Die Sonne scheint noch so angenehm warm und es wäre schade, in der Wohnung zu sitzen", sagt sie freudig zu dem unbekannten Fremden neben ihr.

„Sie kommen oft hierher", sagt der Mann, mehr als Feststellung denn als Frage.

„Ich habe Sie bereits mehrmals hier gesehen. Ich komme aus der Stadt und spaziere hin und wieder hier am See vorbei und dann durch die Heide zurück", fügt er als Erklärung hinzu.

„Das ist recht ungewöhnlich, dass ein junger Mann allein durch den Wald und durch die Heide spaziert", entgegnet Anna.

„Das mag sein, aber dadurch komme ich an die frische Luft und kann von meiner Arbeit ein wenig entspannen. Wie kommen Sie darauf, dass ich jung bin?"

„Ihre Stimme klingt noch so jung", sagt Anna und der Fremde scheint diese Erklärung zu akzeptieren, ohne ihr jedoch ausdrücklich zuzustimmen.

„Darf ich Sie fragen, was Sie beruflich machen?"

„Na klar. Das ist kein Geheimnis. Ich bin selbstständig und bin in der Computerbranche tätig. Hauptsächlich berate und unterstütze ich kleinere und mittlere Firmen bei Hard- und Softwareproblemen. Ich sage Ihnen, wenn Sie den ganzen Tag vor einem Bildschirm sitzen, freuen Sie sich über jede Minute in der freien Natur."

„Das kann ich mir vorstellen. Dann wohnen Sie sicherlich direkt in der Stadt, von wo Sie es nicht weit bis hierhin haben?"

Anna ist neugierig geworden. Sie will mehr von dem unbekannten Fremden mit der freundlichen Stimme erfahren.

„Ja, ... direkt in der Stadt habe ich eine schöne Wohnung. Nur der Wald und der See fehlen mir dort."

Anna bemerkt das Zögern in der Antwort. Sie will nicht weiter fragen. Manchmal können zu viele Fragen unangenehm sein. Auch der Mann sagt nichts mehr.

Nach einer kurzen Pause nimmt der Mann das Gespräch wieder auf.

„Darf ich Sie auch etwas fragen?"

„Nur zu, wenn es nicht gerade zu intim ist."

„Ich weiß nicht. Ich wollte Sie fragen, ob Sie von Geburt an blind sind oder ob sie später im Leben erblindet sind?"

Anna antwortet nicht sofort. Sie geht im Allgemeinen offen mit ihrer Behinderung um, aber heute mag sie nicht darüber sprechen. Daher antwortet sie nur kurz und etwas schroffer, als sie eigentlich will.

„Ein Unfall, ein Autounfall. Vor einigen Jahren."

Der Mann versteht, dass Anna nicht darüber reden möchte und wechselt das Thema.

„Und noch eine Frage. Bestimmt nicht intim. Welche Musik mögen Sie?"

Anna ist erleichtert, dass er nicht nach ihrer kurzen Antwort aufsteht und geht, sondern weiter mit ihr reden will.

Es entwickelt sich ein angeregtes Gespräch über Popmusik und deren Interpreten. Anna und der junge Mann scheinen den gleichen Musikgeschmack zu haben.

Anna ist froh, nicht sofort nach Hause gegangen zu sein, denn die Unterhaltung mit dem Fremden tut ihr gut. Der Mann mit der freundlichen Stimme ist ihr auf Anhieb sympathisch.

Als sie einige Zeit später aufsteht und sich verabschiedet, meint der Fremde:

„Vielleicht sehen ... Entschuldigung, treffen wir uns an einem der nächsten Tage ja wieder auf dieser Bank. Darf ich Ihnen behilflich sein und Sie nach Hause begleiten?"

„Nein, danke, ich gehe den Weg täglich und die Strecke ist mir vertraut. Vielleicht treffen wir uns ja tatsächlich irgendwann noch einmal hier. Ich würde mich freuen."

Ruhigen Schrittes ertastet sich Anna mit dem Blindenstock den Weg zurück in Richtung ihrer Wohnung. Als sie vom Waldweg auf den asphaltierten Bürgersteig einbiegt, meint sie, Schritte im gleichen langsamen Tempo wie ihr eigenes hinter sich zu hören. Sie misst dem jedoch keine Bedeutung bei.

Sie ärgert sich ein wenig, dass sie den Mann nicht nach seinem Namen gefragt hat. Sollten sie sich noch einmal treffen, würde sie es schön finden, ihn mit Namen anreden zu können.

Aber was soll's, er hat auch nicht nach meinem Namen gefragt, denkt sie.

7

Der Klinikleiter der Tagesklinik ist in Rage.

„Herr Grosse, was wollen Sie mir eigentlich sagen? Zuerst behaupten Sie, David Winter befinde sich nicht in seinem Zimmer, dann sagen Sie, dass er nun doch dort ist. Was soll das?“, regt er sich auf.

Dr. Hermann Renger ist Facharzt für Psychotherapie und Psychiatrie und seit zehn Jahren Leiter der Tagesklinik. Er ist schlecht gelaunt, wie so oft montags. Das freie Wochenende mit seinen beiden pubertären Töchtern hat ihn wieder einmal genervt.

Alexander Grosse, der bereits seit vielen Jahren in der Klinik als Sozialarbeiter tätig ist, steht vor seinem Schreibtisch und knetet nervös seine Hände. Das Unverständnis des Klinikleiters lässt seine Wangen erröten, was ihm äußerst unangenehm ist.

„Aber Herr Doktor, ich möchte doch nur bemerken, dass David heute Morgen mehrere Stunden nicht in seinem Zimmer war und niemand über seinen Aufenthalt Bescheid wusste. Gestern hat er sein Zimmer bezogen und heute Morgen war er mehrere Stunden spurlos verschwunden. Das geht doch nicht.“

Der Sozialarbeiter ist empört und versucht gar nicht erst, dies vor dem Klinikleiter zu verbergen.

„Aber jetzt ist er doch da, oder?“, fragt Dr. Renger genervt.

„Heute beginnt doch die Milieutherapie, an der er teilnehmen soll. Die erste gemeinsame Besprechung mit allen Teilnehmern ist nach dem Mittagessen angesetzt. Da Sie ihn seinerzeit überzeugt haben an der Therapie teilzunehmen, dachte ich mir, es wäre vielleicht ratsam, dass Sie einmal vorher mit ihm sprechen“, verteidigt sich der Sozialarbeiter.

Alexander Grosse leistet immer gewissenhaft seine Arbeit und solch ein eigenmächtiges Handeln eines Patienten will er nicht ohne Weiteres hinnehmen. Er hat den Eindruck, dass er wieder einmal das Gespräch mit dem Patienten und damit die unangenehme Arbeit übernehmen soll. Von seinem Vorgesetzten scheint er kein Verständnis und keine Hilfe erwarten zu können.

„Soll ich mit David über den Vorfall sprechen?“, bietet er sich dennoch verärgert an.

„Lassen Sie es gut sein, er ist jetzt da und damit hat es sich. Aber wenn Sie wollen, sprechen Sie mit ihm und sagen Sie ihm, dass so etwas künftig nicht mehr vorkommen darf.“

Mit einer für ihn typischen Handbewegung, die seinen Unmut darstellen soll, beendet der Klinikleiter das Gespräch.

Resigniert verlässt Sozialarbeiter Grosse das Büro seines Vorgesetzten.

Die personelle Situation in der Tagesklinik ist wie in fast allen Kliniken. Zu wenig Personal – und das Personal, das Dienst hat, ist überfordert. Unregelmäßigkeiten zu hinterfragen, bedeutet zusätzliche Arbeit – und die will niemand. Auch der Klinikleiter nicht.

*

David Winter hat Anna beim Treffen am See angelogen. Er ist weder selbstständig in der Computerbranche, noch unterstützt er Firmen bei Computerproblemen. Auch hat er keine schöne, eigene Wohnung direkt in der Stadt. Er wohnt in einem Mehrfamilienhaus am Ortsausgang von Troisdorf in Richtung Siegburg. Dort teilt er sich mit einem anderen jungen Mann im Rahmen einer Wohngemeinschaft eine Wohnung. Zwei Zimmer und Küche – 45 Quadratmeter, mehr nicht.

Als er noch nicht Patient der Tagesklinik war, hatte er einen Ganztagsjob in einem kleinen Computerladen, wo er hauptsächlich Hardware reparierte und Softwareprobleme behob. Sein Chef hatte Davids exzellente Softwarekenntnisse frühzeitig erkannt und schätzte seine Arbeit. Seitdem er die ambulante Behandlung in der Tagesklinik vor mehreren Wochen begonnen hat, kann er diesen Job nur noch nach Ende der täglichen Behandlung und samstags ausüben.

Neben fachärztlicher Behandlung und psychologischer Psychotherapie nahm er an einer Reihe anderer Therapien teil. So zum Beispiel Ergo-, Kunst- und Musiktherapie. Diese Therapien wurden im Rahmen der Tagesklinik montags bis freitags in der Regel von neun bis sechzehn Uhr angeboten. In keiner der Therapien fühlte er sich wohl. Die behandelnden Ärzte erachteten daher eine Verlängerung für sinnlos.

Ab diesem Montag soll er nun an einer Milieutherapie, der sogenannten *künstlichen Familie* teilnehmen. Einer vorübergehenden Lebensgemeinschaft in der Klinik, die auf drei Wochen befristet ist. In seinem Job kann er während dieser Zeit nicht mehr arbeiten.

Leiter dieser Therapieform ist der Sozialarbeiter Alexander Grosse. Ihm zur Seite stehen zwei weitere Sozialarbeiter, ein Psychologe, ein Arzt, ein Koch und ein Verwaltungsmitarbeiter der Klinik.

Die beteiligten Patienten wohnen in dieser Zeit zusammen in der Klinik. Der Tagesablauf ist mit handwerklicher Arbeit, alltäglichen Tätigkeiten wie Kochen und Putzen sowie gemeinsamen Freizeitaktivitäten geregelt.

Abends sollen wichtige Punkte aus dem täglichen Zusammenleben mit den Betreuern besprochen werden.

Trotz der strengen Auflagen der Therapie, der alle Teilnehmer ausdrücklich und einheitlich zugestimmt haben, kann David es nicht lassen zum See zu fahren. Mit seinem Fahrrad dauert es nur wenige Minuten, bis er den See erreicht. Er weiß, dass die blinde Frau immer sehr frühzeitig morgens zum See kommt. Er konnte deswegen heute nicht am gemeinsamen Frühstück teilnehmen. Das ist ihm egal. Ihm würde sicherlich eine Ausrede einfallen und falls er eine Ermahnung bekäme, würde ihm das auch nichts ausmachen.

Heute Morgen am See hatte er gerade seinen Beobachtungsposten eingenommen, als Anna den See erreichte. Er fühlte, wie das Adrenalin in seinen Körper schoss und sich ein unglaubliches Lustgefühl ausbreitete.

Nur das heimliche Beobachten reichte ihm nicht mehr. Er wünschte sich Kontakt zu dieser Frau. Er musste mehr von ihr sehen. Er wollte sie in ihrer Privatsphäre beobachten. Einer plötzlichen Eingebung folgend, beschloss er, sie heute anzusprechen. Hätte er sich das lange vorher überlegt, wäre er mit Sicherheit viel zu aufgeregt gewesen. So hatte er sich spontan zu diesem Schritt entschlossen – und er hatte es geschafft. Es war einfach herrlich. So nah, direkt neben der Frau zu sitzen, ihren Körper zu betrachten, ihren Atem zu spüren.

Und dieses überwältigende Gefühl will man ihm in der Klinik abgewöhnen.

Der Arzt hat ihm erklärt, dass es sich bei ihm um einen krankhaften Voyeurismus handelt, der behandelt werden muss. Er hat den Arzt verstanden und einer Behandlung zugestimmt. Ihm ist klar, es ist wie eine Sucht. Zeit seines Lebens hat er dieses starke Gefühl immer wieder gesucht, immer öfter, immer bei anderen und unterschiedlichen Frauen. Es gab Zeiten, da war er völlig desorientiert, nur vom Gefühl gesteuert. Er konnte sich auf nichts anderes mehr konzentrieren.

Seitdem er die Tagesklinik besucht, hat sich sein Zustand gebessert. Er ist stabiler geworden. Er ist in der Lage, seine Gefühle zu kontrollieren. Auch auf seine Arbeit im Computerladen kann er sich wieder freuen und konzentrieren.

Doch jetzt, seitdem er dieser blinden Frau begegnet ist, ist alles fast wie früher. Er dreht sich wieder wie ein Hamster im Rad, aus dem er nicht mehr herauskommt. Er will, nein, er muss diese Frau beobachten. Muss ihr heimlich näher kommen, muss in ihre Intimität eindringen. Er kann sich nicht dagegen wehren.

*

Der erste Tag der Therapie ist zu Ende. David liegt im Bett und starrt zur Zimmerdecke hoch. Sein Zimmer in der Klink befindet sich zur Straßenseite. Er hat die Vorhänge am Fenster nicht zugezogen und einen Fensterflügel geöffnet. Von außen dringen das Licht der Straßenlaternen und der Motorenlärm der vorbeifahrenden Autos ins Zimmer.

In der Vorbesprechung der Therapie hatte er sich das Zimmer ausgesucht. Die wenigen Zimmer auf der Parkseite sind zwar wesentlich ruhiger, David wollte aber nicht diese Ruhe und vor allem nicht die dort herrschende Dunkelheit. Er hätte sich abgeschoben und verlassen gefühlt.

In seiner Wohnung in der Stadt teilt er sich das Schlafzimmer mit einem Freund. Alleinsein ist dort fast unmöglich. Ebenso ist es dort fast unmöglich, allein und in Ruhe über sich und über das Leben nachzudenken. Es sei denn, man schafft es, solange wach zu bleiben, bis der Freund eingeschlafen ist. Aber auch in diesen seltenen Fällen unterbindet das Atmen oder Schnarchen des Freundes jeden klaren Gedankengang.

Nach dem Abendessen hatten alle Patienten mit den Betreuern zum ersten Mal wie geplant zusammengesessen und den vergangenen Tag besprochen. Er musste sich für sein Fernbleiben vom Frühstück vor der Gruppe rechtfertigen. Schnell erfand er eine „Notlüge" vom angeblich erkrankten Freund, der auf seine Hilfe angewiesen sei und am Ende zollte man ihm für sein soziales Verhalten sogar Respekt und Mitleid gleichzeitig.

Dieses Verständnis würde ihm künftig sogar die Möglichkeit eröffnen, so oft wie er es wollte, vom Frühstück fernzubleiben. Und er würde oft nicht am Frühstück teilnehmen – so wie es jetzt aussieht, nie. Da ist er sich sicher.

Welch eine positive Wendung des Schicksals. Erstmals nach längerer Zeit fühlt er sich gut und zufrieden. Er hat ein Zimmer für sich allein. Er hat es geschafft, der Frau am See näherzukommen und er kann, so oft er möchte, die Klinik am frühen Morgen verlassen – dem kranken Freund sei gedankt.

Alles wendet sich zum Guten, denkt er.

Das war nicht immer so. Wahrhaftig nicht.

*

David war bei seiner Geburt ein hübsches Baby mit dichten, pechschwarzen Haaren und einem hübschen Gesicht. Er war nicht unbedingt ein Wunschkind seiner Eltern. Sie hatten bereits einen zehn Jahre alten Sohn. Aber der ungeplante Nachkömmling wurde umhegt und gepflegt. Man kann sagen, seine ersten Jahre waren schöne Jahre – lediglich mit der Einschränkung, dass David sich an diese Zeit natürlich nicht mehr erinnern kann.

Seine Erinnerungen reichen zurück bis zum Beginn seiner Schulzeit. Damals stritten sich seine Eltern häufig. Oft lag er im Bett, hielt sich die Ohren zu, um den lautstarken Streitigkeiten nicht zuhören zu müssen.

In späteren Jahren bemerkte er bei seiner Mutter öfter blaue Flecken im Gesicht und an den Armen. Auf seine Frage antwortete sie immer lapidar, dass sie sich gestoßen habe. Sein Vater ging irgendwann nicht mehr zur Arbeit. Er saß immer zu Hause, trank Bier und war durchweg schlecht gelaunt. Das war die Zeit, in der David seine Mutter oft nachts weinen und seinen Vater stöhnen und schimpfen hörte. Er war noch zu jung, um alles zu verstehen, was mit seinen Eltern los war. Er begriff lediglich, dass es oft ums Geld ging. Es schien ein chronischer Geldmangel zu Hause zu herrschen von dem das tägliche Bier für seinen Vater nicht betroffen war. Spielsachen erhielt er nur zum Geburtstag oder zu Weihnachten und dann immer nur ein kleines Geschenk, das er sich nie gewünscht hatte – aber er hatte doch so viele Wünsche. Süßigkeiten gab es nie.

Trotzdem liebte er seine Eltern – auch seinen Vater.

Als er zwölf war, wurde sein Vater in die geschlossene Psychiatrie eingewiesen. Seine Mutter besuchte ihren Mann nie und er durfte seinen Vater daher ebenfalls nicht besuchen. Eine Erklärung, weshalb man seinen Vater von der Familie getrennt hatte und wieso er ihn nicht mehr sehen durfte, erhielt er nicht. Seine Mutter bemühte sich zwar, den Vater zu ersetzen, trotzdem war sie in Davids Augen die Schuldige für den Zerfall der Familie.

Erst viele Jahre später erfuhr er durch einen Zufall, dass sein Vater bereits vor Jahren in der Klinik Suizid begangen hatte.

Das Zusammenleben mit seiner Mutter gestaltete sich zunehmend schwieriger. Immer häufiger wechselte seine Mutter ihre Männerbekanntschaften. Er begann, sie dafür zu verabscheuen.

„Wie kann sie nur Vater so betrügen und so einfach vergessen?“, fragte er sich immer wieder.

Mit seinem zehn Jahre älteren Bruder konnte er nicht über seine Probleme sprechen. In dieser Zeit, in der David ihn gebraucht hätte, hatten die Brüder nur wenig Kontakt zueinander. Zu groß war der Altersunterschied. Sein Bruder war erwachsen und hatte andere Interessen. Davids Probleme interessierten ihn nicht.

Eines Abends, David lag bereits im Bett, klopfte es an seiner Zimmertür, was an sich schon ungewöhnlich war und sein Bruder kam herein.

David war so überrascht, dass er sofort hochsprang und sich im Bett aufsetzte. Er schaute seinen Bruder erwartungsvoll mit großen Augen an, ohne ein Wort zu sagen oder eine Frage zu stellen. Sein Bruder setzte sich zu ihm aufs Bett. Er schaute zu Boden und David schaute auf seine Bettdecke. Keiner der beiden sprach ein Wort, als müssten beide einen Kampf austragen, wer als Erster das Schweigen bricht.

„Ich haue hier ab.“

„Wieso?“, fragte David.

„Ich halte es einfach nicht mehr aus.“

„Aber du kannst mich doch nicht allein lassen.“

„Du kommst schon zurecht. Mutter sorgt schon für dich. Außerdem wirst auch du älter und eines Tages ...“

„Nein, das darfst du nicht“, unterbrach ihn David, drehte sein Gesicht ins Kopfkissen und begann lautlos zu schluchzen.

„Okay, machen wir ein Spiel.“

David hob seinen Kopf aus dem Kissen und schaute zu, wie sein Bruder ein Kartenspiel aus der Tasche zog. David hatte das Kartenspiel schon oft bei ihm gesehen. Er schien es immer bei sich zu haben.

Die Karten ordnete er wie einen Fächer und hielt sie David mit der Rückseite nach oben hin.

„Du ziehst eine Karte und ich ziehe eine Karte. Wenn du die höhere Karte ziehst, bleibe ich. Wenn ich die höhere Karte ziehe, haue ich ab. Einverstanden?“

„Einverstanden!“

David fuhr unschlüssig, welche Karte er ziehen sollte, mit der Hand über die Karten. Dann fassten seine Finger zu und er zog eine Karte aus dem Fächer. Er drehte sie langsam um. Eine Dame. Er strahlte, denn er wusste, es gab nur zwei Karten mit einem höheren Wert. Der König und das As. Seine Chancen standen gut.

Mit Spannung verfolgte er, wie sein Bruder ohne lange zu überlegen zugriff. Ohne zu zögern drehte er die Karte um – ein As.

„Pech gehabt kleiner Bruder.“

„Ja.“

David ließ die Arme resigniert auf das Bettlaken sinken.

„Wann gehst du?“

„Morgen.“

Mehr Worte wurden nicht gesprochen. Wozu auch. Das Schicksal hatte entschieden. David schaute seinem Bruder hinterher, als dieser das Zimmer verließ. Als er die Tür zuzog, meinte David, ein leises „mach's gut" gehört zu haben.

„Du auch", flüsterte er.

Am nächsten Tag, als David aus der Schule nach Hause kam, war sein Bruder nicht mehr da.

Seine Mutter sagte ihm nur kurz, dass sein Bruder sie verlassen hatte. David fragte nicht weiter. Er hatte das Spiel verloren, Schicksal eben. Und gegen das Schicksal hatte er schlechte Karten gehabt.

Jahrelang hörte David von ihm nichts mehr. Seine Mutter sagte einmal zu ihm, dass er seinen Bruder vergessen solle. Er wäre total introvertiert und würde sich sowieso nicht für ihn interessieren und nur in seiner eigenen Welt leben. Damals verstand David nicht, was *introvertiert* bedeutet, glaubte aber verstanden zu haben, was seine Mutter meinte. Für ihn trug seine Mutter nicht nur die Schuld an der Trennung von seinem Vater, sondern auch am Weggang seines Bruders.

David war seitdem allein mit seinen Problemen und die Abscheu seiner Mutter gegenüber entwickelte sich langsam aber stetig zu einem Hassgefühl.

„Ich bekomme heute Abend Besuch. Bernd kommt vorbei. Du gehst rechtzeitig ins Bett", eröffnete seine Mutter ihm eines Tages, als er gerade dreizehn Jahre alt war. Bernd kam sehr früh. Zur Begrüßung tätschelte er mit aufgesetzter Freundlichkeit Davids Kopf. Seine Mutter verlor keine Zeit, ihn in sein Zimmer zu drängen. Der Ärger über die für ihn unverständliche Abschiebe ins Bett und der vehement aufkommende Hass gegen seine Mutter ließen ihn nicht einschlafen.

Nach einiger Zeit vernahm er bekannte Geräusche, die aus dem Schlafzimmer seiner Mutter zu kommen schienen. Es waren die gleichen Geräusche, die er früher vernommen hatte, wenn sein Vater Bier getrunken hatte und er im Bett lag und sich die Ohren zuhielt. Er hörte wieder dieses Stöhnen. Doch seine Mutter weinte im Gegensatz zu früher nicht. Er hörte ihre helle Stimme lachen. Auch schimpfte dieser Mann, den sie Bernd nannte, nicht mit ihr.

Vorsichtig stieg er aus seinem Bett und schlich auf nackten Füßen zum Schlafzimmer seiner Mutter. Die Geräusche wurden lauter. Bernd stöhnte laut, wogegen seine Mutter spitze Schreie ausstieß und Worte zu Bernd sagte, die er nicht kannte, die sich aber obszön und schmutzig anhörten.

Vorsichtig näherte er sich der nur angelehnten Schlafzimmertür. Nein, ein Zurück gab es jetzt für ihn nicht mehr. Er musste wissen, was da drinnen vor sich ging.

Mit spitzen Fingern drückte er gegen die Türe, bis sich ein kleiner Spalt ergab, durch den er ins Zimmer blicken konnte. Was er dort sah, ließ ihm den Atem stocken.

Seine Mutter und Bernd waren nackt. Bernd lag auf dem Rücken. Seine Arme und Beine waren gespreizt und mit Riemen am Bettgestell angebunden. Seine Mutter saß auf Bernd wie auf einem Pferd, den Oberkörper nach vorne gebeugt. Ihre Brüste pendelten schlaff vor dem Gesicht von Bernd hin und her. Beide bewegten sich im Takt auf und ab, wobei seine Mutter mit den Fäusten auf den Brustkorb von Bernd hämmerte, der immer lauter stöhnte. Manchmal hörte es sich an, als wenn er „nein“ stöhnte, dann wieder meinte David ein stöhnendes „ja“ zu vernehmen.

David schlug eine Hand vor den Mund, fuhr herum und lief so schnell er konnte zur Toilette, wo er sich übergab. Dann eilte er wieder zu seinem Zimmer und verkroch sich unter die Decke, bis nichts mehr von ihm zu sehen war. Er hielt sich mit den Händen wie früher beide Ohren zu. Er schluchzte.

„Was macht meine Mutter da drinnen bloß mit Bernd?“, fragte er sich.

„War es das, was Frauen und Männer unter Sex verstehen?“

Er war schockiert. So etwas Ähnliches hatte er schon mal aus Gesprächen der Schüler der höheren Klassen entnommen.

Nun wusste er, dass diese nicht gelogen hatten. Er kannte jetzt die eklige Tatsache. Wie konnte seine Mutter Bernd nur so behandeln. Bernd tat ihm fast leid. Und seine Mutter – die hasste er jetzt noch mehr.

„Verhalten sich alle Frauen so?“, fragte er sich.

„Wenn das der Fall ist, will ich nichts mit Frauen zu tun haben“, entschied er spontan.

In den folgenden Monaten und Jahren brachte seine Mutter immer häufiger verschiedene männliche Besucher mit nach Hause. David stellte fest, dass das Geschehen im Schlafzimmer immer gleich ablief. Er empfand, dass seine Mutter alle ihre Männer quälte und erniedrigte. Eine dauerhafte Beziehung entstand mit keinem der Männer.

Seine Mutter war für ihn das Abbild aller Frauen und durch ihr Verhalten wuchs in ihm eine Abscheu gegen die Frauen im Allgemeinen.

Trotzdem konnte er nicht leugnen, dass ihn im Laufe der nächsten Jahre das Äußere mancher Mädchen magisch anzog und erregte. Er konnte sich dennoch nie überwinden, ein Mädchen anzusprechen oder sogar den Versuch zu unternehmen, eine Freundschaft zu beginnen.

Nun war er auch nicht gerade der Typ, auf den die jungen Frauen flogen. Er wirkte depressiv und hatte daher auf seine

Mitmenschen eine negative Ausstrahlung. Es kam ihm vor, als hätten seine depressiven Stimmungen irreversible Schäden in seinem Gesicht hinterlassen, die für alle Mitmenschen sichtbar waren. Es kam sehr selten vor, dass er lachte und seine Zahnlücke zwischen den oberen beiden Schneidezähnen machte ihm das Leben auch nicht leichter. Um es mit einem Wort zu sagen, er war nichtssagend.

In der Schule nahmen ihn seine Mitschüler nicht ernst und trauten ihm nichts zu. Er beteiligte sich fast nie am Unterricht und von den Lehrern wurde er übersehen oder kritisiert, falls er einmal eine Antwort gab.

Er lebte sein junges Leben für sich und entwickelte einen unbändigen Eifer, was die Computertechnik betraf. Er konnte sich abschotten und eine Zeitschrift über IT-Technik mit der gleichen Leidenschaft verschlingen, wie er mit den Fingern über die Tasten seines Notebooks flog.

Mit fast neunzehn Jahren geschah es dann doch. Er ging zum allerersten Mal eine nähere Beziehung zu einer Frau ein. Eva war eine zierliche, kleine Person, allerdings mit einem ausgeprägten Willen. Der Kontakt wäre aus seiner Sicht nie entstanden, wenn nicht Eva die Initiative ergriffen hätte. Auch zu Liebkosungen und der gegenseitigen Erforschung des Körpers ermunterte ihn Eva. Bis zu diesem Punkt genoss er das Zusammensein. Als Eva eines Tages, seine Mutter hatte für einige Stunden die Wohnung verlassen, mehr von ihm wollte als nur oberflächliche Zärtlichkeit und Streicheln, war er schockiert. Vor seinem inneren Auge spielten sich die Szenen seiner Mutter mit ihren Männern ab. Nein, er wollte von einer Frau nicht so erniedrigt werden, wie seine Mutter die Männer erniedrigte.

Direkt und ohne Umschweife forderte er Eva auf, die Wohnung zu verlassen. Eva war bestürzt und beleidigt, zumal David ihr keinerlei Erklärung für sein Verhalten gab.

In den nächsten Jahren hatte David hin und wieder kurze Beziehungen zu Frauen, die jedoch an dem entscheidenden Punkt immer wieder endeten. Zu sehr waren die Erinnerungen an seine Mutter und deren Männer und den damit verbundenen Ekel präsent.

Irgendwann zog er bei seiner Mutter aus und brach den Kontakt zu ihr ganz ab.

Inzwischen kam es auch nicht mehr zu kurzen Beziehungen zu Frauen. David begnügte sich mit dem Beobachten von willkürlich ausgewählten Frauen, das ihm zu einer gewissen Befriedigung verhalf.

In der Folgezeit legte er sich ein hochwertiges Fernglas sowie eine Kamera mit starkem Zoomobjektiv zu, die sein Vorhaben enorm unterstützten. Er entwickelte sich immer mehr zu einem krankhaften Voyeur.

Da er keine direkte Beziehung mehr zu Frauen hatte, verblassten im Laufe der Zeit auch die Erinnerungen an die schreckliche Zeit seiner Kindheit zu Hause.

In der Folgezeit griff ihn die Polizei mehrfach auf, als er die Persönlichkeitsrechte von Frauen verletzte, indem er sie mit einem Fernglas beobachtete oder mit der Kamera fotografierte.

Im vergangenen Jahr wurde er am Badesee verhaftet, als er aus einem Versteck Frauen mit seiner Kamera nahe heran zoomte und fotografierte.

Die letzte Verhaftung erfolgte Anfang des Jahres am Rande des Stadtparks. Er saß spätabends versteckt in einem Gebüsch. Mit seinem Fernglas beobachtete er in der gegenüberliegenden Wohnung eine junge Frau beim Entkleiden. Ein älterer Mann, der seinen Hund Gassi führte, überraschte ihn und rief die Polizei.

Der Ermittlungsrichter war einfühlsam und sah in David einen jungen Mann, der durch äußere Einflüsse vom Weg abgekommen war. Der Richter vermutete, dass die Grundlagen für seine Erkrankung bereits durch familiäre Erlebnisse in der Pubertät entstanden waren. Da er bisher nie gewalttätig in Erscheinung getreten war und sich seine Erkrankung lediglich auf das Beobachten von Frauen beschränkte, fand der Richter, dass man ihm eine Chance geben sollte. Er erließ keinen Haftbefehl. Durch intensive fachärztliche Hilfe sollte er wieder in die Gemeinschaft integriert werden.

Er fragte David, ob er einer solchen Behandlung zustimmen wolle. David, der um seine krankhafte Veranlagung selbstverständlich wusste, schämte sich grundsätzlich wegen seiner Neigung. Ohne Zögern stimmte er einer Behandlung zu. Natürlich war die Möglichkeit einer Strafe zu entgehen ebenfalls sehr verlockend. Er wolle ein anderer Mensch werden, versprach er dem Richter. Durch Kontakte des Richters konnte er bereits wenige Tage später eine ambulante Behandlung in der Tagesklinik beginnen.

*

An diesem Abend im Bett in der Klinik spult sich sein bisheriges Leben nochmals in seinen Gedanken ab. Er hat die blinde Frau kennengelernt und es ist alles nicht mehr so, wie es war oder wie es werden sollte. Das Versprechen, das er dem Richter gegeben hat, schiebt er in die entlegenste Windung seines Gehirns.

Er denkt an Konrad, seinen Freund und Mitbewohner. Konrad kennt Davids Veranlagung und versteht ihn. Manchmal, wenn sie abends im Bett lagen und rumalberten, zog Konrad ihn mit seinen Frauen auf und machte sich lustig über ihn. Natürlich nur im Spaß. Beide lachten und David erzählte ihm dann Geschichten seiner Beobachtungen, die er reichlich ausschmückte. Er war dann richtig stolz auf sich.

Konrad hatte nie etwas zu erzählen. Er hatte weder etwas mit Frauen, noch mit Männern. Für ihn gab es nur seine Arbeit und in der Freizeit seinen Computer.

David fragt sich: Will er so werden wie sein Freund? – Nein, das möchte er nicht.

Es mehren sich die ernsthaften Bedenken, ob er weiterhin die Kraft und Ausdauer aufbringen kann, eine Änderung seines Verhaltens herbeizuführen.

Vor allem hat er Zweifel, ob er diese Behandlung hier noch will.

Irgendwann fallen ihm die Augen zu und er versinkt in einen unruhigen Schlaf.

8

Er drückt auf alle Knöpfe der Klingelanlage.
„Guten Morgen, hier ist *Der Tiefkühlfavorit*. Wären Sie so freundlich und würden mir bitte die Haustür öffnen?“, spricht der gutaussehende Mann höflich in die Sprechanlage eines Mehrfamilienhauses.

Der Türöffner summt mehrere Male, ohne dass sich ein Hausbewohner durch die Sprechanlage meldet.

Der Verkaufsfahrer kennt sich gut aus in den Wohnanlagen dieses Viertels der Stadt und der überwiegende Teil ihrer Bewohner ist ihm bekannt, vorzugsweise aber die Bewohnerinnen. Die jungen, hübschen, blonden Frauen und auch manche Schwarzhaarige haben es ihm angetan. Wenn er irgendwo klingelt, lässt man ihn immer ohne jegliche Nachfrage ins Haus. Er ist halt allgemein bekannt und beliebt.

Seinen Transit mit dem reichhaltigen Angebot an Tiefkühlkost parkt er an einer zentralen Stelle im Hochhausviertel. Sternförmig beliefert er von dort die Kunden. Wenn er sich in einem Haus längere Zeit aufhält, ist dies nicht auffällig. Die Frauen kennen ihn und lieben seine unverbindliche und manchmal etwas frivole Art der Kommunikation. Er weicht nie einem Gespräch aus, sofern seine Gesprächspartnerin hübsch und attraktiv ist. Dann kann sich der Besuch auch über eine längere Zeit erstrecken.

Heute steht unter anderem Frau Blumenröder auf seiner Liste. Eine blonde, attraktive Mittzwanzigerin. Er findet sie reichlich naiv, freut sich aber immer wieder auf das Gespräch mit ihr. Er fühlt sich ihr weit überlegen. Die eine oder andere seiner, mit einem Lächeln verpackte, etwas anstößige Bemerkung, lässt Frau Blumenröder immer die Röte ins Gesicht schießen. Er nimmt dies wohlwollend zur Kenntnis und registriert mit Freude, wie sich eine gewisse Begierde auf diese junge, hübsche Frau bei ihm einstellt.

Sie arbeitet als Friseurin und hat montags ihren freien Tag. Auf seiner heutigen Tour hat er sie daher eingeplant.

Er klingelt an ihrer Wohnungstür, die sich erstaunlicherweise sofort öffnet. Wahrscheinlich hat sie seinen Wagen bereits vom Fenster aus gesehen und erwartet ihn.

„Guten Morgen Frau Blumenröder. Wie geht es Ihnen heute? Hatten Sie eine schöne Nacht?“, sprudelt es fröhlich aus seinem Mund.

Ein leichtes Lächeln, nicht zu provokant, umspielt seine Mundwinkel. Die junge Frau wird verlegen und in ihrem Gesicht steigt eine ihr unangenehme Röte auf. Sie schlägt die Augen nieder und ist zu keiner schlagfertigen Antwort in der Lage. Sie fühlt sich ertappt. Sie wohnt in der Wohnung zwar allein, aber ihr Freund hat die letzte Nacht wieder einmal bei ihr verbracht. Es war tatsächlich eine schöne Nacht, findet sie.

Verschämt streicht sie sich eine Haarsträhne aus dem Gesicht und meint mit leisem Ton:

„Zwei Tüten Suppengemüse, drei Pakete Maultaschen und zwei Tüten Leberkäse, bitte. Das wäre für heute alles.“

Wie selbstverständlich drängt der Verkaufsfahrer Frau Blumenröder zurück in die Wohnung und kann auf diese Weise den kleinen Wohnungsflur betreten. Er notiert die Bestellung auf dem eigens dafür vorgesehenen Bestellbogen, den er hierzu auf einem kleinen Schränkchen ablegt. Dabei fällt das Schlüsselbund, das auf dem Schränkchen liegt, in sein Blickfeld. Reflexartig, ohne zu überlegen, lässt er das Bund in seiner Kitteltasche verschwinden.

„Gerne, Frau Blumenröder. Ich hole eben die Sachen und bin sofort wieder bei Ihnen. Lassen Sie die Tür nur offen, es dauert nicht lange."

Mit diesen Worten lässt er Frau Blumenröder allein, eilt die Treppen hinunter und mit großen Schritten zu seinem Lieferwagen. Ihm ist klar, jetzt ist Eile angesagt. Im Wagen hat er für solche Fälle ein Set mit Knetmasse. Geschickt stellt er damit einen Abdruck des Wohnungsschlüssels her. Schnell die bestellte Ware in den Korb legen und dann zurück zu Frau Blumenröder, bevor diese bemerkt, dass er ihren Schlüssel kurz ausgeliehen hat.

Etwas außer Atem erreicht er wieder die Wohnungstür von Frau Blumenröder, die ihn erwartet.

Ihre Wangen haben noch immer diese bezaubernde, rote Tönung.

„Da bin ich wieder. Habe ich mich nicht beeilt?", fragt er lächelnd, um seine Atemlosigkeit zu begründen.

„Ja, das stimmt", antwortet die Kundin erwartungsgemäß.

Er stellt den Korb in der Diele auf dem Schränkchen ab und lässt dabei den Schlüssel geräuschlos aus seiner Hand gleiten.

„So, jetzt noch eine Unterschrift hier unten, Frau Blumenröder. Der Rechnungsbetrag wird wie immer von ihrem Konto abgebucht."

„Ja, ist in Ordnung."

Frau Blumenröder unterschreibt den Beleg, den der Verkaufsfahrer ihr hinhält.

„Auf Wiedersehen. Noch einen schönen Tag“, sagt dieser und verschwindet eilig in Richtung Treppenhaus.

Frau Blumenröder kann gerade noch ein „Vielen Dank“ hinterherschicken, bevor sie ihn aus den Augen verliert.

Kopfschüttelnd schließt sie die Tür. Sie findet es ungewöhnlich, dass der Verkaufsfahrer heute so kurz angebunden ist. Irgendwie mag sie ihn und seine Art, auch wenn er sie manchmal in Verlegenheit bringt.

Wenn ihm jemand begegnet wäre, hätte dieser sicherlich sein Grinsen, das von einer gewissen Vorfreude herrührt, bemerkt. So aber verschwindet er unbemerkt aus dem Haus und besucht pflichtbewusst seine weiteren Kunden. Diese finden ihn heute besonders freundlich und sogar etwas aufgekratzt.

9

Es ist Dienstag.

Die Teilnehmer der Milieutherapie treffen sich sehr früh zum gemeinsamen Frühstück.

David hat verschlafen. Er ärgert sich. Ankleiden, ein paar Spritzer Wasser ins Gesicht, kurz mit der Zahnbürste über die Zähne. Das muss reichen. Er will nicht zum Frühstück – er will zum See.

Vorsichtig drückt er den Türgriff nach unten und öffnet leise die Tür.

„Ah, der Herr Winter will auch endlich zum Frühstück", schlägt ihm die Stimme vom Sozialarbeiter Grosse entgegen.

David macht erschrocken mehrere Schritte zurück ins Zimmer und muss sich zuerst einmal sammeln.

„Ja, ... äh ..., ja, ich habe verschlafen", bringt er endlich hervor.

Alexander Grosse steht mitten in der Tür, als wolle er Davids möglichen Fluchtversuch im Keim ersticken.

„Habe ich mir beinahe gedacht. Oder wolltest du wieder verschwinden, so wie gestern Morgen?"

Der Sozialarbeiter stößt bei diesen Worten mit dem Zeigefinger gegen Davids Brustkorb und drängt ihn damit weiter ins Zimmer hinein.

„Nein, nein, heute nicht. Meinem Freund geht es bereits besser."

„Woher willst du das denn wissen? Du hast doch verschlafen."

Alexander Grosse schaut David zweifelnd an.

„Er hat mich gerade angerufen und gesagt, dass ich nicht zu ihm kommen muss“, lügt David.

„So, so, er hat angerufen. Wahrscheinlich habt ihr eine Stunde telefoniert und du hast darüber das Frühstück vergessen. Das war dann dein Verschlafen! Nun komm schon, die anderen sind mit dem Frühstück fast fertig.“

Der Sozialarbeiter tritt ein paar Schritte zurück und gibt den Weg frei.

„Und ich sage dir: Das war das letzte Mal, dass du die Regeln hier nicht einhältst. Andernfalls ist deine Therapie schneller beendet, als sie begonnen hat“, fügt er noch warnend hinzu.

David entgegnet nichts mehr. Widerwillig trottet er vor dem Sozialarbeiter in Richtung Gemeinschaftsraum.

Wie an den vergangenen Tagen scheint auch an diesem Morgen die Sonne. Es ist vorgesehen, dass sich die Patienten nach dem Frühstück im Park der Klinik aufhalten. Zu den heutigen alltäglichen Arbeiten ist die Gartenpflege angedacht.

Zwei Patienten haben sich mit Rechen „bewaffnet“ und versuchen, die Kieswege zu säubern. Andere haben sich Astscheren zur Beschneidung der vielen Sträucher und Harken zur Unkrautbekämpfung besorgt. Auch David macht sich mit einer Heckenschere an einem Gebüsch zu schaffen.

Verdammt, denkt er. Wie konnte ich nur verschlafen? Wieso musste dieser Kerl vor meiner Zimmertür stehen und mich zum Frühstück holen? Werde ich vielleicht schon überwacht?

David will unbedingt zum See und die blinde Frau sehen. Er muss sich etwas einfallen lassen, koste es, was es wolle.

Hauptsächlich dienen der Morgen und die gemeinsame Arbeit der Kommunikation und des besseren Kennenlernens.

Es herrscht eine ruhige Stimmung, die es gestattet, dass die Sozialarbeiterin und der Sozialarbeiter beieinanderstehen und sich unterhalten. Sie sollen grundsätzlich eine gewisse Aufsicht ausüben und Patienten, die Schwierigkeiten mit der Integration in die Gruppe haben, unterstützend zur Seite stehen.

Sie schenken den Patienten jedoch wenig bis gar keine Aufmerksamkeit. Sie hatten das vergangene Wochenende Dienst und freuen sich ab morgen auf drei dienstfreie Tage. Sie haben genug mit sich zu tun und schmieden Pläne, wie sie die bevorstehenden freien Tage gemeinsam verbringen können.

„Wann treffen wir uns morgen?“, fragt Karl seine Kollegin.

Er ist ein etwas korpulenter Mann in den besten Jahren, wie er selbst von sich behauptet.

„Ich besuche morgen Vormittag meine Mutter. Am frühen Nachmittag bin ich dann bei dir“, flötet die lebenslustige Johanna.

„Ich werde uns dann schon mal den Kaffeetisch vorbereiten“, meint Karl lächelnd.

Sein leichtes Augenzwinkern lässt erahnen, was beide danach vorhaben.

Seit nunmehr drei Wochen verbindet beide mehr als nur kollegiale Sympathie. Sie sind ein Paar, was sie aber noch vor den anderen Kolleginnen und Kollegen geheim halten. Man würde nur über sie herziehen und gemeinsame Tätigkeiten würde die Einsatzleiterin zu vermeiden wissen. Sie könnten froh sein, wenn sie noch zeitgleiche Dienstzeiten hätten. Daher haben sie vereinbart, solange es geht zu schweigen, was ihre Beziehung betrifft.

Sie sind verliebt und so ins Gespräch vertieft, dass sie kaum registrieren, wie David ihnen ein Zeichen gibt, dass er die Toilette aufsuchen wird.

Er entfernt sich schnell von den übrigen Patienten in Richtung Klinik. Im Fahrradständer vor dem Gebäude steht sein Fahrrad. Er schaute sich kurz um. Niemand beachtet ihn. Geschickt springt er auf das Fahrrad und rast im Spurt davon. Er denkt schon nicht mehr daran, dass ihn womöglich jemand sieht, wie er sich entfernt. Er hat nur ein Ziel – die blinde Frau, die sich hoffentlich am See befindet.

Außer Puste erreicht er den See. Er wirft sein Fahrrad hinter eine Ansammlung junger Fichten und robbt gewandt auf allen Vieren bis zu der Stelle, von der er die Bank am See sehen kann. Dabei empfindet er, wie früher, wieder die unbeschreibliche Vorfreude, sich seinem „Opfer" unbemerkt zu nähern. Sein Versprechen, ein anderer Mensch werden zu wollen, das er dem Ermittlungsrichter gab, hat er zu diesem Zeitpunkt längst vergessen. Er schiebt die Blätter ein wenig zu Seite und hat die Bank wie immer im vollen Blickfeld.

Ja, er hat Glück. Sein Herz hüpft vor Freude. Die blinde Frau ist noch da. Das Gesicht mit der dunklen Sonnenbrille ist ihm zugewandt. Er weiß, dass er sich keine Sorgen machen muss, von ihr entdeckt zu werden.

Sie hat die Hände auf die Bank gestützt, den Oberkörper und den Kopf leicht nach hinten gebeugt und lässt sich genüsslich von der Sonne bescheinen. Ihre blonden, kurz geschnittenen Haare glänzen wie Sonnenstrahlen. Sie trägt heute ein enganliegendes, pinkfarbenes Top, sowie eine enge, weiße Sommer-Jeans, die ihre gute Figur vorteilhaft hervorhebt.

David starrt die Frau unentwegt an und lässt seiner Phantasie freien Lauf.

Wie die meisten Voyeure, bevorzugt auch er für seine Beobachtungen normalerweise die Rückansicht der Frauen. Einer Frau ins Gesicht zu sehen, vermied er bisher. Ihm ist klar, dass sich durch einen Blick ins Gesicht einer Frau, sein moralisches Schuldbewusstsein melden würde und der erwartete Kick wäre dahin.

David starrt die Frau so intensiv an und ist so in Gedanken versunken, dass er erschrocken zusammenzuckt, als die Frau ihren Blindenstock nimmt und sich von der Bank erhebt. Langsam, aber erstaunlich sicher, tastet sie sich mit dem Stock den Waldweg bis zur Straße entlang.

David verlässt sein Versteck und folgt ihr im sicheren Abstand, damit sie nicht seine Schritte vernimmt.

Vom Waldrand folgt sie der Straße am Stadion vorbei und erreicht die ersten Einfamilienhäuser. David, der ihr bereits sehr nahe gekommen ist, bleibt stehen, zieht sein Smartphone aus der Hosentasche und gibt vor, zu telefonieren. Er will vermeiden, dass jemand bemerkt, dass er der Frau folgt. Er beobachtet aufmerksam den weiteren Weg der Frau, die in ein Grundstück eines kleinen Einfamilienhauses einbiegt. Sie schließt die Haustür auf und verschwindet im Inneren des Hauses.

David überlegt, was er machen soll. Er steckt sein Smartphone in die Tasche und schaut sich um. Die Straße ist menschenleer. Kein Auto, kein Fußgänger ist unterwegs. Schnell begibt er sich zu dem Haus, in dem die Frau verschwunden ist.

Ein Blick auf das Klingelschild genügt ihm.

Anna Reinders steht als Name auf dem Schild.

David ist zufrieden mit sich. Jetzt weiß er, wo sie wohnt und kennt ihren Namen. Jetzt ist sie keine Unbekannte mehr für ihn. Die Zukunft hat einen Namen: Anna.

David rennt zu seinem Fahrrad und beeilt sich, zurück zur Klinik zu kommen.

Die Patienten arbeiten noch im Park und die beiden Sozialarbeiter stehen noch immer fast an der gleichen Stelle, reden und lachen miteinander. Er nimmt seine Astschere und gesellt sich zu zwei jungen Männern, die an einem Strauch herumschneiden.

Niemand stellt eine Frage, wo er gewesen ist. Seine Abwesenheit scheint unbemerkt geblieben zu sein.

10

Der Verkaufsfahrer der Firma *Der Tiefkühlfavorit* stellt seinen schwarzen BMW auf dem öffentlichen Parkplatz neben dem Bürgersteig ab. Ohne Hast geht er selbstsicher direkt auf den Eingang eines der Mehrfamilienhäuser zu. Seinen Kopf hält er leicht gesenkt, damit entgegenkommende Passanten sein Gesicht nicht direkt erkennen können. Wenn jemand an ihm vorbeigeht, schaut er zur anderen Seite. Aber das kommt nur einige, wenige Male vor.

Er überlegt, mit welchem Vorwand er sich Zutritt zum Haus verschaffen soll. Als er nur noch wenige Schritte vom Hauseingang entfernt ist, öffnet sich die Haustür und eine ältere Dame tritt heraus. Die Dame vermutet richtig, dass er ins Haus will und hält ihm höflich die Haustür offen.

„Vielen Dank", sagt er freundlich, wobei er es vermeidet, mit der Dame in Blickkontakt zu treten.

Gelassen betritt er den Hausflur. Er drückt auf den Aufzugsknopf und hat Glück. Die Aufzugstür öffnet sich sofort. Er wählt die erste Etage. Mit einem leisen Summen setzt sich der Aufzug in Bewegung und erreicht nach wenigen Sekunden die gewählte Etage. Er tritt aus dem Aufzug und schaut sich nach beiden Seiten um. Der Flur liegt verlassen da. Er erinnert sich genau, auf der linken Seite des Flures, direkt zu Anfang, befindet sich die gesuchte Wohnung. Jetzt bewegt er sich schnellen Schrittes auf die Wohnungstür zu. Bereits im Aufzug hat er den Nachschlüssel in die Hand genommen.

Sicherheitshalber schaut er auf das Namensschild oberhalb der Klingel. *E. Blumenröder* steht dort in Druckschrift. Mit einem kurzen Blick nach rechts und links versichert er sich nochmals, dass er sich allein auf dem Flur befindet. Fachmännisch öffnet er mit dem Nachschlüssel die Wohnungstür und huscht schnell hinein.

Es ist Dienstag. Elvira Blumenröder wird erst gegen neunzehn Uhr nach Hause kommen und er hat noch genügend Zeit, sich in der Wohnung umzusehen. Der kleine Flurbereich ist ihm vertraut. Zielstrebig öffnet er die Schlafzimmertür. Das Mobiliar ist in einem weißen, stilvollen Design gehalten und zeugt von einem guten Geschmack der Bewohnerin. Ein breites Bett, daneben ein Nachttisch, ein hoher Kleiderschrank und eine kleine Kommode – alles wirkt neu und aufgeräumt. Ein, wie er findet, geschmackloses, abstraktes Gemälde ziert die Wand über dem Kopfteil des Bettes.

Ohne Eile öffnet er die obere Schublade der Kommode. Damenunterwäsche. Langsam zieht er mehrere BHs heraus, hebt sie hoch und betrachtet sie mit einem zufriedenen Gesichtsausdruck. Fast gefühlvoll legt er sie wieder in die Schublade zurück und streicht nochmals langsam mit der Hand darüber.

In der zweiten Schublade befinden sich einige Fotoalben. Kurz blättert er sie durch. Die Fotos, wahrscheinlich von Familienfesten und Urlauben, wecken nicht sein Interesse. Er hasst Fotografien. Die gestellten Fotos und die immer grinsenden Gesichter. Seit seiner Kindheit gibt es keine Fotos von ihm und aus der Erwachsenenzeit erst recht nicht. Und das ist auch gut so – mit wem soll er sich die auch ansehen? Achtlos lässt er die Alben auf der Kommode liegen und wendet sich dem Fenster zu. Von hier hat er einen optimalen Blick auf den

Eingangsbereich der Wohnanlage. Wenn Elvira Blumenröder ankommt, wird er dies rechtzeitig sehen können.

Wahrscheinlich werde ich noch über eine Stunde warten müssen, denkt er. Er geht daher ins Wohnzimmer. Eine Schrankwand mit einem überdimensional großen Fernseher, ein Sofa, ein Sessel, beides aus weißem Leder und davor ein Glastisch. Er fährt mit der Hand über das weiche Leder. Wer sich Möbel aus weißem Leder anschafft, ist davon überzeugt, dass er selbst rein ist wie Schnee, denkt der Verkaufsfahrer.

Auf dem Schrank stehen einige gerahmte Fotos. Er schaut sie sich der Reihe nach an. Auf dem ersten stehen ein Mann und eine Frau. Dazwischen ein dünnes, vielleicht zwölfjähriges Mädchen. Vermutlich Elvira Blumenröder mit ihren Eltern, überlegt er. Auf dem zweiten Bild ist eine junge Frau im Badeanzug abgebildet. Ein blauer, einteiliger Badeanzug. Nicht besonders chic. Um den Hals der Frau hängt eine Medaille. Ein typisches Siegerfoto. Das dritte Bild zeigt einen jungen, blonden Mann, der etwas verlegen in die Kamera lächelt. Vielleicht ihr Freund? Er rückt die Bilder wieder vorsichtig an Ort und Stelle, als würden sie in seiner Hand zerbrechen.

Vor dem Fenster befindet sich ein Esstisch mit vier Schwingstühlen. Auf dem Tisch eine Schale mit Obst. Weintrauben, Bananen und Äpfel, geschmackvoll drapiert.

Das Wohnzimmer ist insgesamt so sauber und aufgeräumt wie das Schlafzimmer.

Das Gleiche gilt für die Küche, die bei ihm kein sonderliches Interesse weckt.

Das Badezimmer ist sauber geputzt. Der Raum duftet nach Parfüm. Ein frischer, angenehmer Duft. Die Duschkabine ist mit einer Teller-, Hand- und einer Seitenbrause ausgestattet. Sie ist wohl Duschfetischistin und mag es reinlich. Ihr Liebhaber muss garantiert sehr ordentlich und gepflegt sein. Er lächelt.

Die Wohnung strahlt eine saubere, fast sterile Gemütlichkeit aus. Er hat den Eindruck, die Bewohnerin fühlt sich hier wohl. Grundsätzlich hat er Zweifel, ob man sich überhaupt irgendwo wohlfühlen kann. Er weiß zwar nicht, wie diese Einstellung bei ihm entstanden ist, aber er ist davon überzeugt. Er hat so seine eigene Ansicht über diese Dinge.

Er geht zurück ins Wohnzimmer und holt sich einen Stuhl vom Esstisch und postiert diesen vor das Fenster im Schlafzimmer. Dort nimmt er Platz und wartet.

Elvira Blumenröder hat einen anstrengenden Arbeitstag hinter sich. In dem Salon, in dem sie gelernt hat, ist sie inzwischen zu einer viel gefragten Friseurin gereift. Für heute hat sie wieder einmal zu viele Termine angenommen. Der ganze Tag bestand nur aus Hetze und Stress. Ihre Beine und ihr Rücken schmerzen.

Sie stellt ihren Kleinwagen auf dem Privatparkplatz des Mehrfamilienhauses ab, in dem sie eine Zweizimmerwohnung mit Küche gemietet hat. Ein halbes Jahr musste sie warten, bis dann glücklicherweise ein Parkplatz frei wurde. Den mietete sie sofort. Müde und abgespannt steigt sie aus dem Wagen.

Es ist kurz nach neunzehn Uhr und sie freut sich auf ein duftendes Schaumbad. Danach wird sie wieder frisch und fit sein. Ihr Freund wollte bereits um neunzehnuhrdreißig zu ihr kommen. Sie hat aber auf ein Treffen um einundzwanzig Uhr bestanden. Nach so einem Tag benötigt sie ein wenig Zeit für sich.

In den letzten Wochen drängt er sie immer mehr zu einer gemeinsamen Wohnung. Sie aber findet den jetzigen Zeitpunkt noch zu früh. Sie sind erst seit einigen Monaten zusammen, und ihre Eigenständigkeit möchte sie noch nicht aufgeben.

Trotz ihrer Müdigkeit verzichtet sie wie immer auf den Aufzug und eilt die Treppe hinauf. Sie hasst die Enge in einem Aufzug. Zudem redet sie sich ein, mit dem Vermeiden des Aufzugs den Erhalt ihrer Gesundheit erheblich zu fördern. Leicht außer Puste erreicht sie ihre Wohnungstür und schließt auf. In der kleinen Diele lehnt sie sich kurz mit dem Rücken an die Wand, bis sich ihr Puls ein wenig beruhigt hat.

Sie nimmt die Fernbedienung der Stereoanlage, die auf dem Schränkchen im Flur liegt. Wie immer schaltet sie sofort nach Betreten der Wohnung die Anlage ein und augenblicklich dröhnt Gossip mit „Heavy Cross“ aus dem Wohnzimmer. Die CD liegt noch vom gestrigen Abend im CD-Player.

In Erwartung eines schönen Abends geht sie gut gelaunt ins Bad, dreht den Wasserhahn auf und lässt heißes Wasser in die Wanne einlaufen. Eine mehr als ausreichende Menge ihres gut duftenden Schaumbades fügt sie sofort hinzu. Das wird einen riesigen Berg Schaum erzeugen – so wie sie es mag.

Jetzt noch schnell ins Schlafzimmer, sich der Kleider entledigen und dann ab in die Wanne, denkt sie.

Auf dem Weg zum Schlafzimmer streift sie ihre Schuhe von den Füssen und knöpft sich schon ihre Bluse auf, aus der sie dann schnell herausschlüpft. In Vorfreude auf das Bad singt sie den Hit von Gossip laut mit.

Energisch öffnet sie die Schlafzimmertür. Als sie zwei Schritte in den Raum eingetreten ist, schließen sich zwei starke Männerarme von hinten um ihre Taille, heben sie hoch und zerren sie in Richtung Bett. Wie wild schlägt und tritt sie um sich. Dazu schreit sie aus Leibeskräften. Der Fremde wirft sie auf das Bett und stürzt auf sie. Das kurze Lockern der

Umklammerung nimmt ihr Gehirn motivierend zur Kenntnis. Ihr Geschrei, ihre Schläge und Tritte werden noch heftiger. Bei klarem Verstand hätte sie jedoch festgestellt, dass ihre Gegenwehr in der Luft verpufft und kein Tritt sein Ziel erreicht. Der Mann drückt ihre Arme fest auf die Matratze. Erst jetzt bekommt sie sein Gesicht zu sehen – das heißt: Das Gesicht kann sie nicht sehen. Sie sieht lediglich eine schwarze Maske, die über den gesamten Kopf gezogen ist und bis hinunter zum Hals reicht. Nur Öffnungen für Mund und Augen sind vorhanden. Aus den Öffnungen für die Augen starren sie zwei weit aufgerissene, dunkle Augen an. Dieser Furcht einflößende Anblick lässt sie noch lauter schreien. Ihre Stimme scheint jeden Augenblick zu brechen. Der Mann lässt ihre Arme los und zwei behandschuhte Hände legen sich wie Schraubstöcke um ihren Hals. Mit ihren jetzt freien Händen trommelt sie aus Leibeskräften gegen die Brust des Angreifers und schreit wie von Sinnen. Der Druck um ihren Hals wird sofort so fest, dass sie kaum noch Luft bekommt. Ihre Schreie gehen in ein leises Gurgeln und Röcheln über. Der Schraubstock um ihren Hals löst sich nicht und sie hat das Gefühl, dass die Zeit stehen bleibt. Die Schmerzen an ihrem Kehlkopf schießen wie ein Blitz durch ihr Gehirn. Atmen ist nicht mehr möglich und damit erlahmt schlagartig ihre Gegenwehr. Ihre Muskeln werden schlaff. Arme und Beine hängen wie nutzlose Fäden an ihrem Körper. Vor ihren Augen tauchen bizarre Blitze auf. Dann wird ihr schwarz vor Augen. Es ist vorbei. Und Gossip singt die letzten Takte vom „heavy cross“. Von einem schweren Kreuz, das wir tragen und von einer grausamen Welt, der wir uns stellen müssen.

„Was habe ich bloß gemacht?“, fragt er sich fassungslos, als er wieder in seinem schwarzen BMW sitzt.

Er umfasst mit beiden Händen das Lenkrad und legt seine Stirn darauf. Nach wenigen Augenblicken richtet er sich wieder auf und schlägt mit Hand aufs Lenkrad. Seine Fassungslosigkeit ist Wut gewichen. Wut auf Elvira Blumenröder.

„Warum musste die kleine Blumenröder auch so fürchterlich schreien. Was sollte ich anderes machen als zuzudrücken? Sie sollte doch nur aufhören zu schreien. Ich wollte doch nur etwas Sex! Sie hätte doch mitmachen können, und wir beide hätten zufrieden sein können“, redet er zu sich selbst und sucht damit eine Entschuldigung für seine Tat.

Als Elvira Blumenröders Kopf schlaff in seinen Händen hing, wusste er sofort, dass er zu stark und zu lange zugedrückt hatte.

Er ließ ihren Kopf auf das Bett fallen. Die junge Frau starrte mit gebrochenen Augen gegen die Zimmerdecke. Ihr Mund war geöffnet, als wenn sie fragen wollte: „Warum?“

In Panik sprang er vom Bett, riss sich die schwarze Gesichtsmaske vom Kopf und steckte sie in die Hosentasche. Mit großen Schritten verließ er das Schlafzimmer, durchquerte die Diele und öffnete die Wohnungstür. Bevor er den Flur betrat, schaute er sich um, ob sich jemand im Flur aufhielt. Niemand war zu sehen und er verließ die Wohnung. In seiner Aufregung achtete er nicht darauf, dass die hastig zugezogene Wohnungstüre nicht ins Schloss fiel.

Auf dem Weg zu seinem Wagen zwang er sich zu einem normalen Schritttempo. Hast oder sogar Laufen wäre zu auffällig gewesen.

Er atmet mehrmals kräftig durch. Niemand ist ihm begegnet. Er greift ins Handschuhfach, nimmt eine Zigarette aus einer

Zigarettenpackung und zündet sie an. Er erschreckt, als er sieht, wie seine Hände dabei zittern.

Noch immer hat er die Bilder seiner Tat vor Augen. So hatte er das nicht vor. Er hat immer gedacht, er sei abgeklärt, kalt und er hätte jede Situation im Griff. Weit gefehlt, gesteht er sich. Gewaltsam muss er seine Panik niederkämpfen.

Erst einmal beruhigen und dann irgendwann nach Hause, denkt er.

Mit tiefen Zügen inhaliert er den Zigarettenrauch. Allmählich hört das Zittern seiner Hände auf. Er startet den Motor und langsam setzt sich sein Auto in Bewegung. Sein Blick stiert ohne Ziel nach vorne. Passanten auf den Bürgersteigen oder Fahrzeuge auf der Straße nimmt er kaum wahr. Mit Mühe kann er sich auf den vor ihm fahrenden PKW und auf Ampeln konzentrieren. Der Weg führt ihn ohne Ziel aus der Stadt hinaus.

Irgendwann muss er zu seiner Frau nach Hause. Sie wird ihn mit Fragen löchern, wo er gewesen ist oder wieso er so lange weggeblieben ist. Wahrscheinlich beides. Je nach Laune seiner Frau kann es aber stattdessen auch vorkommen, dass sie ihn völlig ignoriert. Diese Variante wäre ihm am liebsten. Ihm bleibt keine Wahl – er muss das Unausweichliche auf sich zukommen lassen.

*

Das Badezimmer in Elvira Blumenröders Wohnung ist für eine Zweizimmerwohnung sehr groß. Da sie Baden über alles liebt, hat sie zusätzlich zur fest installierten Dusche eine kleine, freistehende Badewanne ohne Überlauf aufstellen lassen. Inzwischen ist die Badewanne vollgelaufen. Das Wasser tritt über den Rand und sucht sich seinen Weg durch das Badezimmer, durch die Diele und dann in den Hausflur, wo es leise plätschernd das Treppenhaus hinunterläuft.

Frau Krüger aus dem dritten Stock wartet im Parterre auf den Aufzug. Sie traut ihren Augen nicht, als sich eine immer größer werdende Wasserlache im Hausflur ausbreitet. Sofort alarmiert sie einige Hausbewohner, bevor sie die Treppe hochstürmt. In der ersten Etage sieht sie, wie das Wasser aus der Wohnung von Frau Blumenröder fließt. Die Wohnungstür ist nur angelehnt.

Frau Krüger ist eine couragierte Frau, kurz vor ihrem fünfzigsten Geburtstag. Sie hat sofort die Vermutung, dass hier etwas nicht in Ordnung ist. Wachsam, Schritt für Schritt, geht sie auf die Wohnungstür zu.

„Hallo, hallo! Frau Blumenröder, sind Sie da?"

Sie ist sich unschlüssig. ‚Soll ich in die Wohnung hineingehen?', überlegt sie. Letztlich siegt ihre Neugier und sie drückt gegen die Tür, bis sie in die Wohnung hineinschauen kann. Vorsichtig steckt sie den Kopf etwas vor, um in die Diele zu sehen. Dabei hält sie sich am Türrahmen fest, als wenn sie Angst hat, in die fremde Wohnung hineinzufallen.

„Hallo, ist jemand da?", ruft sie lautstark.

Ihr Blick wandert durch die Diele. Außer dem fortwährend aus dem Badezimmer fließenden Wasser und der Tatsache, dass die gesamte Diele unter Wasser steht, ist nichts Ungewöhnliches zu sehen. Sie sieht, dass die Schlafzimmertür sperrangelweit geöffnet ist. Von ihrem Standpunkt aus kann sie jedoch nur den unmittelbaren Türbereich des Schlafzimmers einsehen. Sie reckt ihren Kopf noch ein kleines Stück weiter vor. Bei genauem Hinsehen erkennt sie ein Stück einer Bluse oder eines Hemdes, das auf dem Boden liegt. Behutsam setzt sie einen Schritt vor den anderen in die Diele, damit sie eine bessere Sicht in das Schlafzimmer hat. Dabei muss sie achtgeben, dass sie nicht im Wasser ausrutscht.

Tatsächlich, jetzt erkennt sie es genau. Auf dem Boden liegt eine Bluse. Mit beiden Händen hält sie sich am Türrahmen fest und schaut vorsichtig um die Ecke ins Zimmer.

Frau Blumenröder liegt auf dem Bett. Der Oberkörper ist nur mit einem BH bekleidet. Sie bewegt sich nicht. Ihr Mund ist geöffnet und ihre Augen schauen ausdruckslos gegen die Zimmerdecke.

Mit einem Mal ist ihr klar, dass hier etwas Furchtbares geschehen ist. Das Wasser nicht abgestellt, die Wohnungstür geöffnet und Frau Blumenröder liegt auf dem Bett – womöglich tot.

„Hilfe, Hilfe!!“

Ihre Schreie tönen durch die bis dahin angespannte Stille. Als sie sich umdreht, sieht sie, dass mittlerweile noch andere Hausbewohner an der Wohnungstür und im Wohnungsflur stehen. Alle starren sie erwartungsvoll an.

„Rufen Sie die Polizei und den Krankenwagen. Hier ist etwas Schlimmes passiert. Frau Blumenröder ...“, stammelt sie und ihre Stimme versagt.

„Beruhige dich“, sagt Monika Steinmüller, ihre direkte Nachbarin und legt ihren Arm um die Schulter von Frau Krüger.

Inzwischen hat ein besonnener Rentner, der auf dem gleichen Flur seine Wohnung hat, per Handy die Polizei und den Rettungsdienst angerufen.

11

Nach wenigen Minuten treffen der Notarzt und der Rettungswagen ein.

Bepackt mit mehreren Koffern medizinischer Geräte stürmen der Notarzt und zwei Rettungssanitäter ins Haus. Der Aufzug befindet sich gerade in der vierten Etage.

„Mist", kommentiert das einer der Sanitäter.

„Wir nehmen die Treppe. Bis zur ersten Etage dürfte das kein Problem sein und wir sind schneller vor Ort", entscheidet der Notarzt und schlägt als Erster den Weg zum Treppenhaus ein.

Drei Minuten später erscheinen die beiden Kommissare Frank Eisenstein und Ronni Kern im Eingangsbereich des Mehrfamilienhauses.

„Eine Überschwemmung", stellt Kommissar Eisenstein nüchtern fest.

„Mal etwas anderes. Man freut sich ja über jede Abwechslung. Wieso hat der Anrufer denn von einer Toten gesprochen?", murmelt Eisenstein.

Seit einiger Zeit neigt er dazu, mit sich selbst zu sprechen und sein Kollege kennt das. Daher gibt Ronni ihm auch keine Antwort.

Er betätigt den Aufzugsknopf und beide warten geduldig, bis der Aufzug in Parterre ankommt und sich die Aufzugstüren öffnen.

Im Flur der ersten Etage drängen sich die Hausbewohner vor der Wohnungstür von Elvira Blumenröder. Ein leises Gemurmel der Bewohner mit vereinzeltem Schluchzen lässt erahnen, dass etwas Tragisches vorgefallen sein muss.

Die Kommissare drängen die Hausbewohner zur Seite und betreten die Wohnung von Frau Blumenröder. Ronni, der sich wie sein Chef Handschuhe übergezogen hat, eilt als erstes ins Bad und dreht den Wasserhahn zu. Von den Hausbewohnern und auch vom Rettungsdienst ist bisher niemand auf diesen Gedanken gekommen. Sofort danach geht er ins Schlafzimmer, wo sich Eisenstein bereits befindet.

Die Tote liegt auf dem Bett und bietet einen traurigen Anblick. Sie liegt auf dem Rücken, die Augen sind starr nach oben gerichtet. Sie trägt eine weiße Hose und einen schwarzen BH. Ihre Bluse liegt auf dem Boden vor dem Bett. Die Füße sind nackt.

Eisenstein steht am Fußende vor dem Bett und mustert die Tote. Er seufzt, wie er es immer tut, wenn ihm etwas an die Nieren geht und sich ganz hinten in seinem Kopf eine Wut zusammenbraut.

Der Notarzt und ein Sanitäter stehen neben dem Bett.

„Tot durch Erwürgen“, stellt der Notarzt sachlich fest.

Seine Stimme klingt belegt.

„Wann ist der Tod eingetreten?“, fragt Eisenstein, ohne den Blick von der Frau zu heben.

„Vielleicht vor einer, maximal vor anderthalb Stunden. Die Totenstarre hat gerade einmal an den Augenlidern begonnen. Nach zwei bis vier Stunden setzt sie in den Kaumuskeln …“

„Ja, ja, das reicht.“

Eisenstein unterbricht den Notarzt etwas unfreundlich. Er kennt den Arzt und weiß, wenn man ihn nicht unterbricht, muss man sich einen minutenlangen Vortrag anhören. Dazu hat Eisenstein beim Anblick dieser jungen, toten Frau gar keine Lust.

„Eine Vergewaltigung hat allem Anschein nach nicht stattgefunden", konstatiert Eisenstein mehr zu sich selbst als zu dem Arzt.

„Das sehe ich auch so. Die Bluse ist zwar ausgezogen aber ihre Hose trägt sie noch. Vielleicht ist dem Täter der Tod der Frau zuvorgekommen", antwortet der Arzt trotzdem.

Eisenstein sagt nichts darauf. Ihm ist klar, dass der Arzt Recht hat.

Seit sechsundzwanzig Jahren ist Eisenstein im Morddezernat tätig. Er macht seinen Job gewissenhaft. In den letzten Jahren erfüllt ihn sein Beruf in den meisten Fällen nicht mehr mit Freude. Dafür hat er zu viele schreckliche Dinge gesehen. Ihm ist klar, dass er die Welt nicht ändern kann. Aber er ist auch davon überzeugt, dass sein Job einen Sinn hat. Er sieht darin die Verpflichtung, gute Ermittlungsarbeit zu leisten, damit die Täter überführt werden.

Dieser Fall geht ihm beim ersten Augenschein bereits an die Nieren. Wieso so eine hübsche, junge Frau?

Seine Tochter ist im gleichen Alter. Nach der Scheidung von seiner Frau vor zwölf Jahren hat er sie nur sehr selten gesehen. Seine Frau bekam das Sorgerecht. Wenn er sein Besuchsrecht wahrnehmen wollte, kamen in den meisten Fällen dringende berufliche Termine dazwischen. Später, als seine Tochter erwachsen war, lebte sie ihr eigenes Leben. Für ihren Vater war darin kein Platz. Er hat sie vor vielleicht acht Monaten zuletzt gesehen. Sie saß in einem Straßencafé und er ging zufällig vorbei. Ein knappes „Hallo" und ein paar unverbindliche Worte waren alles, was er erreichen konnte. Vielleicht fand er auch deshalb nicht viele Worte, weil es ihn so überraschte, wie erwachsen und hübsch sie geworden war.

So hübsch wie Frau Blumenröder, die hier auf dem Bett liegt – und tot ist, denkt er.

Er vermisst seine Tochter, auch wenn das nicht auf Gegenseitigkeit beruht.

Als er sich umdreht und mit Ronni sprechen will, hat er sich wieder gefasst und die Ermittlungsmaschinerie setzt routinemäßig bei ihm ein. Spurensicherungsexperten anfordern, Hausbewohner befragen. Das Übliche also.

Bevor der gesamte Stab der „Spusi" eintrifft, will Ronni mit der Befragung der Hausbewohner beginnen. Seine Erfahrung sagt ihm, dass nicht unbedingt mit einem Ergebnis zu rechnen ist. In so einem großen Mietshaus wie diesem, hören und sehen die Nachbarn grundsätzlich nichts. In vielen Fällen kennen sich die Nachbarn nicht einmal.

Der Rentner, der die Polizei gerufen hat, berichtet, dass Frau Blumenröder nicht verheiratet war, aber einen blonden Freund hatte. Auch weiß er, dass sie als Friseurin im Cutting-Club beschäftigt war. Er hatte sie vor längerer Zeit einmal gefragt, ob sie auch Hausbesuche durchführe, um seiner erkrankten Frau die Haare zu schneiden. Sie hatte jedoch abgesagt und danach hatte er keinen Kontakt mehr zu Frau Blumenröder gehabt.

Zumindest ist er ein Nachbar, der einige Hinweise geben kann.

Alle übrigen Mieter haben nichts Ungewöhnliches gesehen oder gehört und kannten Frau Blumenröder kaum. Die eine oder andere Frau bestätigt, dass sie Friseurin war. Sie ging früh aus dem Haus und kam in der Regel so gegen neunzehn Uhr nach Hause. Das ist alles, was Ronni erfahren kann.

Gegen einundzwanzig Uhr betritt ein blonder, junger Mann das Haus. Die Wasserlache im Flur vor dem Aufzug ist noch nicht ganz getrocknet. Er bleibt kurz stehen und überlegt, was die Ursache für das Wasser sein kann. Vermutlich gab es Ärger mit der Putzfrau, denkt er. Als er Stimmen im Hausflur hört, ist er von seinem ersten Gedanken nicht mehr überzeugt. Womöglich stammt das Wasser sogar von einem Rohrbruch, denkt er. Die Stimmen scheinen von der ersten Etage zu ihm zu dringen. Sie sind laut und klingen aufgeregt. Er ahnt nichts Gutes. In der ersten Etage wohnt seine Freundin Elvira.

Mit riesigen Schritten, immer eine Stufe überschlagend, eilt er die Treppe hoch. Erschrocken hält er inne, als er im Flur vor der Wohnungstür seiner Freundin einen Menschenauflauf sieht. Auch hier oben ist der Flur nass. Gibt es in ihrer Wohnung einen Wasserschaden?

Ein starker Arm fasst ihn bei der Schulter und leitet ihn in den kleinen Wohnungsflur, weg von den Schaulustigen. Ronni Kern hat den blonden Mann glücklicherweise sofort wahrgenommen und als möglichen Freund von Frau Blumenröder identifiziert.

„Was ist hier passiert?", fragt der Freund von Elvira Blumenröder.

Ronni bemerkt die ansteigende Nervosität bei dem jungen Mann. Er will weiter in die Wohnung hinein, ins Wohnzimmer zu seiner Freundin, die dort auf ihn wartet, so denkt er.

Ronni baut sich vor ihm auf und hält ihn an den Schultern fest.

„Wo ist meine Freundin?"

„Sagen Sie mir zuerst einmal wie Sie heißen und wer Sie sind", fragt Ronni mit ruhigem Ton.

„Wer sind Sie denn und was ist hier eigentlich los?", kontert der Mann.

„Mein Name ist Ronni Kern und ich bin von der Kriminalpolizei“, antwortet Ronni ruhig und zeigt ihm seinen Dienstausweis.

„Kriminalpolizei? Was wollen Sie denn hier? Und wieso stehen so viele Menschen draußen auf dem Flur?“

„Kommen Sie erst einmal mit und setzen Sie sich.“

Ronni führt den jungen Mann ins Wohnzimmer und drückt ihn in einen Sessel.

„So, nun beruhigen Sie sich etwas. Ich vermute, Sie sind der Freund von Elvira Blumenröder? Wie ist Ihr Name?“

„Ja, der bin ich. Mein Name ist René Delogne. Was ist mit meiner Freundin?“

Er will aufspringen, aber Ronni drückt ihn in den Sessel zurück.

Gerade in diesem Moment kommen zwei Männer des Bestattungsunternehmens mit einer Leichenwanne am Wohnzimmer vorbei, um den Leichnam von Elvira Blumenröder abzuholen.

René Delogne sieht die Wanne und ahnt mit einem Schlag, was mit seiner Freundin geschehen ist. Ihm ist klar, dass es seine Freundin ist, die abgeholt wird und dass sie tot ist.

„Was ist mit Elvira? ... Ist sie tot ...?“, stammelt er mit zittriger Stimme.

Er weiß es, will trotzdem eine Bestätigung von Ronni.

„Herr Delogne, ich muss Ihnen leider mitteilen, dass Ihre Freundin einem Gewaltverbrechen zum Opfer gefallen ist.“

„Sie ist tot“, formuliert er tonlos.

„Ich möchte sie sehen. Halten Sie die Männer zurück“, forderte er Ronni auf und deutete mit hängendem Arm auf die Männer des Bestattungsunternehmens.

Es scheint, als fließe neue Energie in seinen Körper.

Er erhebt sich schwerfällig aus dem Sessel und macht ein paar Schritte in Richtung Tür.

„Jetzt nicht. Später."

Ronni will nicht, dass er seine Freundin in ihrem augenblicklichen Zustand mit den breiten Würgemalen rings um den Hals sieht.

Ronni bemerkt, wie sich Renés Augen mit Tränen füllen und wie sein Körper zu schwanken beginnt.

Er nimmt den jungen Mann in seine Arme und René bricht an seiner Schulter in Tränen aus.

Behutsam leitet ihn Ronni wieder zum Sessel, auf den er sich unkontrolliert fallen lässt. Er schlägt die Hände vor sein Gesicht. Er ist nur noch ein Häufchen Elend.

Ronni hat vor, ihn später zu befragen, wenn er sich etwas beruhigt hat. Im augenblicklichen Zustand wird er keine brauchbaren Hinweise aus ihm herausbekommen. Er will den Polizeipsychologen bitten, sich seiner anzunehmen.

Bereits jetzt ist sich Ronni sicher, dass René Delogne nicht als Täter in Frage kommt.

Währenddessen läuft Eisenstein wie ein Tiger im Käfig in der Wohnung auf und ab. Immer wieder fährt er sich mit den Fingern durch seine grauen Haarstoppel. Die erste Stunde an einem Tatort ist für ihn wichtig, manchmal sogar entscheidend. Er muss Witterung aufnehmen, so sagte er einmal zu Anfang der Zusammenarbeit mit Ronni.

„Hier hat unser Vergewaltiger zugeschlagen", ist sich Eisenstein sicher und unterbricht seine Wanderung durch die Wohnung.

„Erinnerst du dich? Im Juli machte eine junge Frau aus Troisdorf eine Anzeige, dass Sie vergewaltigt worden sei.

Den Täter hatte sie nicht erkannt, da er eine Maske trug. Er hatte ihr gedroht, wiederzukommen, falls sie zur Polizei gehen würde. Erst nach Tagen konnte ihre Mutter sie überreden, Anzeige zu erstatten. Für Untersuchungen zur DNA-Feststellung war es natürlich viel zu spät."

„Ich erinnere mich. Es ist unklar, wie der Täter in die Wohnung gekommen sein soll. Keinerlei Spuren eines gewaltsamen Eindringens. Es besteht die Vermutung, dass die Frau den Mann kennt und hereingelassen hat. Zumindest bestehen Zweifel an der Richtigkeit ihrer Angaben", stimmt Ronni zu.

„Mit dem heutigen Fall verglichen, bestehen doch Parallelen. Auch in diesem Fall ist kein gewaltsames Eindringen in die Wohnung feststellbar. Die Frau von damals gab an, sich selbst entkleidet zu haben und dann vom Täter überwältigt worden zu sein. Auch in diesem Fall sieht es so aus, als hätte die Frau selbst ihre Bluse ausgezogen. Sie wollte anscheinend baden. Dann wurde sie überwältigt und erdrosselt."

„Das untermauert die These, dass beide Frauen den Täter kannten und hereingelassen haben", bestätigt Ronni.

„Glaubst du denn, sie hat den Mann hereingelassen, den Wasserhahn der Badewanne aufgedreht, Badeschaum hinzugegeben und sich dann die Bluse ausgezogen, wenn sie weiß, dass eine Stunde später ihr Freund kommen wird?", widerspricht Eisenstein.

„Nein, glaube ich eigentlich nicht. Es kann aber auch so gewesen sein, dass sie sich für das Bad vorbereitete, es klingelte und sie hat die Tür geöffnet, um zu sehen, wer da ist."

„Nur mit BH bekleidet? Glaube ich nicht", hält Eisenstein ihm entgegen.

„Nein, nein, der hat hier in der Wohnung gewartet und wollte sie vergewaltigen. Der hatte das geplant – eiskalt", fährt Eisenstein fort.

Eisenstein ist total von seiner Theorie überzeugt.

„Aber wie ist er hereingekommen? Vielleicht doch ein Freund oder ein Bekannter, der einen Schlüssel zur Wohnung hat?", entgegnet Ronni.

„Egal. Ich bin sicher, er war schon in der Wohnung, als die Blumenröder nach Hause kam."

Ronni widerspricht nicht weiter. Dafür hat die Spürnase Eisenstein mit seinen Vermutungen zu oft ins Schwarze getroffen.

„Du hast recht", sagt Ronni nach kurzer Überlegung.

Ronni hat eine hohe Meinung von seinem Kollegen Frank Eisenstein. Neben einer schnellen Auffassungsgabe verfügt er über hervorragende analytische Fähigkeiten. Überlegungen, die sie gemeinsam anstellen, führen in den meisten Fällen immer zu brauchbaren Ergebnissen.

„Wir müssen das Umfeld der beiden Frauen kennenlernen. Verwandte, Freunde, Bekannte, einfach jede Kontaktperson. Dann müssen wir feststellen, wo Übereinstimmungen vorkommen."

Mit einem kurzen Nicken signalisiert Ronni seine Zustimmung.

Frank Eisenstein steht kurz vor dem Ende seiner Karriere, wogegen sich Ronni Kern noch in den besten Jahren seines Berufslebens befindet. Schwierigkeiten, die in vielen Fällen auftreten, wenn Jung und Alt aufeinandertreffen, gab es bei beiden nur höchst selten. Sie respektieren sich und sind inzwischen ein gut eingespieltes Team. Was jedoch noch wichtiger ist, sie sind gute Freunde.

Im vergangenen Jahr hatte sich Ronni mit einer Kollegin auf eine kurze Affäre eingelassen, die er seiner frisch angetrauten Frau Isabelle erst nach der Hochzeit gestand. Auf Mallorca wollten sie einen Neuanfang beginnen, doch seine Frau wollte Rache, Rache um jeden Preis. In den Bergen stürzte Ronni unter mysteriösen Umständen ab. Seine Frau hätte den Absturz verhindern und ihn retten können. Sie nahm aber aus gekränktem Stolz seinen möglichen Tod in Kauf. Ronni Kern war wochenlang verschollen. Trotz anfänglich massiver Zweifel an seinem Freund, unternahm Frank Eisenstein alles, ihn zu finden und den Fall aufzuklären. Letztendlich hatte er Erfolg.

Ronni trennte sich verständlicherweise von seiner Frau. Frank hat, nach jetzt einem Jahr, noch immer den Eindruck, dass sein Freund trotz längerer beruflicher Auszeit und intensiver psychiatrischer Hilfe noch nicht vollständig über den Verlust und die Enttäuschung hinweggekommen ist.

Dies ist jetzt der erste große Fall, in dem beide wieder gemeinsam ermitteln. Ohne darüber zu sprechen, ist beiden klar – dieser Fall ist eine harte Nuss, die es zu knacken gilt.

12

Wenn einem ein Ereignis gefallen hat, versucht man gerne, dieses Geschehnis zu wiederholen. Anna hatte das Gespräch mit dem Fremden auf der Bank am See gefallen. Sie mochte die Art wie er redete. Seine Stimme, die freundlich klang und noch so jung wirkte, war ihr sehr sympathisch. Als sie gestern zum See gegangen war, hatte sie auf ein erneutes Treffen gehofft. Leider vergebens. Der junge Mann war nicht da. Sie musste sich eingestehen, dass sie ein wenig traurig war.

Es ist Mittwoch. Ein neuer Tag beginnt. Anna wird vom Zwitschern der Vögel geweckt. Weit vor der Weckzeit, die sie in ihrer Uhr neben dem Bett programmiert hat. Sie steht auf und öffnet das Fenster, das über Nacht nur gekippt war. Der frische Duft des frühen Morgens dringt in das Schlafzimmer. Anna lehnt ihren Oberkörper weit hinaus. Kein starker Regen, kein Nieselregen, kein heftiger Wind. Warme Sonnenstrahlen berühren ihre Haut. Es scheint wieder einmal ein schöner Tag zu werden.

Jeder Tag beginnt für Anna mit routinemäßigen, bis ins kleinste Detail eingeübten Tätigkeiten. Körperpflege, Ankleiden, Frühstücken. Jeder Gegenstand steht an seinem Platz – so wie jeden Morgen. Jeder Handgriff sitzt.

Nach dem Frühstück setzt sie sich an ihren Schreibtisch und schaltete den Computer an. Er ist ihre Verbindung zur Außenwelt. Mit ihm informiert sie sich über die Neuigkeiten in der Welt und in ihrer Heimatstadt.

Vor mehreren Jahren wurde ein spezielles Gerät für Sehbehinderte entwickelt, mit dem sie sich online informieren können. Eine Tastatur, die lediglich aus zwei Reihen besteht, sorgt für eine relativ einfache Bedienung. Als Anna davon erfuhr, hob sie sofort einen Teil ihrer Ersparnisse von ihrem Konto ab und schaffte sich dieses Gerät an.

Einmal drücken – die Enter-Taste rechts, und sie ist im Menü. Mit der Taste daneben klickt sie sich durch das Angebot und entscheidet sich für die Tageszeitung. Danach will sie noch wissen, wie das Wetter heute zu erwarten ist und ob sie für den täglichen Spaziergang zum See besser einen Schirm mitnimmt. Dass Sonnenstrahlen beim Blick aus dem Fenster sie beschienen haben, hatte sie zweifellos bemerkt. Aber dass heute die Sonne von einem wolkenlosen, blauen Himmel scheint, bleibt ihr verborgen.

Sie wählt zuerst den überregionalen Leitartikel. Eine angenehme Frauenstimme ertönt und beginnt, den ausgewählten Artikel vorzulesen. Danach entscheidet sie sich für die Regionalseite.

Die gleiche Frauenstimme tönt aus dem PC-Lautsprecher:

„*Troisdorf*. Gestern fiel eine junge Frau in Troisdorf einem Gewaltverbrechen zum Opfer. Sie wurde in ihrer Wohnung brutal ermordet. Neben der bisher unaufgeklärten Vergewaltigung einer jungen Frau im Juli, ebenfalls in Troisdorf, hat die Polizei jetzt zusätzlich einen Mord aufzuklären. Der leitende Hauptkommissar Frank Eisenstein vermutet einen Zusammenhang zwischen der Vergewaltigung und dem Mord. Die Polizei geht vom gleichen Täter aus. Kommissar Eisenstein und sein Team stehen unter Druck. Sie müssen den Täter fassen, bevor er eventuell erneut zuschlägt. Eine konkrete Spur verfolgt die Polizei bisher nicht."

Eine weitere Meldung lautet, dass in der Nacht zu Dienstag unbekannte Diebe zwischen den Bahnhöfen Troisdorf-Spich und Troisdorf-Hauptbahnhof zuschlugen und 25 Meter Kupferkabel stahlen. Der Verkehr der S-Bahn-Linien 12, 13 und 19 war für eine Stunde unterbrochen und es kam bis in den frühen Nachmittagsstunden zu Verspätungen.

Die Meldung von einem Unfall zwischen einem PKW und einem LKW mitten im Stadtgebiet von Troisdorf, bei dem ein Schaden von 50.000 Euro entstand, vervollständigt die örtliche Berichterstattung.

Der Wetterbericht ist da wesentlich positiver. Er verspricht überwiegend Sonne und null Prozent Regenwahrscheinlichkeit.

Annas Spaziergang steht daher nichts im Wege.

Sie sitzt bereits geraume Zeit auf der Bank am See. Neben ihr saß bis vor wenigen Minuten ein älteres Ehepaar.

„Komm, lass uns nach Hause gehen. Du hast vor Mittag noch einen Arzttermin“, schlug die Frau ihrem Mann vor, und beide machten sich dann auch sofort auf den Heimweg.

Anna ist jetzt allein. Endlich kann sie ungestört den vielfältigen Geräuschen der Natur lauschen, irgendwelchen angenehmen Gedanken nachhängen oder einfach nur die Seele baumeln lassen. Es ist wieder ein warmer Tag, so wie es der Wetterdienst vorhergesagt hat. Keine Wolke trübt das Bild des azurblauen Himmels, den Anna leider nicht sehen kann aber sie genießt die warmen Sonnenstrahlen auf ihrer Haut. Heute trägt sie ein pinkfarbenes, luftiges Oberteil und eine weiße, enge Sommerhose. In diesem Outfit hebt sie sich vom Grün der Bäume und Sträucher ab und ist als sommerlicher Klecks weithin sichtbar.

Auf dem Weg nach Hause will sie anschließend im Kiosk am Ende der Straße etwas Obst und ein Fertiggericht für den Mittag und einige Knabbereien für den Abend einkaufen. Der Wochenendeinkauf im Supermarkt ist wie immer für Freitag vorgesehen.

Ihre Einkaufstasche hat sie neben sich auf die Bank gestellt. Geldbörse und Schlüssel befinden sich in einem Außenfach, das durch eine Schnalle verschlossen ist.

„Hallo, darf ich mich zu Ihnen setzen? Nur hier ist noch ein Platz frei. Alle übrigen Bänke sind besetzt, wie Sie sehen“, ertönt eine tiefe, männliche Stimme.

Die Stimme kommt ihr unbekannt vor, trotzdem stimmt sie zu, obschon sie lieber allein wäre.

„Hallo, kein Problem. Setzen Sie sich nur. Die Bank bietet auch genug Platz für zwei Personen“, sagt sie freundlich.

Anna bemerkt nicht, wie er ihre Tasche nimmt und auf seine Seite der Bank stellt.

„Oh, entschuldigen Sie. Ich war reichlich unsensibel. Ich habe nicht bemerkt, dass Sie blind sind.“

Die Entschuldigung klingt in Annas Ohren echt. Für Anna ist das nicht neu. Es ist wie immer, wenn Menschen überraschend feststellen, dass ihre Gesprächspartnerin blind ist. Wahrscheinlich hat er ihren Blindenstock gesehen. Anna bemerkt auch eine gewisse Unsicherheit in seiner Stimme, als wenn er nicht weiß, wie er mit dieser Situation umgehen soll.

„Sie müssen sich nicht entschuldigen. Dass ich Sie nicht sehen kann, ist sicherlich schade. Aber ich muss nicht wie ein rohes Ei behandelt werden. Sprechen Sie mit mir, wie mit jedem anderen gesunden Menschen.“

Nach einer kurzen Pause fügt sie hinzu: „Ich heiße übrigens Anna, und wie darf ich Sie ansprechen?“

Anna will nicht den gleichen Fehler begehen, wie Montagmorgen, als sie sich dem jungen Mann nicht vorgestellt und dieser auch nicht seinen Namen genannt hatte.

„Hm ..., Alexander ist mein Name. Alex reicht auch“, entgegnet der Mann etwas zögernd.

Er atmet hörbar tief ein und aus und fügt mitfühlend hinzu:

„Ich bin erschüttert, dass so eine hübsche, junge Frau blind ist.“

„Das müssen Sie nicht. Ich komme ganz gut zurecht. Leider höre ich nur Ihre Stimme und kann Sie nicht sehen. Würden Sie mir ihre Hand geben?“, fragte Anna direkt.

Alex entgegnet nichts. Sie hat das Gefühl, dass er überrascht und sprachlos ist.

„An der Hand und am Handgelenk kann ich ungefähr erkennen, wie Ihre Statur ist und zusammen mit Ihrer Stimme Ihr Alter einschätzen“.

„Das ist ja interessant. Da bin ich doch mal gespannt.“

Eine Irritation in der Stimme bleibt Anna nicht verborgen.

Alex reicht Anna seine Hand. Es ist eine große, kräftige Hand mit einem entsprechend starken Handgelenk, das von einer großgliedrigen Kette umspannt wird. Die Kette befremdet Anna ein wenig. Auch die feuchten Handflächen wundern Anna. Sie führt das auf die warme Sommertemperatur und eine gewissen Aufregung zurück. Schließlich ist es nicht jeder Mann gewohnt, sich mit einer blinden Frau zu unterhalten.

„Na, wie ist Ihre Schätzung?“, fragt Alex neugierig.

„Ungefähr 1,85 m groß, 90 Kilo schwer und ca. 40 Jahre alt“, gibt Anna ihre Schätzung ab.

„Erstaunlich genau“, entgegnet er überrascht.

Genauere Erklärungen oder Berichtigungen machte er nicht.

Vielleicht habe ich ihn zu schwer geschätzt und womöglich ist er auch jünger als 40 Jahre. Aus Eitelkeit verkneift er sich daher einen Kommentar oder eine Richtigstellung, denkt Anna und hakt dieses Thema damit ab.

„Wie kommt es, dass Sie blind sind? Hatten Sie eine Erkrankung?“, traut sich Alex zu fragen, nachdem sie sich jetzt miteinander bekannt gemacht haben.

Nur wenigen Menschen hat Anna bisher den Hergang des schrecklichen Unfalls geschildert, obschon sie keinen Hehl daraus macht. Es hat sich bisher nur selten ergeben.

In ihrer Erinnerung spielen sich die Ereignisse immer noch sehr präsent ab. Inzwischen hat sie allerdings genügend Abstand gewonnen, um darüber reden zu können. Nach einigem Zögern beginnt Anna mit ruhiger Stimme.

„Wir waren auf dem Weg in den Urlaub nach Frankreich – mein damaliger Freund und ich. Wir befanden uns bereits in Frankreich und es war nicht mehr weit bis zu unserem Urlaubsort. Nach einer Rast wollten wir gut gelaunt das letzte Stück der Fahrt in Angriff nehmen, als uns ein alkoholisierter Falschfahrer auf der Autobahn entgegenkam. Mein Freund, der unseren Wagen steuerte, hatte keine Chance. Wir prallten frontal zusammen. Der Falschfahrer erlag noch am Unfallort seinen Verletzungen. Mein Freund hatte verhältnismäßig leichte Verletzungen. Ich hatte Schädelverletzungen und Gehirnblutungen. Soweit ist bei mir alles verheilt. Bis auf mein Augenlicht. Die Ärzte in der Spezialklinik haben alles versucht – leider ohne Erfolg. Nun muss ich mit meinem Handicap klarkommen und bin trotzdem froh, noch zu leben.“

Anna ist selbst erstaunt, wie sachlich sie den Unfall schildern kann und wartet auf eine Reaktion ihres Gesprächspartners.

Auch Alex ist erstaunt über ihre Sachlichkeit, aber er will ihr Schicksal nicht nahe an sich heranlassen. Er mag kein Leid von anderen Menschen hören – hat er doch selbst genug Leid in der eigenen Familie erlebt! Seinen Vater hatte er früh verloren und seine Mutter ... Na ja, er will nicht weiter daran denken. Und jetzt, das Unglück mit seiner Frau vor zwei Jahren! Nein, er wischt die Gedanken beiseite.

„Eine sehr traurige Geschichte, Anna. Es tut mir sehr leid für Sie", sagt Alex förmlich und unbeholfen, um ihr etwas Trost zu spenden.

Hätte er doch gar nicht erst gefragt. Er will diese Geschichte nicht hören – sie interessiert ihn eigentlich nicht. Ihn interessiert nur Anna – Anna als Frau. Ob blind oder nicht blind – Hauptsache die Frau ist hübsch – und Anna ist eine äußerst attraktive Frau.

Anna ahnt, dass Alex das Thema nicht fortsetzen möchte. Außerdem fällt ihr ein, dass sie noch einkaufen will. Sie will nach ihrer Tasche greifen und stutzt, als sie diese nicht neben sich findet.

„Sehen Sie irgendwo meine Tasche?", fragt sie.

„Ja sicher, die habe ich beim Hinsetzen etwas zur Seite geschoben", sagt Alex, nimmt die Tasche und gibt sie ihr.

„Ich will heute noch einige Einkäufe tätigen. Leider muss ich daher jetzt gehen. Vielleicht bis bald einmal."

„Ja, bis bald", antwortet Alex nachdenklich. Ein verwegenes Grinsen umspielt dabei seinen Mund.

Auf dem Weg zum Kiosk denkt Anna über das Gespräch mit Alex nach. Im Nachhinein wundert sie sich über sich selbst. Sie ärgert sich, dass sie Alex von dem Unfall so ausführlich erzählt hat. Er schien nicht sonderlich interessiert zu sein. Überhaupt hat sie das Gefühl, dass seine Anteilnahme nicht echt war.

Da hatte ihr das Gespräch am Montag mit dem jungen Mann wesentlich besser gefallen. Leider kann ich mir meine Gesprächspartner nicht aussuchen, denkt sie und schiebt das Thema damit beiseite.

David hat das Gespräch von Anna mit Alex beobachtet. Er hätte sich gerne zu Anna gesetzt, aber dieser Mann kam ihm zuvor und er wollte warten, bis Anna wieder allein sein würde. Leider verabschiedete sich Anna zuerst.

Auch der Mann ist inzwischen gegangen und David verlässt sein Versteck.

„Verdammt, Anna. Wie konntest du nur!“, sagt er laut vor sich hin.

Er ist sauer – stinksauer. Er kennt diesen Mann und er weiß, dass von ihm nichts Gutes zu erwarten ist.

Aber woher soll Anna das wissen, denkt er.

Eines ist ihm klar: Er muss unbedingt etwas unternehmen.

Anna tätigt ihre Einkäufe und geht danach zielstrebig nach Hause. Sie greift in das Außenfach ihrer Einkaufstasche, um ihren Schlüssel hervorzuholen. Doch der befindet sich nicht dort. Sollte sie ihn verloren haben? – Unmöglich. Sie durchwühlt ihre Einkäufe und findet ihn auf dem Boden der Tasche. Verärgert schüttelt sie den Kopf.

„Du wirst auch schon immer nachlässiger“, tadelt sie sich und öffnet die Haustür.

13

Im Kriminalkommissariat 11, zuständiges Kommissariat für Tötungsdelikte, sitzen Frank Eisenstein und Ronni Kern gemeinsam an Eisensteins Schreibtisch. Auch ihre Sekretärin Sybille Baum hat sich auf einen Vorschlag von Frank Eisenstein einen Stuhl geholt und sich dazugesetzt. Da es um eine Vergewaltigung und um einen Mord an einer Frau geht, findet Eisenstein, dass auch die Ansicht und Einschätzung einer Frau vertreten sein soll.

„Mir wäre es viel lieber, wie hätten zwei Morde an Drogenbossen und noch zwei an Zuhältern aufzuklären, als zwei Verbrechen an jungen Frauen", sagt Ronni Kern.

Sowohl Eisenstein als auch Sybille Baum stimmen ihm zu. Sie wissen, wie es um Ronnis Psyche steht. Er ist noch nicht so gefestigt wie früher. Die Erlebnisse und die Enttäuschung mit seiner Frau hat er noch nicht ganz verarbeitet. Es ist fraglich, ob er der emotionalen Belastung, die mit der Aufklärung der Vergewaltigung der jungen Frau und des Mordes an Elvira Blumenröder verbunden ist, schon gewachsen ist. Auch wenn er beide Frauen nicht gekannt hat. Doch er möchte arbeiten und er möchte nicht geschont werden. Er ist der Meinung, dass er nur so eine Chance hat, seine Probleme zu meistern und seinen Job wieder normal auszuüben. Eisenstein sieht das genauso und ist froh, ihn wieder an seiner Seite zu haben.

In der letzten Stunde sind sie gemeinsam die Akte der Vergewaltigung im Juli durchgegangen.

Sie sind einvernehmlich der Meinung, dass die Kollegen, die damals den Fall bearbeitet haben, gute Arbeit geleistet haben. Trotzdem gibt es keine Spur, der sie nachgehen und keinen Anhaltspunkt, an dem sie ansetzen können.

„Nichts haben wir in dem Fall in Händen. Stattdessen haben wir noch einen Mord dazu", poltert Eisenstein und schlägt die Akte wütend zu.

„Und in dem Fall der ermordeten Elvira Blumenröder haben wir auch nicht viel. Die Befragung der Hausbewohner und der Nachbarschaft hat nichts ergeben. War auch nicht zu erwarten. Den Freund, wie heißt der noch gleich? Ach ja, René Delogne, können wir als Täter ausschließen, denke ich", ergänzt Ronni Kern und offenbart damit die ganze Misere.

Auch Sybille Baum steuert zum allgemeinen Misserfolg ihren Beitrag dazu:

„Ich habe mit zwei Kolleginnen alle Verwandte, Freunde und Bekannten durchforstet. Wir haben keinen Anhaltspunkt gefunden, dass irgendjemand beide Frauen kennt oder ihnen jemals begegnet ist. Also, Fehlanzeige auf der ganzen Linie."

„Ich bin der Meinung, wir sollten beide Fälle immer im Zusammenhang sehen. Nicht als zwei voneinander unabhängige Fälle, sondern als einen Fall. Ich bin mir da völlig sicher: Der Vergewaltiger ist auch unser Mörder", wiederholt Eisenstein noch mal das, was er bereits am Tatort vermutet hatte.

„Worauf begründest du das? Was haben wir für Ergebnisse?", fragt Sybille Baum, die von dieser Besprechung später ein Protokoll anfertigen wird und sich zwischendurch Notizen macht.

„Der gleiche Typ Frau, jung, schlank und hübsch. Unterstellen wir, dass das Vergewaltigungsopfer die Wahrheit gesagt hat und sich alles so zugetragen hat, wie sie zu Protokoll gegeben hat. Die Kollegen von damals hatten so ihre Zweifel.

Dann stellen wir in beiden Fällen die gleiche kompromisslose Brutalität, mit der der Täter vorgeht, fest. Wir haben das gewaltlose Eindringen in beide Wohnungen. Er muss hereingelassen worden sein oder er hatte einen Schlüssel. Keine Fingerabdrücke. Wir konnten feststellen, dass er in beiden Fällen Latexhandschuhe getragen hat. Wir konnten keine DNA finden. Hätte die Frau nach der Vergewaltigung sofort Anzeige erstattet, hätten wir vermutlich eine DNA. Aber leider ist das nicht der Fall. Die Personenbeschreibung des Vergewaltigungsopfers ist nicht sehr aufschlussreich, eher dürftig. Sie passt auf tausende Männer: Groß, schwer und stark. Keine besonderen Kennzeichen. Schwarze Kleidung und Sturmmaske. Die wenigen Worte, die er gesprochen hat, lassen eine gewisse Höflichkeit vermuten, sofern man das unter diesen Bedingungen so sagen kann. Beide Frauen haben sich wahrscheinlich selbst teilweise entkleidet. Wieso? Zufall? Beide Frauen kamen von der Arbeit nach Hause. Die eine ging sofort ins Schlafzimmer und wollte sich umziehen. Die andere hatte sich Wasser einlaufen lassen und wollte baden. Die Frau im Juli hat er vergewaltigt. In dem jetzigen Fall ist es nicht zur Vergewaltigung gekommen. Ich bin mir sicher, dass er das vorhatte. Wahrscheinlich hat sich Elvira Blumenröder zu stark gewehrt und er hat sie erdrosselt. Mit Absicht? Ich glaube nicht. Aus Versehen? Vielleicht."

Frank ist, während er redet, aufgestanden und hinter seinem Schreibtisch wie ein Tiger hin und her gegangen. Jetzt setzt er sich wieder hin.

„Lasst uns eine Sonderkommission zusammenstellen, dann steht uns mehr Personal zur Verfügung", schlägt Sybille Baum vor.

„Du kennst doch die Situation. Es ist Sommer, viele Kolleginnen und Kollegen sind in Urlaub und der Krankenstand ist auch nicht gerade niedrig."

„Und was hältst du davon, offiziell die Bevölkerung um Mithilfe zu bitten?“, schlägt Sybille weiter vor.

„Weder das eine noch das andere kann uns helfen. Für eine Sonderkommission erhalte ich mit Sicherheit keine Genehmigung. Und die Bevölkerung um Mithilfe bitten? Nein, ich weiß nicht. Wie stehen wir denn da? Und wer soll uns aus der Bevölkerung einen Tipp geben? Alle Nachbarn wurden einzeln befragt, ohne Erfolg. Nein, nein, vorerst müssen wir das allein stemmen. Vielleicht können wir für die eine oder andere Aktion Hilfe bekommen. Mehr ist nicht drin.“

Eisenstein ist am Ende zerknirscht – zerknirscht, weil er spontan keine Idee hat.

Ronni meldet sich zu Wort:

„Wir werden nochmals die Nachbarn im großen Umkreis befragen. Vielleicht waren wir bei der ersten Befragung nicht gründlich genug, haben nicht genügend nachgebohrt. Oder wir haben niemand angetroffen und sind nicht nochmals dort gewesen. Ich versuche zwei Kolleginnen und zwei Kollegen dafür zu bekommen. Wir können dann Paare bilden. Womöglich ergibt das unterschiedliche Sichtweisen bei der Befragung Vielleicht bringt das etwas.“

„Gut, Ronni. Ich werde veranlassen, dass das Vergewaltigungsopfer, wie heißt sie noch gleich ...?“

„Mia Stein“, hilft Sybille Baum ihrem Chef.

„Danke. Also ich werde veranlassen, dass der psychologische Dienst sie nochmals befragt. Eventuell kann die Frau jetzt mit einem zeitlichen Abstand einen Hinweis geben.“

„Sybille, du könntest dir die Spezialkartei der Personen ansehen, die auffällig geworden sind, in der Richtung Vergewaltigung, Belästigung von Frauen und so weiter. Versuche ihre Alibis zu checken. Du kennst das ja“, schlägt Ronni vor.

„Mach ich. Ich versuche das telefonisch. Wenn es Ärger gibt oder jemand keine Auskunft geben will, müsst ihr ran."

„In Ordnung", bestätigt Ronni.

„Ich werde morgen früh bei der Dienstbesprechung der Streifenpolizei dabei sein. Sie sollen den Schwerpunkt ihres Streifendienstes in Wohngebiete verlagern und verdächtige Personen überprüfen. Die Vergewaltigung, als auch der Mord, geschahen in Wohngebieten."

„Dann werden sich die Raser freuen, wenn weniger geblitzt wird", entgegnet Ronni grinsend.

„Und wenn schon. Ich denke, dass unser Fall im Augenblick wichtiger ist", entgegnet Eisenstein ernst.

Im Moment hat er keinen Sinn für Witze.

Den dreien ist klar: Da der Täter sein Ziel bei Elvira Blumenröder nicht erreicht hat, werden seine Hormone in den nächsten Tagen verrücktspielen. Wie eine menschliche Zeitbombe wird er in der Stadt herumlaufen und ein neues Opfer suchen. Seine nächste Tat steht womöglich kurz bevor.

Und die Polizei hat keine Anhaltspunkte, das zu verhindern.

14

Als Anna erwacht, stellt sie fest, dass sie länger geschlafen hat, als sie vorhatte. Sie hatte am Abend vergessen, den Wecker zu aktivieren. Jetzt ist Eile angesagt, wenn nicht der Tag in ein Chaos ausbrechen soll.

Sie hat gerade in aller Eile ihr Frühstück eingenommen und sitzt wie gewöhnlich danach am PC und „liest" Zeitung. Der Wetterbericht prognostiziert nach zahlreichen Tagen Sonnenschein für heute keine guten Aussichten. Ein Tief hat sich über Mitteleuropa gelegt und es soll heute und die nächsten Tage bedeckt sein und sogar Regen ist zu erwarten. Den Regen hat Anna bereits bemerkt, als sie sich nach dem Aufstehen aus dem Fenster lehnte. Am liebsten hätte sie sich wieder hingelegt und versucht, mit allen verdrängten, nicht zu Ende gedachten Gedanken ins Reine zu kommen oder unangenehme, aufgestaute Erkenntnisse zu verarbeiten. Trübe, regnerische Tage eignen sich dazu hervorragend. Sie schlagen sich sofort auf ihre Stimmung nieder. Solch eine melancholische Stimmung benötigt sie normalerweise, um den inneren Hausputz zu bewältigen, mit sich ins Reine zu kommen.

In diesem Augenblick klingelt das Telefon und versucht Anna aus ihren trübsinnigen Gedanken zu zerren. Sie versucht dennoch, sich weiterhin ihrem PC zu widmen. Sie ignoriert das erste Signal. Auch das zweite Signal versucht sie aus ihrem Bewusstsein zu drängen. Aber vergeblich. Es klingelt weiter. Wahrscheinlich ihre Mutter. Sie hat keine Lust auf ein Gespräch mit ihr – so früh am Morgen. Sie hat keine Lust auf ihre Fragen, ihre Ratschläge, ihr Mitleid. Nicht an diesem Morgen, nicht bei diesem Wetter. Ein Gespräch mit ihr wäre kein Aufheller.

Oder ruft Melanie an, ihre Freundin aus dem Nachbarhaus?

Melanie ist eine junge Frau, die kurz nachdem Anna ihr Haus bezogen hatte, nebenan eingezogen war. In der Zeit, als Anna noch mit ihrem Freund zusammen gewesen war, hatten die beiden Frauen bis auf ein „Guten Tag, wie geht's" keinen Kontakt gehabt. Erst seitdem Anna allein ist, hat Melanie Kontakt zu ihr aufgenommen. Einen Freund hat sie ebenfalls nicht mehr und Anna tut ihr leid. Sie will Anna helfen. Aus diesem Grund bot sie sich an, einmal in der Woche Annas Wohnung zu putzen. Diese Arbeit fällt Anna sehr schwer und sie ist dankbar für Melanies Hilfe. An manchen schönen Abenden sitzen sie gemeinsam auf der Terrasse, mal bei Anna, mal bei Melanie und erzählen stundenlang bis tief in die Nacht. Inzwischen sind beide gute Freundinnen.

Es klingelt erneut. Der Anrufer ist hartnäckig.

Vielleicht ein Fremder, der sich womöglich verwählt hat?

Sie gibt auf, nimmt den Hörer und meldet sich.

Sie wartet. Der Anrufer meldet sich nicht, legt aber auch nicht auf.

„Hallo, wer ist da?"

Sie wartet erneut.

Keine Reaktion.

Sie presst den Hörer fester ans Ohr. Sie hört Atemstöße, leise, schnelle Atemstöße.

„Hallo, melden Sie sich doch!"

Die Verbindung bricht ab. Nur noch ein permanentes Tuten ist in der Leitung.

Wenn ihre Stimmung bisher nicht die Beste war, jetzt ist sie im Keller. Sie ist fast depressiv.

Sie muss raus an die frische Luft. Nein, den Regen mag sie nicht. Sie könnte sich weiter am PC aus der Zeitung vorlesen lassen. Die Panoramaseite mit den Highlights der Stars und Sternchen. Nein, im Grunde interessiert sie das nicht. Oder sie könnte Radio hören – schmalzige Lieder ohne irgendeinen Tiefgang oder schlaue Kommentare zu weltpolitischen Themen. Auch dazu hat sie keine Lust.

Wer könnte der Anrufer gewesen sein? Wieso hat er sich nicht zu erkennen gegeben? War das eventuell der junge Mann von Montag? Nein, das kann nicht sein. Der kennt nicht einmal meinen Namen, denkt sie. Oder war es dieser Alex, mit der tiefen Stimme? Nein, auch das ist nicht möglich. Er kennt nur meinen Vornamen.

Je länger sie darüber nachdenkt, desto erstaunlicher findet sie es, wie solch ein unerwartetes, rätselhaftes Ereignis sie beschäftigt.

Sie ist gefangen in Neugierde und Lustlosigkeit. Früher hat sie an solchen Tagen das Haus aufgeräumt, geputzt oder Staub gewischt. Während der Arbeit, wenn sie sah, was sie geschafft hatte, kam die gute Laune und damit neue Ideen zurück.

Sie ist blind. Putzen, Aufräumen, Staubwischen fällt ihr schwer, ist fast unmöglich. Vor allem sieht sie nicht, was sie geschafft hat. Melanie wird bestimmt morgen kommen und ihr dabei helfen. Ja, morgen – aber heute, was ist heute?

Sie setzt sich in den Sessel. Normalerweise würde sie jetzt den Fernseher einschalten. Aber was ist noch normal bei ihr?

Sie sitzt im Sessel in ihrem Wohnzimmer und starrt in dunkle Löcher ohne einen Schimmer Licht. Sie versucht, ihr Kopfkino in Gang zu bringen und sich positive Ereignisse in Erinnerung zu rufen. Ihr fallen keine ein. Gibt es keine, oder erinnert sie sich nur nicht daran?

Jetzt eine Zigarette. Hin und wieder bricht das Verlangen, diese Lust, aus ihr hervor, obschon sie bereits lange Zeit vor dem Unfall mit dem Rauchen aufgehört hat – aus Überzeugung. Und trotzdem, in manchen Augenblicken, so wie in diesem, ist das Verlangen wieder da. Sie ist standhaft, hart zu sich selbst. Sie verdrängt den Gedanken, aus der hintersten Ecke des Wohnzimmerschrankes die Packung Zigaretten herauszuholen. Für Notfälle hat sie dort eine Packung hinterlegt – allerdings nur für Notfälle. Ist das jetzt ein Notfall? Sicher nicht. Also was soll's? Sie wischt mit der Hand durch die Luft, als wenn sie ein Wort von der Schultafel wegwischen will. Nein, nicht mit ihr. Sie will von nichts und niemandem mehr abhängig sein, schon gar nicht von irgendeiner Sucht.

Sie spürt, wie mit einem Mal Tränen über ihre Wangen laufen.

Weint sie um Tobias, der sie so schändlich hintergangen und verlassen hat?

Oder weint sie, weil sie den jungen Mann seit Montag nicht mehr getroffen hat? Unzweifelhaft war das Treffen ein Höhepunkt in ihrem tristen Dasein.

Oder weint sie nur um ihrer selbst willen, weil sie blind ist?

Sie ist einfach nur traurig. Da sich alle Kümmernisse gleich auswirken, spielt es vielleicht gar keine so große Rolle, weswegen sie weint und trauert.

Das Telefon klingelt erneut und reißt sie aus ihren Gedanken. Ist sie froh über diese Störung? Bedauert sie, ihre Gedanken nicht zu Ende führen zu können? Sie weiß es nicht. Es spielt auch keine Rolle, denn wann sind solche Gedanken beendet?

Der Klingelton durchschneidet erneut die Stille.

Ihre Hand greift zum Hörer und zieht sich wieder zurück. Sie starrt das Telefon an.

Sie will diesen stoßweisen Atem nicht noch mal hören.

Noch einmal klingelt es, und noch einmal. Sie starrt das Telefon an, wie die Maus, die wie gelähmt die Schlange anschaut und auf den tödlichen Biss wartet.

Plötzlich springt der Anrufbeantworter an.

„Hallo Anna, ich weiß dass du da bist. Wieso gehst du nicht ans Telefon?"

Es ist die Stimme von Melanie, die sie aus ihrer Starre erlöst. Wie ein Stein, der ins Wasser fällt, lässt die Anspannung von ihr. Sie lächelt, am liebsten würde sie laut lachen, als sie den Hörer an ihr Ohr drückt. So erleichtert ist sie.

„Hallo Melanie, entschuldige bitte. Ich war noch nie so froh deine Stimme zu hören, wie in diesem Augenblick."

„Was ist denn los? Stimmt etwas nicht? Ist etwas passiert?"

„Nein, es ist nichts passiert. Wirklich nicht."

Dann erzählt Anna ihr von dem Anruf und das heute nicht ihr Tag ist.

„Ich bin in fünf Minuten bei dir. Ich habe eine blendende Idee, wie wir deine Stimmung aufbessern. Du wirst begeistert sein."

Als Melanie klingelt, wartet sie bereits hinter der Haustür, um sie hereinzulassen.

„Ich bin so froh, dass du gekommen bist", empfängt Anna ihre Freundin und umarmt sie herzlich.

„Du weißt doch, ich bin deine Freundin und als Freundin muss ich mich um dich kümmern, wenn es dir schlecht geht."

„Lass uns ins Wohnzimmer gehen. Ich habe uns bereits einen Kaffee hingestellt“, sagt Anna und geht voraus.

„Ich bin richtig gespannt, was du vorhast“, sagt sie, nachdem beide einen Schluck des heißen Kaffees getrunken haben.

„Was hältst du davon, wenn wir heute Abend in die Disco gehen und mal so richtig einen drauf machen? Ich meine einen Cocktail trinken und dann tanzen, tanzen und tanzen, bis uns die Füße schmerzen.“

Anna ist sprachlos. Sie in eine Disco, wie soll das gehen?

„Aber Melanie, wie stellst du dir das vor? Ich in einer Disco und tanzen ...?“

„Unsinn“, unterbricht Melanie sie.

„Das wird hervorragend klappen. Du bist zwar blind, aber Blindheit bedeutet nicht Hilflosigkeit. Falls du unsicher wirst, helfe ich dir oder du gibst mir deine Hand und ich leite dich überall hin. Denk immer daran, du bist nicht allein.“

Anna spürt Melanies Begeisterung. Im Grunde genommen findet auch sie die Idee toll.

„Okay, wir machen das. Wann geht es los?“

„Ich hole dich um einundzwanzig Uhr ab. Wenn wir früh dort sind, ist es noch nicht so voll, und du findest dich besser zurecht.“

„Abgemacht, ich werde dann fertig sein.“

„Zieh etwas Hübsches an, was deine tolle Figur hervorhebt. Es soll aber auch nicht zu fein sein, denn wir gehen nicht auf einen Ball, sondern in eine Disco. Bevor wir losziehen werde ich dich noch schminken. Jeder Mann, der dich sieht, soll sagen „Wow, was ist das für eine tolle Frau!“

„Du bist verrückt, Melanie. Ich freue mich riesig, das ist eine ganz fantastische Idee. Vielen Dank.“

Anna hat sich von Melanies Euphorie anstecken lassen und fiebert bereits jetzt dem Abend entgegen.

„Ich freue mich auch. Dann bis heute Abend. Ich muss vorher noch zum Friseur, denn ich will neben dir nicht wie ein Besen aussehen."

So schnell Melanie da war, so schnell ist sie wieder weg und hinterlässt eine total aufgekratzte Freundin.

Annas Trübsinnigkeit ist wie weggeblasen. Sie verspürt Hunger. Ein gutes Zeichen.

Schnell wärmt sie sich ein Fertiggericht und verschlingt es mit Heißhunger. Gewöhnlich sind Fertiggerichte nicht ihr bevorzugtes Essen. Sie liebt frisches Gemüse und Salate. Doch Gemüse oder Salat zu putzen ist für sie recht schwierig. Unsaubere oder beschädigte Stellen zu ertasten ist sehr zeitaufwändig, wenn nicht sogar unmöglich. Fast Food und fertige Salate sind eine Alternative, wenn sie nur wenig Zeit hat. Und heute hat sie sehr wenig Zeit. Nach dem Essen will sie sich noch eine Stunde hinlegen und ausruhen. Dann wird es auch bald Zeit sein, sich zurechtzumachen.

*

Es ist bereits nach zwanzig Uhr. Sie hat sich noch immer nicht entschieden, was sie anziehen soll. Seit geraumer Zeit läuft sie aufgeregt durch die Wohnung und überlegt. Der Weg endet regelmäßig vor dem Kleiderschrank, wo sie ein Kleidungsstück herausnimmt, um es nach wenigen Sekunden wieder wegzuhängen.

Alle Kleidungsstücke sind nach Farbe und Art geordnet aufgehängt. An einer geeigneten Stelle, z.B. im Hosenbund, hat sie einen kleinen Plastikstreifen eingenäht, auf dem in

Brailleschrift die Farbe eingedruckt ist. Die Art des Kleidungsstückes, ob Bluse oder enges Top, kann sie ertasten.

Sie braucht dringend einen Rat. Den Rat ihrer Freundin Melanie. Sie wird wissen, was man aktuell in der Disco anzieht und was ihr am Besten steht.

Bereits kurz nach zwanzig Uhr dreißig klingelt Melanie. Mit einer pinkfarbenen Bluse in der Hand öffnet Anna ihr völlig außer sich die Haustür.

„Ich sehe schon, du benötigst dringend den Rat einer erfahrenen Discogängerin“, lacht Melanie.

„Das wäre wunderbar. Ich kann mich einfach nicht entscheiden“, stöhnt Anna, wobei sie mit der Bluse in der Luft herumwedelt.

Beide Freundinnen umarmen sich innig.

„Die ist doch ganz toll. Pink ist doch eine deiner Lieblingsfarben. Dazu eine helle Hose und du bist die bestgekleidete Frau heute Abend.“

Die Frauen lachen und Anna geht ins Schlafzimmer und kleidet sich an.

„Ich bin extra früher gekommen, da ich dich wie versprochen noch frisieren und schminken will“, ruft Melanie zum Schlafzimmer hinüber.

„Das ist super. Ich bin sofort fertig“, antwortet Anna.

Kurz nach einundzwanzig Uhr ist Anna fertig gestylt und es kann losgehen. Es wird sicherlich ein schöner Abend werden, denkt Anna und folgt ihrer Freundin zu deren Auto.

Sie parken auf dem großen Parkplatz direkt vor der Disco, der zu dieser Zeit nur spärlich belegt ist. Anna hat auf ihren Blindenstock verzichtet und fasst Melanie auf dem Weg zur Disco am Arm.

Hier ist noch nicht viel los. Melanie nimmt Annas Hand und leitet sie die wenigen Stufen in Richtung Tanzfläche. Die Musik dröhnt laut in Annas Ohren und Erinnerungen an Discobesuche mit Tobias flackern in ihr auf. Aber das ist lange her – Lichtjahre her, wie es ihr scheint.

Einige Tische sind noch unbesetzt. Lediglich an der großen Theke sitzen viele Besucher und es herrscht dort ein reges Treiben. Es ist für Melanie keine Schwierigkeit, direkt in der Nähe der Tanzfläche einen Tisch mit vier freien Plätzen zu finden. Einige Gäste tanzen – überwiegend Frauen.

Anna genießt das allgemeine Stimmengewirr, die vielen unterschiedlichen Düfte, vor allem aber die laute, dröhnende Musik, die ihr Zwerchfell erzittern lässt.

Melanie besorgt ihnen Getränke und lässt ihre Freundin kurze Zeit allein. Anna sitzt zurückgelehnt und ihre Muskeln zucken im Rhythmus der Musik. Sie nimmt die Atmosphäre mit allen ihr zur Verfügung stehenden Sinnen auf. Wie gerne würde sie die flackernden Lichter und die sich unterhaltenden und tanzenden Menschen sehen. Dieser Sinn steht ihr leider nicht mehr zur Verfügung. Sie wird ein wenig traurig.

Melanie kommt mit den Getränken zurück und stellt zwei Caipirinhas auf den Tisch.

„Prost, auf uns!“, ruft sie laut und hebt ihr Glas.

Auch Anna hebt ihr Glas. Die beiden Freundinnen stoßen auf einen bevorstehenden, schönen Abend an.

„Prost, und vielen Dank für diese tolle Idee.“

Anna saugt an den beiden dicken Strohhalmen. Das kalte Getränk mit dem charakteristischen Limettengeschmack erfrischt sie und ihre vorher aufgekommene Traurigkeit ist wie weggeblasen.

„Lass uns tanzen gehen“, sagt Melanie bereits ungeduldig und springt auf.

Anna folgt Melanie zur Tanzfläche, wobei sie mit einer Hand immer Kontakt zu Melanie hält. Zuerst bewegt sich Anna noch steif und unsicher. Doch recht bald hat sie ihre Hemmungen abgelegt. Sie lässt Melanies Hand los und ihre Bewegungen werden leicht und geschmeidig. Sie tanzt ohne Unterbrechung bis die Bluse auf ihrem Rücken klebt und der Durst sie zu einer Pause zwingt.

Melanie holt zwei weitere Getränke und Anna wartet am Tisch, wobei sich ihre Füße weiter im Rhythmus der Musik bewegen.

„Guten Abend. Schön, dich hier zu sehen“, sagt eine ihr bekannte Stimme.

„Darf ich mich kurz zu dir setzen?“

„Ja, gerne, Alex“, erwidert Anna erfreut, die sofort die tiefe, männliche Stimme erkennt.

Das selbstverständliche Du von Alex nimmt sie ebenso selbstverständlich auf und erwidert es.

„Das ist Alexander. Wir haben uns im Park kennengelernt“, sagt Anna zu Melanie, die gerade mit zwei neuen Caipirinhas ankommt.

„Freut mich. Ich bin Melanie. Sie können sich gerne zu uns setzen. Der Platz ist noch frei“, fordert Melanie Alex impulsiv auf und reicht ihm ihre Hand zur Begrüßung.

Alexander ist ihr auf Anhieb sympathisch. Sie freut sich, dass Anna eine Bekanntschaft gemacht hat. Zwar überrascht es sie, dass Anna ihr noch nichts darüber erzählt hat, aber wahrscheinlich steckt da nicht viel dahinter und die Bekanntschaft ist nur oberflächlich.

Nachdem die beiden Frauen von dem eiskalten Cocktail getrunken haben, fragt Alex Melanie:

„Darf ich deine Freundin zum Tanzen entführen, und dich allein lassen?“

„Aber natürlich, gerne", erwidert Melanie mit einem Lächeln.

„Möchtest du, Anna?", fragt Alex.

Und ob Anna mag. Sie hat schon lange nicht mehr mit einem Mann getanzt und freut sich darauf. Alex nimmt sie wie selbstverständlich bei der Hand und geht mit ihr zur Tanzfläche.

Anna hat nicht darauf geachtet, welche Musik der Discjockey aufgelegt hat, und so ist sie etwas überrascht, dass sie die markante Stimme von Adele mit einer ruhigen, langsamen Ballade hört.

Alex fasst sie wie selbstverständlich um die Taille und beginnt, sich mit Anna im Takt zu wiegen. Darauf ist sie nicht vorbereitet. Wie ein Stock bewegt sie sich in Alex' Arm.

„Hab' keine Angst. Sei einfach ganz locker und lass dich von mir führen", flüstert Alex' Mund dicht an ihrem Ohr.

Sie versucht, seinen Rat zu befolgen. Tatsächlich wird sie lockerer und bald wiegen sich beide harmonisch im Rhythmus der Musik.

Seine Hand liegt leicht auf ihrem Rücken. Er ist ein guter Tänzer und Anna lässt sich willig von ihm führen.

Sie erinnert sich an Tobias. An den Tanzkurs, den sie beide belegten, an die Besuche in der kleinen Bar, wo sie eng umschlungen getanzt hatten. Sie verbannt die Gedanken aus ihrem Gehirn. Jetzt ist jetzt, was damals war, ist vorbei. Ich will den heutigen Abend einfach nur genießen, sonst nichts – sonst überhaupt nichts, denkt sie.

Nachdem sie einige Zeit getanzt haben, bemerkt Anna, wie sein Griff fester wird und er sie eng an sich heranzieht. Durch die dünne Bluse spürt sie die Wärme seiner Handfläche. Die Hand streichelt sanft ihren Rücken und die andere Hand an ihrer Taille wandert eine Handbreit tiefer und drückt ihr Becken gegen seines. An ihrer Wange spürt sie seinen heißen Atem.

Ihr ist mit einem Mal klar, Alex will mehr als nur tanzen. Will sie das auch? Ein erregendes Gefühl breitet sich in ihr aus, aber auch ein unbeschreibliches Gefühl der Abwehr befällt sie. Die Abwehr gewinnt den ungleichen Kampf.

Nein, sie will das nicht!

Seitdem ihr Freund sie damals verlassen hat, hatte sie zu keinem Mann mehr einen näheren Kontakt. Außerdem kennt sie Alex kaum. Auch wie er aussieht, kann sie sich nicht vorstellen. Sie gerät in Panik. Ihn einfach auf der Tanzfläche stehen zu lassen und zum Tisch zurückzukehren ist ihr nicht möglich. In dieser Situation verflucht sie ihre Blindheit.

„Lassen wir Melanie nicht so lange allein sitzen", sagt sie entschlossen.

Sie löst sich energisch von ihm, um die Tanzfläche zu verlassen. Alex nimmt widerwillig ihre Hand und führt sie zu ihrem Platz zurück. Sie kann seinen verärgerten Gesichtsausdruck dabei natürlich nicht sehen.

Am Tisch bleibt Anna stehen und bittet Melanie, mit ihr zur Toilette zu gehen.

„Du hast ja schnell einen recht hübschen Verehrer gefunden", meint Melanie.

„Ja, ich weiß. Ich habe bemerkt, dass Alex mehr von mir möchte. Aber ich will das nicht – noch nicht. Lass uns nach Hause fahren, bitte", fleht Anna förmlich.

„Schade, aber es ist okay. Wenn du das möchtest, machen wir das", stimmt Melanie zu.

Einerseits ist sie traurig, dass der Abend so schnell zu Ende geht. Andererseits kann sie aber Anna verstehen.

Gemeinsam gehen sie nochmals zu ihrem Tisch und verabschieden sich schnell von Alexander, drehen sich um und gehen in Richtung Ausgang.

Alex schaut den beiden Frauen überrascht und verärgert hinterher. Das Empfinden, als er Annas warmen Körper durch ihre Bluse fühlte, hat sein Verlangen geweckt. Aber Anna hat ihn einfach kaltgestellt – einfach abserviert.

„Verdammt", sagt er laut zu sich.

Nicht mit mir, liebe Anna, denkt er und geht zur Theke.

Jetzt benötigt er unbedingt Alkohol, um sich abzureagieren. Und das nicht zu wenig.

15

Frank Eisenstein kommt an diesem Abend später als üblich nach Hause. Er ist abgespannt und mutlos. Die Besprechung heute im Büro mit Ronni und Sybille Baum und die daraus resultierende Ratlosigkeit, machen ihm zu schaffen. Er hasst grundsätzlich Gewalt. In erster Linie verabscheut er aber Gewalt gegen Frauen. Noch mehr hasst er es, wenn er hilflos zusehen muss, so wie in diesen Fällen. Im Vergewaltigungsfall an Mia Stein und auch im Mordfall an Elvira Blumenröder haben sie bisher nicht den Hauch einer Chance, das Verbrechen aufzuklären. Noch deprimierender ist, dass sie keine Idee haben, eine vermutlich anstehende weitere Tat zu verhindern.

Frank wohnt mit seiner langjährigen Freundin Susanne Ohlrogge zusammen. Sie ist Rechtsmedizinerin an der Universität Bonn. Frank ist der Spontane, der Macher, der Unruhige. Sie ist die Besonnene, der ruhende Pol in der Beziehung. Wenn Frank überschäumt vor übersteigertem Aktionismus, holt sie ihn immer wieder auf den Boden der Tatsachen zurück. Für beide ist es nicht die erste Beziehung und beide sehen das Thema Heirat differenziert. Auch wenn Susanne nicht gerade feuchte Augen bekommt, wenn das Thema von außen an sie herangetragen wird, liebäugelt sie doch in romantischen Momenten damit. Er hingegen findet das Thema penetrant und ist der Meinung, dass man in seinem Alter auch ohne Trauschein glücklich sein kann – und er ist glücklich mit Susanne.

In Gedanken versunken öffnet er leise die Haustür. Als sie hinter ihm ins Schloss fällt, kommt Susanne aus dem Wohnzimmer in den Flur gelaufen und fällt ihm freudig um den Hals.

„Ich habe mir heute Nachmittag freigenommen. Es war nicht viel zu tun. Ich habe statt dessen die Wohnung auf Vordermann gebracht. Wir können uns heute einen schönen Abend machen und irgendwo hingehen ...", sprudelt es aus ihr heraus.

Sie hält mitten im Satz inne, da sie merkt, dass Frank etwas bedrückt.

„Entschuldige, dass ich dich so überfalle. Wie ich sehe, hattest du einen schlimmen Tag."

„Du musst dich nicht entschuldigen. Du kannst es doch nicht wissen. Ja, es war tatsächlich ein ganz normaler Scheißtag – und ich mitten drin", erwidert Frank.

Er schaut Susanne an und schon spielt ein Grinsen um seine Mundwinkel.

„Aber wenn ich nach so einem Tag nach Hause komme und dich sehe, ist er wieder schön."

Auch Susanne lächelt, nimmt seine Hand und zieht ihn zur gemütlichen Sitzgruppe ins Wohnzimmer.

„Ich mache dir zuerst einen Cappuccino und bin dann wieder bei dir."

Frank lässt sich in die Polster fallen. Susanne ist die Insel, die es ihm erlaubt, den Stress des Tages zu vergessen. Er liebt Susanne und er weiß, dass sie ihn auch liebt. Sie hat immer viel Verständnis für seinen Beruf. Mit ihr kann er seine Probleme besprechen. Ihre objektive Meinung hat ihm bereits oftmals geholfen. Manchmal scheint es so, als hätte sie keine Schwierigkeiten und er bekommt dann ein schlechtes Gewissen, wenn sie nur über seine sprechen. Wenn er genauer darüber nachdenkt, kann es nicht sein, dass sie als Rechtsmedizinerin keine Problemfälle zu bewältigen hat.

Ich verhalte mich wie ein Idiot. Ich komme nach Haus, meine Freundin empfängt mich freudestrahlend und mir sieht man sofort an, dass ich keine gute Laune habe. Was würde ich nur ohne sie machen, denkt er.

„Hier kommt dein Cappuccino."

Sie kommt mit einem strahlenden Lächeln zurück ins Wohnzimmer und setzt sich neben ihn. Den Cappuccino stellt sie vor ihn auf den Tisch. Mit viel Schaum und starkem Kaffee, so wie er ihn mag.

„Komm, leg deinen Kopf in meinen Schoß und erzähle, was dich bedrückt. Wenn wir darüber gesprochen haben, geht es dir bestimmt besser."

Bereitwillig folgt er ihrem Vorschlag und gibt ihr in kurzen Zügen eine ähnliche Zusammenfassung wie heute Ronni und Sybille Baum.

Susanne unterbricht ihn hin und wieder mit einer konkreten Frage, die ihm zeigt, dass sie sich eingehend mit seinem Fall beschäftigt und ihm helfen will.

„Wenn ihr in beiden Fällen vom selben Täter ausgeht, und dieser Meinung bin ich auch, muss es ein Mann sein, der beide Opfer kennt. Da ihr keine Einbruchspuren gefunden habt, muss er die Möglichkeit haben, sich unbemerkt einen Zweitschlüssel zu besorgen", überlegt Susanne laut.

„Alles richtig. Wer hat solch eine Möglichkeit? Wer kann das sein? Ein gemeinsamer Freund, ein Verwandter oder wer sonst?", fragt Frank.

„Klar, naheliegend wäre ein gemeinsamer Freund. Aber ist das nicht etwas zu einfach, zu naheliegend. Ein Verwandter und dann noch ein gemeinsamer, scheidet meines Erachtens aus."

Susanne ist jetzt voll im Fall drin. Frank hat sich inzwischen erhoben.

„Wer bleibt dann noch übrig?"

„Es kann jemand sein, der keinen engen Kontakt zu beiden Opfern hat. Der Briefträger, der Paketbote, ein Hausierer oder irgendein Vertreter, der seine Kunden besucht", überlegt Susanne.

„Alles ist möglich", meint Frank.

Irgendwie ist seine Lust, den Fall mit seiner Freundin zu diskutieren verpufft. Ihre frische, gutgelaunte Art, hat seine schlechte Laune vertrieben.

Er wirkt abwesend. Der Fall interessiert ihn im Moment nicht mehr. Er ist mit seinen Gedanken bereits völlig anderswo.

Mit einem Grinsen im Gesicht beginnt er, an den Knöpfen ihrer Bluse zu spielen. Sie erwidert sein Grinsen und nimmt sich die Knöpfe seines Hemdes vor.

„Danach rufen wir Ronni an und gehen mit ihm in die Stadt ein Glas Bier trinken. Seitdem Isabelle nicht mehr bei ihm ist, sitzt er bestimmt jeden Abend allein zu Hause", schlägt sie vor, bevor sie Frank küsst.

„Ja, ja, danach", bekommt Frank gerade noch über seine Lippen.

Beide ahnen nicht, wie nahe Susanne mit ihrer Vermutung dem Täter kommt.

Frank hat ihre Überlegungen zu diesem Zeitpunkt jedoch längst vergessen.

16

Es ist Freitag. Der Sommer scheint eine Pause einzulegen. Es hat über Nacht geregnet. Dicke Wolken ziehen am Himmel. Wahrscheinlich wird im Laufe des Tages erneut Regen einsetzen. Anna unternimmt heute früher als sonst den Spaziergang an den See. Sie spürt die Feuchtigkeit in der Luft und nimmt vorsichtshalber einen Schirm mit.

Sie hält sich dort nur kurze Zeit auf. Die Bänke sind nass und laden nicht zum Verweilen ein. Aber es macht ihr nichts aus. Es passt in ihren Zeitplan, denn sie will noch vor Mittag ihre Wochenendeinkäufe erledigen. Am Nachmittag und am Samstag, wenn die Berufstätigen einkaufen, sind die Geschäfte voll und der Trubel ist ihr einfach zu anstrengend. Anstatt im benachbarten Kiosk einzukaufen, geht sie in den großen Supermarkt am Ende der Straße, der noch in Laufweite liegt. Der Weg dorthin ist ihr inzwischen ebenfalls vertraut und stellt für sie keine große Herausforderung mehr dar. Am Verlauf des Bürgersteigs erkennt sie, wenn sie an der Troisdorfer Rundsporthalle vorüberkommt, die sich auf der gegenüberliegenden Straßenseite befindet. Viele Jahre hat sie dort mit der Mannschaft Volleyball gespielt und Siege als auch Niederlagen erlebt. Immer wieder verursacht die Erinnerung daran ihr einen Stich ins Herz. Aber das ist nun einmal vorbei. Das war ihr vorheriges Leben. Sie muss mit ihrer jetzigen Situation fertig werden und sie ist stolz, dass sie diese so gut meistern kann. Lediglich im Supermarkt fühlt sie sich unsicher. Die vielen Gänge, die Waren, die oft im Weg stehen und die Kunden, die hektisch umherlaufen. Das alles verwirrt Anna.

Das größte Manko des Supermarktes besteht darin, dass sie ohne Hilfe die gewünschten Waren nicht finden kann.

Glücklicherweise gestattet es der Leiter des Supermarktes, dass eine seiner Mitarbeiterinnen, Tamara, eine junge Russin, sie durch die Regale begleitet und ihr anschließend hilft, den Warenkorb in ihre Wohnung zu schaffen. Über das kleine Trinkgeld freut sich Tamara immer riesig. Heute ist ihr Einkaufswagen außergewöhnlich stark gefüllt. Der Einkauf hat länger gedauert, als an anderen Wochenenden. Anna hat sich vorgenommen, ihr deshalb heute etwas mehr Trinkgeld zu geben.

Am Sonntag erwartet Anna Besuch. Ihre Eltern haben sich angesagt. Es kommt nicht sehr häufig vor, dass Annas Eltern die fünfhundert Kilometer lange Reise zu ihrer Tochter unternehmen. Ihr Vater ist Beamter der Stadtverwaltung in Regensburg und steht kurz vor der Pensionierung. Ihre Mutter arbeitet als Halbtagskraft in einem Versicherungsbüro. Das Haus in Regensburg mit dem großen Garten ist für ihre Eltern viel zu groß. Wenn ihr Vater pensioniert wird, wollen sie das Haus verkaufen und in eine Eigentumswohnung in der Nähe ihrer Tochter ziehen. Sie haben dann nicht mehr für das Haus und für den Garten zu sorgen. Sie können sich stattdessen etwas mehr um Anna kümmern. Diesen Plan haben sie bereits mit ihr besprochen. Anna ist nicht wohl bei dem Gedanken, die Eltern ständig in ihrer Nähe zu haben. Die andere Möglichkeit, zusammen mit den Eltern in eine Wohnung in Troisdorf zu ziehen, lehnt Anna kategorisch ab. Ebenso die Möglichkeit, in das Haus der Eltern nach Regensburg zu ziehen, kommt für sie nicht in Frage. Sicherlich entgehen ihr durch diese Entscheidungen viele Annehmlichkeiten. Aber ständig mit den Eltern zusammenleben will sie nicht. Anna liebt es, frei und unabhängig zu sein.

Natürlich freut sie sich riesig, wenn ihre Eltern sie am Sonntag besuchen. Dieses Mal wird der Besuch etwas länger dauern.

Ihre Eltern haben in der kommenden Woche Urlaub. Sie wollen einige Tage bleiben und haben in einem nahe gelegenen Hotel ein Zimmer reserviert. Sicherlich eine gute Lösung für ihre Eltern, bestimmt aber auch für Anna.

Mit Tamaras Hilfe bringt Anna ihre Einkäufe nach Hause. Anna trägt eine Tasche und geht voran. Tamara folgt ihr mit zwei weiteren vollen Einkaufstaschen. Vor ihrer Haustür bleibt Anna stehen und gibt ihr das Trinkgeld.

„Danke für deine Hilfe. Stell die Taschen nur hier ab. Den Rest schaffe ich schon allein."

„Vielen Dank. Aber das, was du mir jetzt schenkst, ist doch viel zu viel", freut sich Tamara.

„Nein, nein. Das ist schon in Ordnung. Der Einkauf hat viel länger gedauert, als an anderen Tagen und die Taschen sind schwer."

„Ich trage die Taschen natürlich noch in die Küche", bietet Tamara ihre weitere Hilfe an, die Anna gerne annimmt.

Anna schließt die Haustür auf und geht mit sicheren Schritten in die Diele. Sie betätigt den Lichtschalter rechts neben der Tür. Für Anna sind die Lampen in der Wohnung nicht wichtig – für sie ist es immer dunkel.

In den ersten Monaten, nachdem sie sich sicher in der Wohnung bewegen konnte, erwischte sie sich immer wieder dabei, dass sie das Licht in ihrer Wohnung einschaltete. Eine Gewohnheit aus ihrem früheren Leben, als sie noch nicht blind war. Ihre Therapeutin riet ihr, diese Gewohnheit nicht abzulegen.

„Du benötigst kein Licht. Aber es ist wichtig, dass du regelmäßig bei Einbruch der Dunkelheit das Licht einschaltest.

Deine Wohnung sieht dadurch nicht unbewohnt aus und es werden keine Einbrecher angelockt“, meinte sie einmal.

Da sie routinemäßig beim Verlassen der Wohnung alle von der Diele abgehenden Türen schließt, geht sie davon aus, dass es in der Diele dunkel ist, obschon es noch heller Tag ist.

„Ich mache dir Licht. In der Diele ist es immer stockdunkel“, sagt Anna zu Tamara, die ihr in die Diele gefolgt ist.

„Das Licht ist nicht notwendig. Durch die geöffnete Wohnzimmertür fällt genügend Tageslicht in die Diele“, meint Tamara.

„Hm, wieso denn das?“, sagt Anna leise zu sich selbst.

„Ich stelle den Korb in die Küche auf die Arbeitsplatte neben der Spüle. Ich helfe dir noch beim Ausräumen“, sagt Tamara und geht in die kleine Küche.

Seltsam, denkt Anna. „Ich erinnere mich genau, dass ich alle Türen zur Diele hin geschlossen habe.“

Sie bemerkt einen leichten Windhauch, der aus dem Wohnzimmer zu kommen scheint und geht hinein. Tamara, die inzwischen den Korb abgestellt hat, folgt ihr automatisch.

„Hier ist ja die Terrassentür offen“, ruft sie und eilt, um diese zu schließen.

Die Terrassentür führt auf eine kleine Terrasse, auf der Anna abends bei warmem Wetter so gerne sitzt und ein Glas Rotwein trinkt. Der Terrasse schließt sich ein kleiner Garten an.

„Das kann doch nicht sein. Ich schließe immer die Fenster und Türen, bevor ich die Wohnung verlasse.“

Anna ist aufgeregt.

„Ach Anna, das kann doch jedem einmal passieren. Mach dir keine Gedanken. Ich hab‘ sie bereits geschlossen. Komm, wir gehen in die Küche und räumen die Sachen aus“, versucht

Tamara sie zu beruhigen, da sie bemerkt, wie besorgt Anna ist.

Nachdem sie alle Sachen in die Schränke verstaut haben, verabschiedet sich Tamara.

„Noch einen schönen Tag und bis nächste Woche. Mach dir keine Sorgen wegen der Tür. Sie ist jetzt verschlossen und du bist in der Wohnung sicher."

Anna ist entsetzt und irritiert über ihre eigene Nachlässigkeit. So etwas darf ihr nicht passieren. Gestern hatte sie den Schlüssel in ihrer Tasche verlegt und heute die Unachtsamkeit mit der Terrassentür. Diese Fehler dürfen einer Blinden, die auf äußerste Genauigkeit und eine strenge Einhaltung aller Regularien angewiesen ist, nicht passieren. Sie gelobt, künftig unbedingt besser achtzugeben.

Hätte sie die niedergetretenen Blumen und die Fußabdrücke in der feuchten Erde im Beet vor ihrer Terrasse sehen können, wäre ihre Verärgerung mit Sicherheit in Furcht umgeschlagen.

So aber hat sie den Vorfall bald wieder vergessen.

17

David Winter sitzt am Esstisch in seinem Zimmer in der Tagesklinik und stützt den Kopf auf die Hände.

Am Morgen war er am See. Jedoch zu spät. Anna war schon früher dort und trat gerade den Heimweg an.

Er muss unbedingt mit ihr sprechen. Dieser Mann neulich, der sich an sie herangemacht hatte …

Er muss sie warnen.

Unruhe überfällt ihn. Er rutscht auf dem Stuhl hin und her.

Eine brummende Fliege schwirrt um seinen Kopf. Mit der Hand schnippt er sie beiseite. Die Fliege ist trotzig und setzt sich auf seinen nackten Unterarm. Verärgert schlägt er nach ihr.

Soll er einfach bei ihr klingeln und fragen, ob sie einen Moment Zeit hat, ob er sie sprechen kann? Nein, das traut er sich nicht. Was soll er ihr auch sagen? Sie würde ihm wahrscheinlich keinen Glauben schenken. Sie würde denken, er wolle sich nur wichtigmachen.

Er seufzt und gräbt sein Kinn tiefer in seine Hände.

Die Fliege setzt sich auf den Tisch. Er schaut sie an. Schaut sie auch ihn an? Ihre Vorderbeine bewegen sich unablässig. Hat sie einen winzigen Krümel gefunden?

Schlagartig weiß er, was er machen muss.

Seine Hand fällt blitzschnell auf die Tischplatte. Er hebt sie hoch. Die Fliegt klebt an seiner Handfläche. Angewidert wischt er die Hand an seiner Hose ab.

In diesem Moment klopft es an der Tür.

„Ja, bitte“, sagt er und der Ärger über die Störung ist seiner Stimme anzuhören.

„Ihre Tabletten. Eine zum Schlafen und eine ... Sie wissen schon“, sagt die ältere Krankenschwester.

Sie geht an ihm vorbei und stellt eine kleine Schachtel mit den Tabletten auf den Tisch.

Ja, und ob er das weiß. Die Schlaftablette hat er bisher noch nie genommen. Die andere Tablette, die seine Libido ausschalten oder zumindest herunterfahren soll, hat er seit dem zweiten Tag nicht mehr eingenommen. Er will sich nicht manipulieren lassen. Nicht um einen tiefen Schlaf zu haben und auch nicht um seine Gefühle auszuschalten. Jetzt, wo er Anna kennengelernt hat, erst recht nicht.

„Sie wollen doch nicht noch weg?“

Die Schwester mustert ihn von oben bis unten.

„Ja ... ich meine nein. Natürlich nicht“, verhaspelt er sich und wird rot.

„Das denke ich doch auch. Es ist bald Schlafenszeit.“

Die Schwester schaut ihn mit ernster Miene an und verlässt das Zimmer.

David wartet, bis er davon ausgehen kann, dass sie alle Patienten besucht und die Etage verlassen hat. Vorsichtig schleicht er aus seinem Zimmer. Er kennt sich inzwischen recht gut aus in der Klinik. Durch die Gartenarbeit ist er mit den Räumen im Keller vertraut. Dort lagern die Gartengeräte und es gibt einen Ausgang in den Garten.

Schnell huscht er die Treppe hinunter. Im Parterre muss er besonders achtgeben. Die Pförtnerloge ist die ganze Nacht über besetzt. Heute hat wieder der nette Rentner Dienst, der auch an seinem ersten Tag in der Klinik dort gesessen hatte.

David steht hinter einem Mauervorsprung am Ende der Treppe. Von hier kann er in die Pförtnerloge blicken. Der kleine Fernsehmonitor in der Ecke der Loge läuft. Wahrscheinlich ein Krimi – einer dieser Freitagskrimis. David ist sicher, dass der Pförtner sich diesen Film ansieht.

Er muss es riskieren. Lautlos und schnell durchquert er den hinteren Teil der Empfangshalle und drückt sich in die Ecke vor der Treppe, die in den Keller führt.

Er atmet tief durch. Geräuschlos hastet er die Treppe hinunter und steht vor der Tür, die in den Garten führt.

Verschlossen – die Tür ist verschlossen.

Er überlegt – versucht sich zu erinnern. Wie war das noch vor wenigen Tagen gewesen? Er war der letzte Patient gewesen, der zusammen mit dem Sozialarbeiter Karl in den Keller gegangen war. Karl hatte ihn auserkoren, die von den Patienten nicht mitgenommenen Gerätschaften einzusammeln. David dachte damals, dass das reine Schikane an ihm war. Er kann Karl nicht leiden und Karl ihn mit Sicherheit ebenfalls nicht.

David strengt sich an und ruft sich den damaligen Hergang ins Gedächtnis zurück. Er hatte die verschiedenen Scheren ins Regal gelegt. Karl schloss die Tür ab.

Genau, so war es. Er schloss ab – aber was hatte er mit dem Schlüssel gemacht? Es war ein einzelner Schlüssel, an dem eine Art Anhänger hing. Ein rotes, rundes Stück Plastik, glaubt er.

David sucht mit den Augen die Regalböden ab.

Nichts. Er wird hektisch.

Mit den Händen tastet er die oberen Böden ab.

Mit einem Mal fällt etwas zu Boden.

Da liegt er, der Schlüssel.

Davids Herz macht einen freudigen Hüpfer.

Er schließt auf und rennt zu seinem Fahrrad. Den Schlüssel nimmt er sicherheitshalber mit.

Völlig außer Atem erreicht er die Straße, in der Anna wohnt. Es ist dunkel. Die alten Peitschenleuchten spenden nur wenig Licht. Zu Beginn der Straße stellt er das Fahrrad an einem Baum ab. Auf der gegenüberliegenden Seite der Häuser reicht der Wald bis direkt an die Straße. Einen Bürgersteig gibt es auf dieser Straßenseite nicht.

Gegenüber von Annas Haus schlägt er sich ins Gebüsch. In seiner dunklen Kleidung ist er fast nicht zu erkennen.

Von Anna geht keine Gefahr aus. Er muss sich lediglich davor hüten, dass er nicht von Nachbarn gesehen wird.

David denkt nach.

Es wäre so einfach, die Straße zu überqueren, zu klingeln und wenn Anna öffnet, zu sagen:

„Ich bin der Mann, mit dem Sie Montag am See gesprochen haben. Ich muss Sie warnen …“

Nein, nein, so einfach ist das nicht.

Es ist spät. Es ist dunkel. Was mache ich, wenn sie öffnet und sie mir bei meinen ersten Worten die Tür vor der Nase zuschlägt, weil ich ihr Angst einjage?

Unsinn. So spät ist es auch wieder nicht. Und dunkel? Für Anna ist es immer dunkel. Die Dunkelheit wird ihr keine Angst machen.

Er ist unschlüssig.

Plötzlich geht das Licht in einem Zimmer in der oberen Etage an. Anna schließt das Fenster, das wahrscheinlich gekippt war. Er kann sie deutlich erkennen.

Verdammt, von der Stelle, an der er sich jetzt befindet, kann er nicht genügend in das Zimmer schauen. Das Fenster ist zu hoch.

Er wird nervös. Er ist jetzt in dem Zustand, in dem er nicht sein sollte – weswegen er sich behandeln lässt.

Er will Anna beobachten. Er muss Anna beobachten.

Er schaut sich um. Hinter sich, nach rechts, nach links.

Einige Schritte links neben sich sieht er in der Dunkelheit die Umrisse eines großen Baumes.

Drei schnelle Schritte und er steht am Stamm des Baumes. In greifbarer Nähe über ihm befindet sich ein Ast.

Er springt und umfasst ihn mit beiden Händen. Der ist stark genug, ihn zu tragen. Er stemmt die Füße gegen den Stamm und zieht sich hoch. Mit letzter Kraft schafft er es, dass er bäuchlings auf dem Ast landet. Vorsichtig richtet er sich auf, wobei er sich am Stamm festhält. Jetzt noch hinüber zu dem etwas höheren Ast.

Geschafft!

Er schaut hinüber zu Annas Haus. Das Fenster ist noch immer erleuchtet.

Fantastisch! Er kann hineinschauen. Er kann fast das komplette Zimmer einsehen. Die Tür an der gegenüberliegenden Wand des Fensters, den Kleiderschrank, die Kommode, die Strahler an der Zimmerdecke. Nur das Bett liegt nicht mehr in seinem Sichtbereich. Es befindet sich wahrscheinlich unterhalb des Fenstersimses.

Er hat nicht vermutet, dass diese Nacht solch ein Erlebnis für ihn bereithält. Den Grund, weswegen er eigentlich hierhergekommen ist, hat er vergessen. Für ihn existiert nur noch Anna.

Und er sieht Anna. Sie kommt ins Zimmer. Zum ersten Mal sieht er sie ohne Blindenstock und Sonnenbrille. Er ist überrascht, dass sie sich so sicher bewegen kann. Aus keiner ihrer Bewegungen kann man schließen, dass sie blind ist.

David ist nervös, er ist aufgeregt.

Sie steht an der Wand gegenüber dem Fenster und wird vom Deckenstrahler angeleuchtet. Sie zieht keine Vorhänge zu, sie fühlt sich völlig unbeobachtet. Zum Glück für David. Geschmeidig streift sie das T-Shirt über den Kopf. Dann zieht sie BH und Hose aus. Ihre Haut am Körper ist hell. Die Bräune ihrer Arme und des Gesichtes zeugt von langen Aufenthalten in der Sonne und hebt sich von der Blässe des übrigen Körpers auffallend ab.

David ist erregt!

Dann zieht Anna ein weites, längeres Shirt an und verschwindet aus Davids Blickfeld, ehe das Licht in ihrem Zimmer erlischt.

Benommen bleibt David noch einige Zeit auf dem Ast stehen und schaut zu den dunklen Umrissen des Fensters, hinter denen er Anna schlafend vermutet.

Morgen wird er wieder hier sein, da ist er sich völlig sicher.

Die unfreundliche Realität holt ihn ein. Er schaut auf die Uhr. Es ist höchste Zeit – nein, es ist bereits viel zu spät. Er muss unbedingt schnell zur Klinik zurück.

Vor der Klinik stellt er sein Fahrrad ab und läuft geräuschlos durch den Park. Er achtet darauf, dass er nicht den Kiesweg betritt. Das Knirschen unter seinen Schuhen könnte gehört werden.

„Ja sog amoi geht‘s nu? Wo kimmst du denn so spät nu her?“

David strengt seine Augen an. Er sieht zuerst nur das rote Aufglühen einer Zigarette. Als er nahe genug ist, erkennt er Rupert, einen waschechten Bayer. Er ist Patient wie er. Mit seiner massigen Gestalt versperrt er den Hintereingang zur Klinik. Er raucht eine Zigarette und bläst David den Rauch ins Gesicht. Im Haus ist das Rauchen strengstens untersagt.

„Warst wohl noch bei der Freundin? Schdimmds oder hab i recht?“

„Unsinn … Ich war gerade noch …“, stottert David.

„Is scho guad. Von mir aus. I sag nix. Den Schlüssel kannst mir gem. Hab‘n scho vermisst.“

„Danke“, ist alles, was David sagt.

Er gibt ihm den Schlüssel.

Er will sich vorbei an Rupert ins Haus drücken. Rupert hält ihn an der Schulter fest.

„Wenn‘s dich nimma mehr will, sagst ihr, i steh bereit. Außerdem bin i eh da Schönere von uns zwoa.“

Er lacht leise. Wenn es nicht so spät wäre, würde er bestimmt schallend lachen.

Dieser Idiot. Er hat doch keine Ahnung. Anna kann nicht sehen und für sie dürfte das Aussehen eines Menschen das Uninteressanteste sein, denkt David.

Schnell läuft er die Treppe hoch in den Eingangsbereich. Niemand ist zu sehen. Es herrscht nächtliche Stille. Der Pförtner schaut noch immer in den Fernseher. Wahrscheinlich wird er das die ganze Nacht hindurch tun. Er durchquert den Eingangsbereich und eilt lautlos zur ersten Etage in sein Zimmer.

In dieser Nacht schläft er zufrieden, tief und fest.

18

Anna erwacht. Obschon sie acht Stunden geschlafen hat, fühlt sie sich müde und gerädert. Es ist still im Haus und draußen auf der Straße. Sie hört nichts und sieht nichts – sie hat das Gefühl, als wäre sie der einzige Mensch auf der Welt. Dieses Gefühl ist nicht neu für sie. Jeder Mensch ist für sich der Einzige, zumindest ist er einzigartig, macht sie sich positive Gedanken. Sie ahnt, dass dieses Gefühl einer gewissen Einsamkeit sie den ganzen Tag nicht loslassen wird.

Natürlich, es ist Samstag und keiner der Nachbarn fährt zur Arbeit. Das Leben, die Lautstärke, die Hektik werden heute später beginnen.

Sie dreht sich noch einmal um und will weiterschlafen, findet aber keine Ruhe mehr.

Es gibt drei Möglichkeiten: Im Bett zu bleiben, den Tag wie gewohnt anzugehen oder sich umzubringen.

Nach einigen Sekunden des Nachdenkens, scheint ihr die letzte Variante die ungesündeste zu sein. So schlecht geht es ihr nicht, dass sie diese Möglichkeit in Erwägung ziehen sollte.

Sie beschließt aufzustehen. Sie tastet mit der Hand nachdenklich die andere Hälfte des Doppelbettes ab. Das Kopfkissen liegt wie immer unbenutzt an seinem Platz und die Zudecke befindet sich ordentlich gefaltet in der Mitte des Bettes. Als sie noch mit Tobias zusammen war, hatten sie sich das Doppelbett angeschafft. Sie schüttelt den Kopf.

Nein, das sind keine guten Gedanken. Was vorbei ist, ist vorbei. Sie zieht die Hand vom Bett zurück.

Als sie das Fenster öffnet, schlägt ihr unverhofft schwüle Luft entgegen und nimmt ihr ein wenig den Atem. Der Wetterbericht kündigt für die kommende Nacht und den nächsten Tag starke Gewitter mit vielen Blitzen und Starkregen an.

Sie beschließt, heute nicht zum See zu gehen und stimmt sich auf einen langweiligen Tag ein. Ihre Nachbarin Melanie ist heute Abend nicht zu Hause. Sie wird wohl das Glas Wein allein auf der Terrasse genießen müssen.

Da fällt ihr ein, dass morgen ihre Eltern kommen. Sie freut sich darauf.

Sie wird den heutigen Tag nutzen, um Vorbereitungen zu treffen. Die Wohnung aufräumen, putzen und das Essen vorbereiten.

Sie will einen saftigen Rinderbraten zubereiten. Ihr Vater ist leidenschaftlicher Fleischesser und Rinderbraten mag er besonders gern. Die Zutaten, wie Gemüse und Kartoffeln wird sie zusammen mit ihrer Mutter fertig machen. Den Nachtisch will sie heute schön herrichten und in den Kühlschrank stellen. Dazu hat sie fettarmen Quark und Früchte eingekauft. Ein Sonntagsessen ohne Nachtisch ist für ihre Eltern kein ordentliches Essen. Sie besuchen Anna nicht oft. Wenn sie dann einmal kommen, will Anna sie verwöhnen und ihre Lieblingsspeisen auftischen.

Anna war den ganzen Tag über beschäftigt. Sie ist müde und verschwitzt.

Sie drückt den Knopf ihrer Armbanduhr und eine stereotype Computerstimme sagt ihr die aktuelle Uhrzeit. Es ist Abend und es herrscht immer noch eine starke Schwüle. Es ist noch zu früh, um ins Bett zu gehen, findet sie. Zum Abschluss des

Tages holt sie eine Flasche Wein und ein Glas und begibt sich damit auf die Terrasse. Schade, dass Melanie nicht bei ihr sein kann. Allein schmeckt der Wein nicht so gut, wie in Gesellschaft der Freundin. Bereits nach kurzer Zeit leert sie das Glas, geht ins Haus und verschließt sorgfältig die Terrassentür. Glas und Flasche bringt sie in die Küche.

Bevor sie zu Bett geht, beschließt sie, noch unter die Dusche zu gehen. Das Wasser erfrischt sie und sie überlegt, ob sie im Bett noch eine Weile Musik hören soll. Mit dieser Idee freundet sie sich sofort an.

Nach dem Duschen legt sie die dritte CD aus dem Regal ein. Es handelt sich dabei um eine CD der Rockgruppe Queen. Sie liebt es, den heftigen Klängen der Gitarren, der Drums und dem Gesang von Freddie Mercury zuzuhören. Sie setzt die kabellosen Kopfhörer auf und dreht den Tonregler fast bis zum Anschlag. Die Lautstärke gibt ihr das Gefühl, in einem Livekonzert zu sein.

Im Nachthemd, die Kopfhörer auf den Ohren, legt sie sich aufs Bett. Ihr Smartphone behält sie in der Hand, damit sie den Vibrationsalarm spürt. Sie rechnet damit, dass Melanie noch anruft, wenn sie nach Hause kommt. Sie deckt sich nicht zu, da es im Zimmer noch sehr warm ist. Die dumpfen Bässe von „Another one bites the dust“ lassen ihr Zwerchfell vibrieren und ihre Füße und Hände zucken im Takt der Musik.

Ihre Umwelt nimmt sie nicht mehr wahr.

Ein verhängnisvoller Fehler.

19

David erreicht mit dem Fahrrad die Straße, in der Anna wohnt. Er stellt das Rad wieder am Anfang der Straße ab und geht zu der Stelle, von der er gestern Abend Anna beobachtet hat.

Der Himmel hat sich im Laufe des Abends mit Wolken zugezogen. Es ist drückend warm. Durch die schnelle Fahrt mit dem Fahrrad ist er verschwitzt und eine dankbare Angriffsfläche für Mücken und sonstige Stechinsekten jeglicher Art.

Die Dämmerung legt sich langsam wie ein graues Tuch über Troisdorf und über den Wald am Leyenweiher. Die Straßenlaternen sind bereits angegangen und die Menschen, die bisher in den Gärten gearbeitet haben, sind in ihre Häuser zurückgekehrt. Auch die Hundebesitzer haben die Gassirunde mit ihren Vierbeinern beendet. Es ist ruhig in der Straße am Wald. Ein typischer Samstagabend.

Unter den Bäumen ist es bereits dunkel und David muss achtgeben, dass er nicht stolpert. Hin und wieder schlägt er nach einer Mücke aber das ist ein hoffnungsloses Unterfangen.

Ohne Mühe findet er den Baum wieder, an dem er am Vortag hochgeklettert ist. Er wartet, bis sich sein Puls beruhigt hat. Leichter als am Vortag erreicht er den Aussichtspunkt auf dem Ast, der ihn gestern gut getragen hat.

Das Schlafzimmerfenster liegt noch im Dunkeln vor ihm. Er wendet den Blick nicht vom Fenster ab, denn er will keine Sekunde Annas Anblick verpassen. In seinem Gedächtnis ruft er die Bilder ab, die er gestern völlig unvorbereitet gesehen hat. Irgendwann wird Anna das Zimmer betreten. Hoffentlich schaltet sie wie gestern Abend das Licht ein. Oder befindet sie sich bereits im Zimmer und schläft? Ein fataler Gedanke, den er kaum ertragen kann.

Er hat seinen Beobachtungsposten noch nicht lange eingenommen, als ein schwarzer PKW mit Heckklappe, vermutlich ein BMW, die Straße entlangfährt und vor Annas Haus anhält. Es dauert ein wenig und ein Mann steigt aus. Er schaut sich um. Dann geht er zielstrebig auf das Haus zu. David kann das Gesicht nicht erkennen. Seine Art zu gehen kommt ihm irgendwie bekannt vor. Der Mann öffnet mit einem Schlüssel die Haustür und geht ins Haus.

David ist überrascht und verärgert. Soll Anna einen Freund haben?

Das Licht im Schlafzimmer geht an. Anstatt, dass Anna wie vermutet das Zimmer betritt, kommt der Mann hinein. Er bückt sich und scheint sich auf das Bett gelegt oder gesetzt zu haben. Diesen Bereich des Zimmers kann David nicht einsehen.

Es dauert eine Weile, und Anna betritt das Schlafzimmer. Sie hat ein Nachtshirt angezogen und auf den Ohren sitzen zwei dicke Kopfhörer. Auch sie geht in Richtung Bett und verschwindet aus Davids Blickfeld.

„Verdammt, was geht hier vor sich?“, sagt er zu sich selbst.

Würde er ahnen, was hier passiert, könnte er den Lauf der Geschichte noch verändern. So aber geschieht, was geschehen soll.

*

Der Verkaufsfahrer der Firma *Der Tiefkühlfavorit* hat am Wochenende frei. Den Tag über hat er gelangweilt zu Hause verbracht. Am Abend setzt er sich in seinen privaten PKW und fährt ziellos durch die Straßen von Troisdorf. Er hasst die Wochenenden. Viel lieber besucht er seine Kunden, bevorzugt die weiblichen Kundinnen. Hier und da ein nettes Gespräch. Manchmal gehen die Kundinnen auf seine etwas anstößige Art ein und gelegentlich ergeben sich daraus ungeahnte Möglichkeiten.

Gut, Elvira Blumenröder ist tot. Ein Unfall halt, der ihn heute nicht mehr sonderlich belastet. Er ist sicher, die Polizei wird ihn niemals mit der Tat in Verbindung bringen. Er hat keine Spuren hinterlassen und er ist nicht vorbestraft. Sie werden ihn nicht in ihrer Kartei der *Sexmonster* finden.

„Die dumme Henne war doch selbst schuld. Wieso schlug sie auch wie von Sinnen um sich und schrie wie am Spieß. So gut wie ihr junger Freund bin ich allemal", sagt er zu sich.

In der Innenstadt herrscht dichter Verkehr. Er registriert nicht das Hupen, als er einem anderen Autofahrer die Vorfahrt nimmt. Er kann sich nicht hundertprozentig auf das Fahren konzentrieren. Seine Hormone spielen verrückt. Er braucht eine Frau – unbedingt, sofort.

Jetzt am Wochenende hat er nicht die Möglichkeiten wie an Werktagen, wenn er als Verkaufsfahrer unterwegs ist.

Schlagartig hat er einen Einfall. Er geht unvermittelt auf die Bremse und steuert in eine Parklücke. Das Hupkonzert hinter ihm quittiert er mit einer abfälligen Geste.

Er hat doch einen Nachschlüssel für das Haus dieser Blinden. Er durchwühlt das Handschuhfach und findet ihn. Er hält ihn wie eine Trophäe hoch und betrachtet ihn gedankenversunken.

Wie heißt sie noch gleich? Ach ja, Anna, überlegt er.

Als sie am See auf der Bank saßen, nutzte er die Gelegenheit und griff in ihre Einkaufstasche. Er war auf Bargeld aus, fand stattdessen ihren Ausweis und ihren Wohnungsschlüssel. Einer Eingebung folgend, fertigte er sofort einen Abdruck an. Ein Etui mit Knetmasse führt er immer mit sich. Man weiß schließlich nie, was sich im Laufe des Tages ergibt.

Anna hatte nichts bemerkt. Wie sollte sie auch?

Danach hatte er ihre Wohnung ausgekundschaftet und wäre beinahe erwischt worden. In der Eile musste er die Wohnung ohne Beute verlassen. Er konnte gerade noch die Flucht über die Terrasse ergreifen.

Vor einigen Tagen traf er sie dann überraschend in der Disco. Er hatte mit ihr getanzt. Sie ist eine hübsche Frau mit einer tadellosen Figur. Vor allem der Duft, den sie verströmte, hatte ihn gefangen. Dass sie ihn eiskalt abservierte, ärgerte ihn damals und sogar heute noch maßlos.

„Wie konnte sie mich so einfach stehen lassen, diese dumme Kuh?“, schreit er laut in seinem Wagen.

Sie ist blind, na wenn schon. Soll ich deshalb Mitleid mit ihr haben? Wer eine Disco aufsucht und einen Mann so eiskalt abweist, verdient kein Mitleid. Egal, ob blind oder nicht.

„Das wirst du bereuen“, flüstert er und seine Gesichtszüge werden hart und unerbittlich.

Er wird ihr einen Besuch abstatten. Ihre Blindheit ist für ihn ein unschätzbarer Vorteil. Er kann auf seine Sturmmaske verzichten. Sie wird ihn nicht beschreiben können. Ein sicheres, hoffentlich kein todsicheres Vergnügen erwartet ihn. Bei dem Gedanken legt sich ein Lächeln auf sein Gesicht.

Er fährt los und steuert den Wagen wie von Geisterhand durch die Straßen. Seine Gedanken kreisen nur noch um die nächsten Stunden.

Mit einem Mal kommt ihm ein verwegener Gedanke. Was wäre, wenn er eine Frau für länger als nur für einen Abend oder eine Nacht hätte? Dazu noch eine Blinde, die keinerlei

Gefahr für ihn bedeutet. Dieser Gedanke lässt ihn nicht mehr los. Seine Vorstellungen galoppieren davon, in nicht einmal von ihm vorher für möglich gehaltenen Dimensionen.

Ohne dass er sich dessen bewusst ist, steht er plötzlich vor dem Haus von Anna. Er benötigt ein paar Sekunden, um sich zu sammeln. Dann steigt er aus. Die Tür seines Wagens schlägt zu, schlägt laut zu. Er schaut sich um. Keine Menschenseele ist zu sehen. Geradewegs geht er auf den Hauseingang zu. Mit dem Nachschlüssel öffnet er die Tür und huscht lautlos in die Diele. Dort wartet er einige Augenblicke, bis sich sein Atem beruhigt hat. Bisher ist er immer in die Wohnungen eingedrungen, wenn niemand zu Hause war. Hier hat er dann gewartet, bis die Frauen nach Hause kamen. Diese fühlten sich sicher und er hatte den Überraschungseffekt auf seiner Seite. Diese neue Variante, in die Wohnung einzudringen, wenn sein Opfer zu Hause ist, lässt seinen Adrenalinspiegel extrem steigen. Er kann nicht vorhersehen, in welchem Teil des Hauses sich die Frau aufhält. Er muss auf alle Möglichkeiten vorbereitet sein. Nun ist Anna blind, sicherlich ein erheblicher Vorteil. Schweißperlen bilden sich auf seiner Stirn, die er mit dem Arm wegwischt. Diese außergewöhnliche Herausforderung reizt ihn und spornt ihn gleichzeitig an. Er liebt die Anspannung und Erregung, die dadurch entsteht.

Er weiß, auch in diesem Fall ist der Überraschungseffekt auf seiner Seite.

Er hört das Rauschen der Dusche, das ihm zusätzlich Sicherheit gibt. Mit einem überlegenen Grinsen um die Mundwinkel geht er vorsichtig die Treppe hoch, zu Annas Schlafzimmer.

Er braucht nur noch abzuwarten.

*

Die Musik dröhnt in Annas Kopfhörer. Sie genießt das und steht in Gedanken im Konzert direkt vor der Bühne. Sie ist wie weggetreten.

Plötzlich spürt sie, wie ihr Smartphone vibriert. Wahrscheinlich ist das ihre Freundin Melanie. Sie freut sich, setzt die Kopfhörer ab und nimmt das Smartphone ans Ohr.

„Es ist soweit. Ich bin da, du kannst dich freuen", sagt eine Männerstimme, die sie sowohl im Smartphone, als auch neben sich hört.

Anna ist völlig irritiert. Wer spricht da am Telefon? Und ist da jemand neben ihr im Bett?

Anna spürt warmen Atem an ihrer Schulter und hört, wie sich ein Reißverschluss öffnet.

Sie richtet sich auf und will mit der Hand die Betthälfte neben sich abtasten. Ist Tobias zurück?

Der schwere Körper eines Mannes drückt sie zurück aufs Bett und der Mann setzt sich rittlings auf sie. Anna stößt einen fürchterlichen, langen Schrei aus. Ihr Instinkt sagt ihr, sie ist in höchster Gefahr – in Lebensgefahr.

Eine Hand umschließt ihre Kehle. Der Druck nimmt mehr und mehr zu und das Atmen fällt ihr immer schwerer. Um Hilfe rufen ist unmöglich. Sie „sieht" grelle Blitze und fürchtet, dass sie bald das Bewusstsein verlieren wird.

Mit letzter Kraft bekommt sie das Handgelenk des Angreifers zu fassen. Spielt ihr Gehirn ihr einen Streich? In diesem Augenblick durchschießt es sie wie ein Stromstoß. Dieses Handgelenk hat sie bereits einmal vor nicht allzu langer Zeit angefasst. Diese kräftige Hand mit dem starken Handgelenk – und dann diese grobgliedrige Kette. Sie kennt die dazu gehörende Person: 1,85 m groß, 90 Kilo schwer, ungefähr 40 Jahre alt.

„Alexander", formt sie seinen Namen mit den Lippen, ohne dass ein Ton ihre Lippen verlässt.

Mit dieser schrecklichen Erkenntnis schwindet ihr ganzer Mut und ihre Kraft. Wie im Nebel nimmt sie teilnahmslos wahr, was mit ihr geschieht.

Wenn das ihr Schicksal sein soll, muss sie es so annehmen. Ihr Herz ist gebrochen und schmerzt. Ist das das Ende?, ist ihr letzter Gedanke. Damit erschlaffen Ihr Körper und ihr Geist.

*

Der Abend verläuft für David nicht so, wie er ihn sich vorgestellt hat. Er kann nicht das beobachten, was er so gerne gesehen hätte. Er ist enttäuscht. Nein, er ist mehr als enttäuscht, er ist wütend.

Anna und dieser Kerl, das hätte er nie vermutet. Wahrscheinlich ist sie kein Deut besser als die anderen Frauen. Er schaut gar nicht mehr zum Fenster hin.

Das ist wieder einmal typisch für mich. Ich habe einfach kein Glück mit den Frauen, denkt er. Seine Wut schlägt um in Selbstmitleid. Morgen nehme ich wieder die Tabletten ein, dann geht es mir besser und ich habe keine Probleme mehr, lautet seine erste Schlussfolgerung.

Obschon, schlecht ist es mir ohne diese Tabletten doch nicht ergangen. Die Träumereien von Anna und die Beobachtungen hier waren doch nicht übel und die hätte ich mit den Tabletten nie gehabt, ist sein zweiter Gedanke.

Was mache ich mir bloß für Gedanken um meine Probleme. Anna hat ein viel schlimmeres Los zu tragen als ich. Nicht mehr sehen zu können, keine schöne Frau mehr beobachten zu können, wäre für mich unvorstellbar.

Er ist hin und her gerissen.

Nur eines wird ihm klar: Er kann Anna nicht so einfach aus seinen Gedanken streichen.

Was war das? Das war doch ein Schrei. Aus der Richtung von Annas Haus.

Seine Augen wandern automatisch zu Annas Schlafzimmerfenster. Nein, es hat sich nichts geändert. Er sieht weder Anna noch den Mann. Trotzdem kann er den Blick nicht von dem erleuchteten Fenster abwenden.

Bewegt sich da etwas? Davids Puls beginnt schneller zu schlagen.

Ja, der Mann tritt ans Fenster und schaut auf die Straße. Er zündet sich eine Zigarette an.

Im faden Schein der Straßenlaterne kann David zum ersten Mal das Gesicht des Mannes halbwegs erkennen. Der Gang, die Bewegungen, als er aus dem Auto stieg und zum Haus ging und jetzt das Gesicht.

David erstarrt. Sein Mund wird trocken und seine Pupillen weiten sich. Das kann nicht sein, das darf nicht sein, denkt er. Es ist derselbe Mann, den er mit Anna am See gesehen hat. David kennt ihn, kennt ihn nur zu gut.

Sein Blick haftet auf der Gestalt am Fenster, als wenn er ihm telepathisch übermitteln will: Verschwinde, lass die Frau in Ruhe, hau ab!

Doch seine Mitteilung erreicht den Mann nicht.

Der Mann dreht sich um, scheint sich zu bücken und lädt etwas über seine Schulter. Ist das ein Mensch? Ist das Anna? Ja, es muss Anna sein, denn eine andere Person ist nicht im Zimmer. David erkennt die kurzen, blonden Haare. Kein Zweifel. Es ist Anna. Was ist mit ihr? Ist sie tot? Es sieht so aus. Sie hängt leblos über der Schulter des Mannes.

Davids Herz hämmert gegen seine Brust. Was soll er machen? Die Polizei anrufen ist nicht möglich. Er hat sein Smartphone nicht dabei. Laut um Hilfe schreien? Wie soll er dann seine Anwesenheit hier erklären? Oder soll er in die Wohnung eindringen und den Fremden überwältigen? Dazu hat er nicht den Mut und wahrscheinlich auch nicht die Kraft. Vielleicht ist alles sowieso zu spät und Anna lebt bereits nicht mehr. Er muss eine Entscheidung treffen, und zwar jetzt.

Der Mann geht mit seiner Last zur Zimmertür und verlässt das Zimmer. Annas Kopf baumelt leblos an seinem Rücken herunter. Wenige Augenblicke später öffnet sich die Haustür. Der Mann bleibt im Türrahmen stehen. Die im Zimmer angezündete Zigarette baumelt zwischen seinen Lippen. Er schaut nach rechts, dann nach links und tritt vollends aus dem Haus. Bevor er weggeht, zieht er die Tür zu. Die Zigarette wirft er achtlos auf die Straße. Mit schnellen Schritten geht er zu seinem Wagen, öffnet die hintere Tür und verfrachtet Anna unsanft auf den Rücksitz. Er will die Tür zuschlagen aber Annas Beine sind im Weg. Er beugt sich mit dem Oberkörper in den Wagen, über Anna. Wahrscheinlich zieht er sie noch ein Stück ins Innere.

Er schlägt die Tür zu, läuft um den Wagen und setzt sich hinter das Lenkrad. Gleichzeitig springt David vom Baum und läuft auf die Straße. Er muss den Wagen stoppen. Er darf den Mann nicht mit Anna wegfahren lassen. Doch er kommt zu spät. Der Mann startet und wendet den Wagen auf der Straße, dabei erfasst er David mit dem Kotflügel.

David fällt hin und der Wagen braust davon.

„Verdammt, das Kennzeichen“, flucht David.

Es ist bereits zu spät. In der Ferne kann er nur noch die Schlussleuchten des Wagens erkennen. Er kennt lediglich die Marke und die Farbe des Wagens. Aber was hilft das.

Von diesem Typ gibt es wahrscheinlich im Umkreis Tausende Fahrzeuge.

Er kann nichts mehr tun. Er fühlt sich elend. Sein Bein schmerzt, wo ihn der PKW erfasst hat. Er ignoriert das.

Er humpelt zu seinem Fahrrad und fährt zurück zur Klinik.

20

Hilde Reinders, Annas Mutter, drückt den Klingelknopf. „Ich bin neugierig, wie Anna ohne ihren Freund inzwischen zurechtkommt“, sagt sie zu ihrem Mann.

„Ach Hilde, das ist doch schon lange her. Beim letzten Besuch hast du doch gesehen, dass es ihr gut geht. Vielleicht hat sie sogar einen neuen Freund“, erwidert ihr Mann Klaus gelassen.

Sie stehen vor Annas Haustür. Klaus hat einen riesigen Blumenstrauß in der Hand, den er kurz vorher in einem Blumengeschäft preiswert erstanden hat. Sommerblumen – bunt gemischt. Wenn er Blumen kauft, dann höchstens zum Geburtstag seiner Frau, und dann muss der Strauß ebenso riesig wie bunt sein. Als er mit dem Strauß aus dem Geschäft kam, hatte Hilde ihm schon die passenden Worte dazu gesagt und ihre Missbilligung zum Ausdruck gebracht.

„Ich finde ihn schön“, war seine einfache Antwort.

Hilde gab sich geschlagen. Was sollte sie auch im Nachhinein machen.

„Einen neuen Freund? Du denkst, deine Tochter hat nichts Besseres zu tun, als sich einen Mann zu suchen? Sie hat beileibe andere Probleme, als auf Männerfang zu gehen.“

Dabei betrachtet sie den Blumenstrauß und schüttelt abfällig den Kopf.

„Du hast ja recht“, sagt Klaus.

Hilde drückt nochmals den Klingelknopf. Nichts geschieht – die Tür bleibt geschlossen. Beide werden unruhig.

„Komm, lass mich mal“, fordert Klaus und drängt seine Frau zur Seite.

Er hält seinen Finger lange auf der Klingel. Aber auch er hat kein Glück. Die Haustür bleibt geschlossen, niemand öffnet.

„Sie wird doch nicht vergessen haben, dass wir kommen?“, sagt Hilde ängstlich.

„Dann müssen wir halt warten. Weit wird sie wohl nicht gegangen sein. Ich gehe ums Haus und schaue durch die Terrassentür, ob jemand zu Hause ist.“

Den Blumenstrauß drückt er schnell seiner Frau in die Hand.

„Ich klingele bei der Nachbarin und versuche da mein Glück. Anna ist mit ihr befreundet“, sagt Hilde und ist schon unterwegs.

Klaus macht sich auf den Weg zur Rückseite des Hauses. Um dorthin zu gelangen, muss er bis zum Ende der Reihenhäuser gehen. Von dort geht eine Straße ab, die hinter den Gärten vorbeiführt. Auf der Rückseite von Annas Haus klettert er über den Jägerzaun und geht durch den Garten zur Terrassentür. Er drückt seine Nase gegen die Scheibe, um einen Einblick in das Wohnzimmer zu bekommen. Er strengt seine Augen an. Das Zimmer wirkt aufgeräumt, aber verlassen. Von seiner Tochter ist nichts zu sehen. Er klopft gegen die Scheibe. Im Haus rührt sich nichts.

Sie weiß doch, dass wir heute kurz vor Mittag ankommen. Wir haben doch gestern noch telefoniert, denkt er.

Er wird allmählich ärgerlich. In Gedanken versunken kehrt er zum Hauseingang zurück. Auf seiner Haut hat sich ein Schweißfilm gebildet. Das schwüle Wetter fordert seinen Tribut. Er schaut in den Himmel, als wenn er dort den Schuldigen für seine Schweißperlen sucht. Von Westen zieht eine Gewitterfront mit dicken schwarzen Wolken heran.

Seine Frau steht an der Haustür des Nachbarhauses. Ihre Geduld wird auf eine harte Probe gestellt, denn auch dort muss sie mehrmals klingeln. Jetzt öffnet die Nachbarin die Tür.

„Was ist denn los?“, fragt sie etwas unfreundlich.

Melanie hat Annas Eltern noch nicht kennengelernt. Inzwischen ist auch Klaus hinzugekommen.

„Wir wollen Anna besuchen, aber sie öffnet nicht. Wir sind fast fünfhundert Kilometer gefahren und sie weiß, dass wir kommen – und jetzt ist sie nicht da“, sagt Klaus unwirsch.

„Wir sind Annas Eltern. Wissen Sie vielleicht, wo unsere Tochter ist?“, fragt Hilde ausgesprochen freundlich und versucht, den gereizten Ton ihres Mannes gutzumachen.

„Ich habe Anna gestern Morgen zuletzt gesehen. Den ganzen Tag über bis spät abends war ich nicht zu Hause. Ich habe keine Ahnung, wo sie ist. Normalerweise muss sie zu Hause sein. Ich heiße übrigens Melanie. Anna und ich sind befreundet“, antwortet die Nachbarin.

„Vielleicht hat sie Ihren Besuch vergessen und ist an den See gegangen. Sie geht fast täglich dorthin, allerdings immer morgens. Aber schauen Sie doch dort einfach einmal nach. Der See ist ja nicht weit von hier“, rät Melanie den Eltern.

Klaus verzieht das Gesicht. Er ist heute sehr früh aufgestanden, ist über sechs Stunden gefahren, ist hungrig – und jetzt soll er auch noch seine Tochter suchen.

„Dann mal los. Ich kenne den Weg zum See“, mault er.

Nach zwanzig Minuten stehen Hilde und Klaus erneut vor Melanies Haustür.

„Da ist sie auch nicht. Was machen wir nun?“, fragt Hilde Melanie.

Hilde ist ratlos. Klaus macht ein betretenes Gesicht, da er anscheinend auch keine Idee mehr parat hat.

Auch Melanies Gesicht wirkt ratlos und sogar etwas ängstlich. Anna wird sich doch nicht verlaufen haben und jetzt durch für sie unbekannte Straßen irren, fürchtet sie. Aber sie wird sicherlich einen Passanten fragen, der sie nach Hause begleitet, beruhigt sie sich. Von ihren Gedanken sagt sie nichts den Eltern. Sie will sie nicht beunruhigen.

„Ich habe einen Zweitschlüssel."

Sie eilt ins Haus und kommt mit dem Schlüssel zurück.

„Kommen Sie mit. Ich schließe Ihnen die Tür auf. Dann können Sie im Haus auf Ihre Tochter warten. Sie hat sicher nichts dagegen."

Melanie geht voran. Klaus schaut Hilde an, als wenn er sagen will: Das hätte sie auch sofort machen können.

Melanie schließt auf. Sie wundert sich, dass die Tür nicht abgeschlossen ist, sondern nur zugezogen. Sie lässt den Eltern den Vortritt. Hilde drückt der Nachbarin die Blumen in die Hand. Melanie bleibt vor der Haustür stehen.

„Anna, wir sind's!", ruft Hilde laut.

Keine Antwort. Nichts regt sich im Haus.

Klaus stürmt in die Diele und reißt nacheinander alle Türen auf. Zuerst die Wohnzimmertür. Das Zimmer ist aufgeräumt. Er kann keinen Hinweis auf den möglichen Aufenthalt von Anna entdecken. Als nächstes öffnet er die Tür zur Gästetoilette. Nichts. Zuletzt betritt er die Küche. Auf der Spüle steht ein Rotweinglas – benutzt.

„Sie ist nicht da!", ruft er.

Klaus nimmt das Glas und dreht es gedankenverloren in den Händen. Das ist nicht die Art, wie sich seine Tochter verhält. Vergessen, dass die Eltern kommen. Nein, das kann er sich nicht vorstellen.

„Ja, glaubst du denn, wenn sie da wäre, hätte sie nicht geöffnet?“, antwortet Hilde.

Sie wundert sich über die Einfältigkeit ihres Mannes, obschon sie auch gehofft hat, ihre Tochter doch noch anzutreffen. Sie ist auf dem Weg in die obere Etage.

„Ich schaue oben nach“, ruft sie von der Treppe.

Die Tür vom Schlafzimmer steht offen. Mit der Hand hält sie sich am Türrahmen fest und beugt sich nach vorne, um hineinzusehen. Im Gegensatz zu ihrem Mann möchte sie nicht die Zimmer betreten, wenn ihre Tochter nicht da ist.

„Klaus, komm schnell!“, ruft sie mit schriller Stimme.

Klaus lässt das Rotweinglas fallen. Das Glas zersplittert unter lautem Klirren auf dem Fliesenboden. Er dreht sich auf dem Absatz um und stürmt die Treppe hoch, in Richtung Schlafzimmer.

Im Türrahmen steht Hilde, die sich die Hände vor den Mund hält. Klaus schiebt sie zur Seite und stürzt ins Zimmer.

Als Erstes registriert er, dass Anna nicht da ist. Dann sieht er das Chaos.

Kissen und Bettdecke zusammengeknüllt neben dem Bett. Das Bettlaken ist von der Matratze gerissen und hängt schief vom Bett herab bis auf dem Boden. Auch die andere Hälfte des Doppelbettes ist benutzt und zerwühlt. Annas Kette und Armband, die sie immer ordentlich auf dem Nachttisch deponiert, findet Klaus auf dem Fußboden. Beim genauen Hinsehen entdeckt er zwei Knöpfe auf dem Bett.

Hilde meint: „Hier riecht es seltsam muffig. Vielleicht nach Schweiß? – Ich weiß nicht, gar nicht typisch nach Anna.“

Beiden ist klar: So würde Anna nie ihr Zimmer verlassen. Schon wegen ihrer Blindheit müssen Kette und Armband immer an ihrem festen Platz liegen, damit sie sie wiederfinden kann. Und was sollen die beiden Knöpfe dort auf dem Bett? Was sind das für Knöpfe? Vielleicht Knöpfe eines Hemdes? Vielleicht von Annas Nachthemd? Hat Anna sie sich im Schlaf abgerissen? Und wieso liegt das Bettzeug zerknüllt auf dem Boden? Fragen über Fragen, die sich Klaus und Hilde stellen.

Beide befürchten, dass hier etwas Ungewöhnliches geschehen sein muss. Entscheidend ist jedoch: Anna ist verschwunden.

Klaus hat als Erster einen klaren Kopf.

„Melanie!", ruft er laut, weil er vermutet, dass sie noch vor der Haustür wartet.

Aber Melanie hat das Haus betreten, als sie den schrillen Ruf von Annas Mutter hörte und ist in die erste Etage hochgegangen. Sie steht jetzt direkt hinter Klaus. Sie erschreckt sich fast zu Tode, als sie ihren Namen hört und Klaus sich abrupt umdreht. Klaus erschrickt nicht minder, als er Melanie unerwartet hinter sich sieht. Dieses Mal spricht er sie freundlich an.

„Schauen Sie sich dieses Chaos an. Das ist doch für Anna nicht normal. Ich glaube, wir sollten die Polizei anrufen. Hier ist irgendetwas geschehen. Würden Sie das für uns machen?"

„Sie haben recht. Hier stimmt einiges nicht. Ich rufe die Polizei an."

Melanie rennt die Treppe hinunter.

„Benutzen Sie aber nicht das Telefon hier in der Wohnung. Sie wissen doch, wegen der Fingerabdrücke", weist sie Klaus mit kriminalistischer Weitsicht an.

Hilde und Klaus folgen Melanie nach draußen. Sie wollen vor dem Haus auf das Eintreffen der Polizei warten. Beiden ist die Angst ins Gesicht geschrieben. Sie können sich nicht vorstellen, was geschehen ist, befürchten aber das Schlimmste.

Die Blumen, die für Anna bestimmt sind, hat Melanie in der Eile vor der Haustür abgelegt. Es scheint fraglich, ob Anna diesen Begrüßungsstrauß erhalten wird.

21

An diesem Sonntagmorgen sitzt Kommissar Eisenstein an seinem Schreibtisch. Es ist stickig in seinem Zimmer. Er hat sein Sakko ausgezogen und die Hemdsärmel hochgekrempelt.

Er schaut sich die Bilder der Tatorte der Vergewaltigung an Mia Stein und des Mordes an Elvira Blumenröder zum vielleicht hundertsten Mal an. Wochenende oder Feierabend gibt es für ihn nicht, solange er den Täter nicht überführt hat. Hat er etwas übersehen? Die Bilder zeigen ganz normale Wohnungen. Die Spurensicherung hat alles, was auf irgendeine Art wichtig sein könnte, sichergestellt und untersucht. Zu verwertbaren Ergebnissen hat das nicht geführt. Im persönlichen Umfeld der beiden Opfer gibt es keine Auffälligkeiten und Spuren sind bisher Mangelware. Sie treten auf der Stelle.

Der erste Eifer bei der Ermittlung scheint verschwunden. Im normalen Fall nimmt die Aufklärung eines Verbrechens von Tag zu Tag mehr Fahrt auf. In diesen Fällen hat die Zeit eine neue Dimension angenommen. Die Geschwindigkeit ist der Langsamkeit gewichen. Eisenstein versucht sich zwar dagegen aufzubäumen, muss aber einsehen, dass seine Anstrengungen keinen Erfolg haben.

Resigniert knallt er die Akte zu. Er reckt sich in seinem Schreibtischsessel, hebt die Arme über den Kopf und streckt die Beine aus. Er kann seine Müdigkeit nicht verbergen, will es auch gar nicht. Er gähnt ungeniert, steht auf und geht zum Fenster. Schwarze Regenwolken hängen über der Stadt und in der Ferne hört er ein erstes Donnergrollen. Ein Gewitter kündigt sich an.

Die Tür zu seinem Zimmer wird aufgestoßen und Ronni stürmt herein. Er ist nervös. Eisenstein sieht sofort, dass etwas Wichtiges geschehen sein muss. Er kann sich eigentlich nicht vorstellen, dass plötzlich neue Erkenntnisse in den Fällen aufgetaucht sind. Trotzdem fragt er:

„Was gibt's Ronni? Es ist wieder etwas geschehen, stimmt's?"

Ronni ist verblüfft, dass Frank ihm sofort ansieht, dass etwas geschehen ist. Ist er für seinen Kollegen so ein offenes Buch? Er räuspert sich.

„In der Zentrale ist ein Anruf eingegangen. Eine Frau ist verschwunden", sagt Ronni erregt.

Frank Eisenstein lächelt, fast väterlich.

„Und was ist daran Besonderes. Dass eine Frau verschwindet, kommt öfter vor. In den meisten Fällen ist sie am nächsten Tag wieder da, oder ihr Mann oder Freund weiß spätestens dann, wo sie abgeblieben ist. Eine Entführung, eventuell sogar mit Lösegeldforderung, hat es bei uns, seit ich hier tätig bin, nicht gegeben. Also beruhige dich. Wieso hast du eigentlich von diesem Anruf erfahren?", fragt Eisenstein jetzt sachlich.

„Ich habe in der Zentrale die Anweisung gegeben, dass mir alle Anrufe mit irgendwelchen Vorkommnissen, an denen Frauen beteiligt sind, umgehend gemeldet werden. Eine Nachbarin der Frau hat bei uns angerufen. Die Eltern sind zu Besuch gekommen und ihre Tochter ist nicht da. Die Eltern werden in wenigen Augenblicken hier eintreffen."

Kommissar Eisenstein fährt sich mit der Hand über seine graue Kurzhaarfrisur und zieht sein Sakko über.

„Ist eine gute Idee von dir, diese Anweisung. Aber findest du nicht auch, wenn die Eltern zu Besuch kommen und die Tochter nicht da ist, dass das kein Grund zur Panik ist?

Vielleicht wollte die Tochter die Eltern gar nicht sehen? Oder sie ist irgendwo hingefahren und hat sich verspätet? Wenn die Tochter auch die nächsten vierundzwanzig Stunden nicht auftaucht, kann man vielleicht darüber nachdenken, dass die Eltern eine Vermisstenanzeige aufgeben."

„Alles richtig. Aber die Eltern sind extra aus Regensburg gekommen und außerdem ist die Tochter blind."

„Mmh", macht Eisenstein.

„Dann sieht die Sache natürlich etwas anders aus."

„Die Nachbarin berichtet, dass es im Schlafzimmer der Tochter, die übrigens Anna Reinders heißt, Hinweise gibt, die darauf schließen lassen, dass etwas passiert ist."

„Und was sind das für Hinweise?", fragt Eisenstein.

„Das Bettzeug liegt zerknüllt auf dem Boden, ebenso liegt ihr Schmuck auf dem Boden und auf dem Bett haben die Eltern zwei Knöpfe, eventuell vom Nachthemd ihrer Tochter, gefunden."

„Das sind natürlich handfeste Hinweise auf ein Verbrechen", antwortet Eisenstein sarkastisch.

Ronni gibt auf Eisensteins Bemerkung keine Antwort.

„Ich gehe schon mal ins Besprechungszimmer. Die Eltern müssen jeden Moment hier sein", sagt Ronni, dreht sich um und geht.

„Okay, ich komme mit", ruft ihm Eisenstein hinterher. Eisenstein glaubt nicht unbedingt an ein Verbrechen, dafür sind die Hinweise zu vage. Aber er ist froh, von der eintönigen Bildbetrachtung der Tatortfotos unterbrochen zu werden. Eine kleine, wenn auch unbedeutende Abwechslung, wird seinen Kopf wieder für wichtigere Sachen frei machen.

Bereits im Flur begegnen sie einem aufgeregten Ehepaar. Eine Polizistin, die die beiden Personen begleitet, stellt sie vor:

„Das ist das Ehepaar Reinders. Es geht um ihre Tochter Anna."

„Danke. Wir wissen Bescheid", antwortet der Kommissar.

„Mein Name ist Eisenstein, Frank Eisenstein und das ist mein Kollege Ronni Kern."

Herr Reinders kommt geradewegs auf Eisenstein zu. Mit einigen Metern Abstand folgt langsam, fast schüchtern, seine Frau. Herr Reinders gibt zuerst Eisenstein, dann Ronni die Hand. Sein Händedruck ist außergewöhnlich fest und er schaut dem Kommissar selbstsicher in die Augen. Eisenstein, der eine gute Menschenkenntnis hat, kann sich vorstellen, dass Herr Reinders das Sagen in der Familie hat und dass er ein unverbesserlicher Patriarch ist. Dann geben die Kommissare Frau Reinders die Hand, die nervös wirkt und Tränen in den Augen hat.

Gemeinsam gehen alle ins Besprechungszimmer, Ronni voran. Frank kennt Ronni gut. Wenn der an einer Sache Feuer gefangen hat, ist er nicht mehr zu stoppen. Er wird nicht ruhen, bis er alle erforderlichen Fakten zusammengetragen hat. Bestätigt sich der Verdacht, dass ein Menschleben in Gefahr ist, wird er ohne zu Zögern die gesamte polizeiliche Maschinerie in Bewegung setzen. Aus eigener Erfahrung weiß er, was es bedeutet, wenn nicht schnell genug Hilfe kommt.

„Anna ist verschwunden. Sie waren zu Mittag eingeladen. Die Nachbarin hat Sie ins Haus gelassen. Die Wohnung, nein, das Schlafzimmer, wies eine gewisse Unordnung auf, die für Anna untypisch ist. Die Nachbarin hat Anna zuletzt am Vortag gesehen", fasst Ronni zusammen.

„Bisher sehe ich nichts Ungewöhnliches. Viele junge Frauen kommen für eine Nacht nicht in ihre Wohnung zurück. Und auch meine Wohnung ist nicht immer aufgeräumt", entgegnet Kommissar Eisenstein etwas provozierend.

„Aber Sie sind nicht blind“, ereifert sich Herr Reinders und springt auf.

„Meine Tochter ist blind. Wenn nicht alles in der Wohnung an seinem festen Platz steht und liegt, findet sie sich nicht mehr zurecht. Absolute Ordnung ist daher fast lebensnotwendig. Und wo soll meine Tochter allein hingehen? Sie ist nur in der Lage, Wege zu gehen, die sie kennt, ja, die sie eingeübt hat. Unternehmen Sie etwas.“

Ronni gibt seinem Chef ein Zeichen, dass er ihn allein sprechen will.

„Entschuldigen Sie, Herr Reinders. Das war mir bisher nicht so bewusst. Bitte nehmen Sie wieder Platz. Wir sind in wenigen Augenblicken wieder bei Ihnen“, erklärt Frank Eisenstein und verlässt mit Ronni zusammen den Raum.

Wer Eisenstein kennt, der weiß, dass er sich jetzt über sein Verhalten und seine Provokation maßlos ärgert. Er ist Ronni dankbar, dass er das Gespräch unterbrochen hat und er Zeit findet, sich zu sammeln.

„Frank, wir haben bereits zwei Kapitalverbrechen an jungen Frauen. Eine Vergewaltigung und ein Mord. Wann hatten wir die letzte Entführung einer Frau? Wahrscheinlich ist das schon ewig her. Wieso findet diese mögliche Entführung gerade zu der Zeit statt, in der wir bereits in zwei anderen Fällen ermitteln? Uns beiden ist doch klar, dass die Vergewaltigung und der Mord vom gleichen Täter begangen wurde. Ist es Zufall, dass möglicherweise jetzt eine Frau entführt wird? Wieder ist eine junge Frau beteiligt. Und ich wette, sie ist hübsch, außerdem ist sie blind. Ich habe ein ganz seltsames Gefühl. Kannst du sicher sein, dass hier kein Zusammenhang besteht?“

Ronni sieht seinem Kollegen eindringlich in die Augen. Er steht so dicht vor ihm, dass Frank seinen Atem spüren kann.

Frank kann sich nicht erinnern, in den letzten Jahren von Ronni solch eine emotionale Ansprache erhalten zu haben. Er kann Ronnis These nicht einfach wegwischen. Es scheint wirklich so, als hängen alle Fälle irgendwie zusammen. Auch dieser mögliche Entführungsfall.

Obschon Ronni erheblich jünger als Eisenstein ist, verfügt er bereits über eine erstaunliche Spürnase, die dieser sehr schätzt. Eisenstein selbst hat ihm immer wieder eindringlich klargemacht, dass es bei ihrem Job um Menschenleben geht. An einem Mord, wie in dem Fall Elvira Blumenröder, kann man nichts mehr ändern. Allerdings können durch gewissenhafte Polizeiarbeit eventuell weitere Morde verhindert werden. Und auch bei diesem Entführungsfall geht es möglicherweise um das Leben einer jungen Frau.

„Du hast recht. Machen wir auf der Basis deiner Theorie weiter. Unter Umständen ist da etwas dran. Komm, lassen wir die Reinders nicht so lange warten."

Sie gehen zurück ins Besprechungszimmer.

Klaus Reinders geht nervös im Zimmer auf und ab. Hilde sitzt zusammengesunken am Tisch und kämpft offensichtlich mit den Tränen.

„Okay, wir helfen Ihnen", beginnt der Kommissar.

„Wir werden alles in unserer Macht stehende unternehmen, um Ihre Tochter möglichst schnell und wohlbehalten zu finden. Das verspreche ich Ihnen."

Mit großen Augen schaut Ronni Kern seinen Kollegen an. Er freut sich, dass er auf seine Schiene eingeschwenkt ist. Aber dieses Versprechen, das Eisenstein dem Ehepaar Reinders gerade gibt, ist schon sehr gewagt, denn sie haben noch keine Ahnung, wo sie in diesem Fall ansetzen sollen.

„Ich kümmere mich darum“, sagt Ronni und stürmt aus dem Raum, um seine Kolleginnen und Kollegen zu einer sofortigen Lagebesprechung einzuladen.

Die weiteren Schritte würden sich dann automatisch ergeben. So wie er Eisenstein kennt, wird der bestimmt die Eltern genauestens befragen und dann die Wohnung der Tochter aufsuchen, um sich selbst ein Bild zu machen.

„Sobald wir hier fertig sind werde ich mit Herrn und Frau Reinders zur Wohnung fahren und komme anschließend zur Besprechung“, ruft Eisenstein Ronni hinterher.

„Herr Reinders, haben Sie von Ihrer Tochter ein Foto dabei, das sie uns überlassen können?“

„Ich habe mehrere Fotos dabei. Sie können sich eins aussuchen“, meldet sich Frau Reinders zum ersten Mal zu Wort und kramt in ihrer Handtasche.

Sie zieht mehrere Fotos heraus, die sie dem Kommissar gibt. Eisenstein sucht sich zwei der besten Fotos heraus und reicht den Rest Frau Reinders zurück.

„Kommen Sie, wir fahren zur Wohnung“, fordert er Annas Eltern auf und eilt bereits vorweg in Richtung Ausgang.

„Unterwegs können Sie mir noch die eine oder andere Frage beantworten.“

Für Frank Eisenstein ist es wichtig, als Erster einen Tatort aufzusuchen. Die Stimmung aufzunehmen, die an jedem Tatort anders ist. Den Geruch wahrzunehmen, der im Raum hängt und die Umgebung auf sich wirken zu lassen. Diese Mosaiksteine fügt er zu einem Bild zusammen, das oft entscheidend für den Fortgang der Ermittlungen ist. Wenn erst einmal der Stab der Spurensicherung einen Tatort untersucht hat, ist nichts mehr so, wie es war.

Eile ist daher angesagt, wenn er der Spurensicherung zuvorkommen will.

22

David versucht, seine Niedergeschlagenheit beiseite zu schieben. Er muss jetzt klar denken. Anna kann er im Augenblick nicht mehr helfen. Er kennt den Mann, der Anna entführt hat. Sofort morgen früh wird er sich darum kümmern. Jetzt geht es um ihn selbst. Seine Abwesenheit in der Klinik darf nicht auffallen. Er muss möglichst schnell zurück.

Mit aller Kraft tritt er in die Pedale. Die Anstrengung überlagert den Schmerz in seinem Bein. Bereits nach kurzer Zeit ermüden seine Beine. Schweißtropfen laufen ihm über das Gesicht und sein Atem geht keuchend. Er erreicht die Klinik in Rekordzeit und wirft das Fahrrad in den Fahrradständer. Jetzt noch schnell durch den Park. Er läuft zum rückwärtigen Eingang und drückt den Türgriff herunter. Die Tür ist verschlossen. Er flucht leise.

Als er losfuhr, hatte er den Schlüssel stecken gelassen.

Na klar. Rupert, der Bayer, war zum Rauchen draußen und hat abgeschlossen, als er hineinging. Dieser Idiot. Wenn der Schlüssel steckt, muss er doch wissen, dass ich unterwegs bin, denkt er.

„Guad'n Ombt! Na endlich. Es is aber a Zeit worden."

David sieht zuerst nur die glühende Zigarette, dann steht Rupert ihm gegenüber.

„Wieso hast du abgeschlossen?", keucht David noch völlig außer Atem.

„Warst wieder schnackseln? Bin doch ned bled. So leicht kimmst du ned an mir vorbei. Freindal."

„Was willst du von mir? Gib mir den Schlüssel."

„Zehn Euro, oder morgen weiß jeder, dass du abends schnackseln bist."

„Du spinnst ja total."

David wird sauer.

„Mia san doch Spezi'n. Heid zehn Euro und morgen hast du Dusl, weil i nix sag."

David wird der Ernst seiner Lage bewusst.

„Ich hab kein Geld dabei."

„Schee, aber morgen. Sonst sag i, wo du warst."

„Okay, okay, aber gib jetzt den Schlüssel her."

„Versprochen?"

„Ja, ja, versprochen."

Rupert rückt endlich den Schlüssel raus und David kann ins Haus. Er hört noch das leise, triumphierende Lachen von Rupert hinter sich.

Ungesehen erreicht er sein Zimmer. In voller Bekleidung legt er sich auf sein Bett. Er bleibt regungslos liegen, bis er sich beruhigt hat. Er weiß, in Kürze wird wahrscheinlich der Nachtpfleger in sein Zimmer schauen und prüfen, ob alles in Ordnung ist.

Tatsächlich, nach kurzer Zeit öffnet sich geräuschlos die Tür und der Nachtpfleger steckt seinen Kopf hinein. David simuliert tiefe Atemzüge und stellt sich schlafend. Sogleich wird die Tür wieder geschlossen und er ist sicher, dass seine Abwesenheit nicht bemerkt worden war. Mit Ausnahme von Rupert.

Das war äußerst knapp, denkt David und beginnt zu überlegen, was er morgen unternehmen kann, um Anna zu helfen.

23

Langsam kehrt Annas Bewusstsein zurück. Die Welt, diese schreckliche und ungerechte Welt hat sie wieder. Aber wo ist sie? Ihr Mund ist trocken und ihre Zunge schmerzt. Sie schluckt schwer. Irgendetwas befindet sich in ihrem Mund und sie bekommt die Lippen nicht auseinander. Sie will ihre Hände zur Hilfe nehmen, die sich seltsamerweise hinter ihrem Rücken befinden. Je mehr sie versucht, sie nach vorne zu zerren, desto mehr schneidet ihr etwas ins Fleisch. Sie will schreien, aber auch dies ist nicht möglich. Durch den Knebel im Mund ist ihr jegliche Möglichkeit genommen, einen Laut von sich zu geben.

Ich bin gefesselt und geknebelt, denkt sie und gerät vollends in Panik.

Sie stöhnt mehrmals laut auf. Ihr gesamter Körper schmerzt und sie hat das Gefühl, sich übergeben zu müssen.

„Nur das nicht. Ich werde ersticken“, schießt es ihr durch den Kopf und sie zwingt sich, ruhig ein und besonders tief durch die Nase auszuatmen.

Sie nimmt ein Motorengeräusch wahr. Die Unterlage, auf der sie liegt, vibriert. Ohne dass sie etwas dagegen unternehmen kann, wird sie immer wieder hin und her geworfen. Dann ebbt das Motorengeräusch ab, um kurz danach wieder anzuschwellen. Ich liege in einem PKW, wahrscheinlich auf der Rückbank. Während sie das denkt, wird sie wieder hin und her geworfen. Sie ist sich jetzt sicher, sie liegt in einem Auto.

Wo bringt man sie hin? Sie hat keine Ahnung, wie viele Personen sich im Wagen befinden. Niemand spricht ein Wort.

Ihre Erinnerung kehrt zurück. Damit wird auch der Schmerz heftiger.

Sie erinnert sich: Sie hatte sich ins Bett gelegt und Musik gehört. Jemand rief auf ihrem Smartphone an – ein Mann. Gleichzeitig sprach ein Mann sie an – direkt neben ihr. Jemand sprang auf sie, sie wehrte sich. Ihre Kehle wurde zugedrückt. Bevor sie das Bewusstsein verlor, registrierte sie, dass ein Mann sie vergewaltigte.

Sie spürt, wie sich ihre Augen mit Tränen füllen. Sie kann nichts dagegen tun, auch nicht gegen den Schmerz.

Und dann war da noch eine Erinnerung. Dieses Handgelenk mit der grobgliedrigen Kette. Alexander, 1,85 m groß, 90 kg schwer, 40 Jahre alt.

Sie hatte ihn am See kennengelernt. Sie hatte ihm ihre Geschichte erzählt. Sie war einfach naiv gewesen.

Später in der Disco. Sie hatte mit ihm getanzt.

Und sie hatte ihn kalt abserviert, als er mehr von ihr wollte als tanzen.

Vielleicht hätte sie ihn nicht so einfach stehen lassen sollen. Aber diplomatisch ist sie noch nie gewesen. Sie ist immer gradlinig und ihre Entscheidungen sind eindeutig und klar.

Wie war es möglich, dass er sie in ihrer Wohnung erwartete? Hatte er sich mit einem Zweitschlüssel Zugang verschafft?

Sie überlegt. Mit einem Mal fällt es ihr wie Schuppen von den Augen. Ja, natürlich!

Wie war das noch mit ihrem Schlüssel, als sie vor einigen Tagen ihre Haustür aufschließen wollte. Er lag nicht an der Stelle in ihrer Einkaufstasche, wo sie ihn sonst immer einsteckt. Auf der Bank am See hatte Alexander die Tasche zur Seite gestellt, um sich neben sie zu setzen.

Mit einem Mal ist ihr alles klar. Diese Kaltblütigkeit.

Ein Schauer läuft ihr über den Rücken. Sie zittert. Wieso ist ihr plötzlich so kalt? Mit den Händen auf dem Rücken befühlt sie ihre Kleidung. Sie trägt nur ihr langes Schlafshirt. Sonst nichts. Erneut steigt Panik in ihr auf.

Liegt sie womöglich in Alexanders Auto? Was will er noch von ihr? Er hat sich doch bereits alles genommen, was er wollte. Will er ihr jetzt noch das Leben nehmen?

„Diese verdammte Blindheit. Ich bin der gesamten Welt und jedem Verbrecher hilflos ausgeliefert."

Sie ist wütend. Wütend auf sich selbst, auf das Leben, auf ihr Schicksal.

Jetzt wird die Fahrt langsamer aber gleichzeitig auch unruhiger. Sie hat das Gefühl, dass der Wagen durch Schlaglöcher fährt. Abrupt bleibt er stehen. Die Fahrt hat bestimmt nicht länger als zwanzig Minuten gedauert.

Was erwartet sie jetzt? Sie rechnet mit allem – sogar mit dem Tod.

24

Es ist Sonntag. David erwacht sehr spät. Er schaut auf die Uhr. Die Digitalanzeige zeigt ihm, dass es kurz nach zehn Uhr ist. Sein Kopf schmerzt, und er fühlt sich wie gerädert. Ihm ist heiß. Kein Wunder, er liegt noch immer vollständig bekleidet im Bett. So, wie er sich am Vorabend hineingelegt hat.

Erst sehr spät in der Nacht hatte die Müdigkeit Oberhand über seine Gedankengänge bekommen. Immer wieder spielten sich vor seinem Inneren die Bilder der Szenen ab, die er gestern Abend als stiller Beobachter miterlebt hatte. Er ist verzweifelt. Er hat versagt. Stundenlang hat er überlegt, was er unternehmen soll, was er unternehmen kann – ohne Ergebnis.

Im Zimmer ist es stickig. Er erhebt sich und geht zum Fenster. Die frische Luft tut ihm gut.

Er beobachtet zwei junge Frauen, die auf der anderen Straßenseite über den Bürgersteig schlendern. Vor einem Geschäft bleiben sie stehen. Die eine zeigt auf etwas, die andere, eine hübsche Blondine, lacht und dreht sich vom Schaufenster weg. Er bildet sich ein, ihr Parfüm zu riechen. Ein floraler, frischer Duft. Sie trägt ein ärmelloses Top. Ihre Arme sind dünn und soweit er es von hier oben sehen kann, wirken ihre Finger lang und zart mit langen, dunkel lackierten Fingernägeln. Für einen Augenblick, für einen ganz kurzen Augenblick stellt er sich vor, wie sich die Fingernägel in seinen nackten Rücken bohren. Aber was soll er mit so einer Frau? – Besser gesagt: Was soll solch eine tolle Frau mit einem Mann wie ihm?

Anna ist ebenfalls eine tolle Frau. Bei ihr wird sich solch eine Frage nicht stellen. Ich sehe sie, ich kann sie bewundern aber sie muss mich nicht ansehen, kann mich nicht sehen. Gott sei Dank!, denkt er.

„Griaß de God, David."

Er erschrickt. Die laute Stimme und die für seine Ohren seltsame Sprache, reißen ihn aus seinen Gedanken. Er weiß sofort, wer unaufgefordert in sein Zimmer eingetreten ist.

„Morgen", erwidert er mürrisch.

„Du, sei ma ned bäs aber i wul mei zehn Euro."

„Was bist du bloß für ein Mensch? Okay, du kriegst deine zehn Euro und dann verschwinde."

David geht zu seiner Jacke und nimmt das Geld aus seiner Geldbörse. Er knallt den Geldschein auf den Tisch.

„So, da hast du das Geld. Jetzt verschwinde. Und denk daran: Kein Wort, dass ich weg war."

„Dangschee. Bis zum nächsten Mal."

Rupert grinst David selbstsicher an. Er nimmt das Geld und geht.

„Es gibt kein nächstes Mal!", ruft David hinter ihm her.

„Werd ma dann scho seng. Host mi?"

Rupert knallt die Tür hinter sich zu.

Was wird das noch für ein Tag, wenn der Morgen bereits so beginnt, denkt David und schaut nochmals zum Fenster hinaus.

Sein Blick fängt erneut die Blondine ein, die Arm in Arm mit ihrer Freundin die Straße überquert.

Er denkt an Anna. Hoffentlich ist ihr nichts zugestoßen.

Er hat keine Idee – noch keine.

25

Kommissar Frank Eisenstein steht im Türrahmen zu Annas Schlafzimmer und betrachtet die Unordnung. Damit er keine Spuren verwischt, hat er sich dünne Latexhandschuhe übergezogen und über die Schuhe Plastiküberzieher. Karl und Hilde Reinders warten vor dem Haus. Annas Vater wäre nur zu gerne zusammen mit dem Kommissar ins Haus gegangen. Er kann nicht glauben, dass der Kommissar ohne seine Hinweise zurechtkommt. Aber mit Eisenstein war in dieser Hinsicht kein Deal zu machen.

Das, was Frank Eisenstein sieht, überzeugt ihn. Hier ist etwas geschehen. Hier ist keine Frau nur so einfach verschwunden. Seine Erfahrung sagt ihm, dass wahrscheinlich ein Kampf stattgefunden hat. Dieses Durcheinander auf und neben dem Bett lässt zweifellos auf einen Kampf, zumindest aber auf einen heftigen Streit schließen. Die beiden abgerissenen Knöpfe auf dem Bettlaken unterstreichen seine Vermutung. Sie müssen nicht unbedingt vom Nachthemd der Tochter stammen, wie der Vater vermutet.

Er hebt den Kopf und schnuppert. Riecht es nicht ganz leicht nach kaltem Zigarettenrauch? Er wird die Eltern fragen, ob Anna gelegentlich raucht. Falls nicht, war jemand hier, der diesen Geruch hinterlassen hat.

Eisenstein geht vorsichtig ins Zimmer hinein zur anderen Seite des Bettes. Dabei achtet er peinlichst darauf, nichts anzustoßen und auf nichts zu treten, was am Boden liegt. Er bückt sich. Auf dem Boden liegt neben einem Kopfhörerpaar eine Halskette. Die Kette ist zerrissen. Ein weiteres Indiz dafür, dass hier Gewalt im Spiel war.

Eine gewaltsame Entführung von Anna Reinders kann nicht mehr ausgeschlossen werden, sie ist sogar wahrscheinlich.

Eisenstein denkt natürlich sofort auch an eine Vergewaltigung. Aber dafür findet er keine Anhaltspunkte. Die Spurensicherung wird dazu sicherlich später etwas sagen können.

„Wir werden die nähere Umgebung des Hauses absuchen lassen. Vielleicht finden wir dort noch Hinweise. Hoffentlich finden wir dort nicht die Leiche der Frau“, sagt Eisenstein zu Ronni, der inzwischen ebenfalls ins Zimmer gekommen ist.

„Seit Annas Verschwinden sind noch keine vierundzwanzig Stunden vergangen und es besteht statistisch gesehen durchaus die Hoffnung, dass wir Anna noch rechtzeitig finden – lebend finden“, erwidert Ronni.

Die Spurensicherung trifft ein. Eisenstein hat genug gesehen und überlässt das Haus den Kollegen. Bevor er zur Besprechung ins Präsidium fährt, will er noch mit der Nachbarin, die wohl Annas Freundin ist, sprechen.

„Herr Reinders, Frau Reinders, Sie können hier nichts mehr tun. Gehen Sie bitte in ihr Hotel. Ich informiere Sie sofort, wenn wir etwas Neues wissen. Ach übrigens, raucht Ihre Tochter hin und wieder?“

„Ja, früher hat sie mal geraucht. Aber seit Jahren hat sie keine Zigarette mehr angerührt. Wieso fragen Sie?“, antwortet Herr Reinders.

„Ich habe einen unverkennbar leichten Geruch von Zigarettenrauch im Schlafzimmer wahrgenommen. Allerdings habe ich nicht den Eindruck, dass es sich um das Haus einer Raucherin handelt.“

„Mit Sicherheit nicht von meiner Tochter", bekräftigt Herr Reinders seine Aussage von vorhin.

„Das kann bedeuten, dass gestern Abend noch eine andere Person im Schlafzimmer war, die geraucht hat oder diesen Geruch verströmt hat."

„Mein Gott, was bedeutet das?", fragt Herr Reinders leise, damit seine Frau es nicht hört, die einige Schritte abseits steht.

„Wir sollten die Ergebnisse der Spurensicherung abwarten und keine voreiligen Schlüsse ziehen."

Eisenstein weicht der Frage aus. Er mag die Eltern nicht beunruhigen. Stattdessen verabschiedet er sich von ihnen und geht zum Nachbarhaus, um mit der Nachbarin zu reden.

Melanie Krichel ist eine nette und höfliche Frau. Sie bittet den Kommissar in ihr Haus, bietet ihm einen Kaffee an, aber letztendlich kann sie keine neuen Erkenntnisse zum Geschehen von gestern Abend beitragen.

Zum Abschluss schaut der Kommissar sich noch die Rückseite des Hauses mit Terrasse und Garten an.

Im Beet vor der Terrasse findet er Fußspuren. Frische Spuren, die zur Wohnung hin zeigen. Wahrscheinlich sind das Spuren, die von Annas Vater stammen, als er von der Terrasse in das Wohnzimmer sah. Stutzig machen ihn die Fußabdrücke, die tiefer in die weiche Erde eingedrückt sind und von der Terrasse in den Garten zeigen. Der Größe nach handelt es sich um Abdrücke von Männerschuhen. Auch das wird sich die Spurensicherung noch genauer ansehen.

Eisenstein will zur Besprechung ins Präsidium fahren. Er gibt Ronni Bescheid, der noch bis zum Ende der Arbeit der Spurensicherung vor Ort bleiben will. Er geht zu seinem PKW, den er gegenüber von Annas Haus geparkt hat.

Mit dem Zündschlüssel in der Hand bleibt er nachdenklich stehen. Er hat das Bedürfnis, sich noch die nähere Umgebung, insbesondere den Wald und den See anzusehen, den Anna fast täglich aufsuchte. Die Besprechung mit den Kolleginnen und Kollegen muss noch warten.

Er geht die Straße entlang. Die Bäume und Sträucher reichen bis an die Straße. Nach vielleicht hundert Metern führt ein Waldweg direkt bis vor den See. Er folgt dem Weg. Kurz vor dem See sieht er zwei einfache Holzbänke ohne Rückenlehne. Annas Vater hat ihm erklärt, dass Anna fast täglich bis hierher spaziert und sich auf einer dieser Bänke ausruht.

Eisenstein will sich nicht ausruhen. Er geht weiter bis ans Ufer. Das Gelände geht seicht ins Wasser über. Eine Frau lässt ihren Hund baden, der ausgelassen im flachen Uferwasser herumtollt.

Mit den Augen sucht er Meter um Meter des Ufers ab. Er hofft sehnlichst, dass er keine Überraschung erleben und Anna hier finden wird. Zum Glück bleibt diese Überraschung aus. Er geht zurück zu seinem Wagen.

Kurz vor seinem Auto stutzt er. An einem Gebüsch sind Zweige abgeknickt. Er hat den Eindruck, als hätte sich hier jemand einen Weg gebahnt. Er schiebt die Zweige auseinander und drängt sich in den Wald hinein. Wenige Meter nach rechts ist die Vegetation am Boden niedergetreten und zahlreiche Zweige abgebrochen. An der Rinde eines Baumes findet er Kratzspuren. Er wendet sich um und schaut in Richtung Straße. Hinter den Zweigen liegt Annas Haus vollständig in seinem Blickfeld. Er befühlt die Kratzspuren an der Baumrinde. Natürlich, wenn er auf den Baum klettern würde, hätte er mit Sicherheit einen uneingeschränkten Blick auf das Haus.

Das bekannte Gefühl meldet sich bei Frank Eisenstein. Sein geschulter Instinkt durch viele Jahre Polizeidienst in der Mordkommission sagt ihm, dass diese Stelle nicht von

Kindern zum Spielen genutzt wurde. Hier hat sich vorsätzlich jemand einen Weg gebahnt und ist dann möglicherweise auf den Baum geklettert, um Annas Haus zu beobachten.

Eisenstein eilt zurück zur Wohnung, wo er Ronni noch antrifft. Er nimmt seinen Kollegen mit und zeigt ihm das Gebüsch.

„Dieser Ort muss genau nach Spuren untersucht werden. Ich vermute, dass hier der Entführer Anna beobachtet hat.“

Er hat das Gefühl, dass er etwas Wichtiges entdeckt hat. Wie oft mag dort jemand gestanden haben und Anna beobachtet haben? Aber weshalb? Und was hatte er mit Anna vor?

26

Die Wagentür öffnet sich und zwei Hände greifen nach Anna. Brutal wird sie am Arm gepackt und aus dem Wagen gezerrt. Anna begreift, dass das Ende der Fahrt erreicht ist. Was hat Alex jetzt mit ihr vor? Sie hat Angst.

Alex fordert sie auf, vorwärts zu gehen. Zur Untermauerung seiner Aufforderung stößt er sie immer wieder in den Rücken. Da Anna das Gelände nicht kennt, geht sie langsam und gibt acht, dass sie nicht stolpert und hinfällt. Unsicher setzt sie einen Fuß vor den anderen. Bei jedem Schritt schmerzt ihr Körper.

„Halt", fordert Alex sie unvermittelt auf.

Sie bleibt abrupt stehen und hört, wie Metall quietscht. Es hört sich an wie eine Tür – eine alte, verrostete Eisentür.

„Weitergehen. Und heb deine Füße. Vor dir befinden sich zwei Stufen", fordert Alex sie auf.

Seine Stimme klingt heiser und kalt. Es ist nicht mehr diese freundliche Stimme, die sie am See kennengelernt hat.

Sie gehorcht. Mit einem Fuß ertastet sie das Gelände vor sich. Sie stößt gegen die Stufe und setzt den Fuß vorsichtig darauf. Dann den anderen Fuß.

Beim Aussteigen aus dem Wagen hat sie leichten Wind wahrgenommen. Jetzt ist es windstill. Sie hat das Gefühl, einen muffigen Raum zu betreten. Sie geht weiter und der unangenehme Geruch verstärkt sich. Allzu gerne würde sie schreien oder nur etwas zu Alex sagen, aber der Knebel im Mund hindert sie daran. Sie hört ein Klicken, als ob man einen

Schalter betätigt. Ein Lichtschalter? Logisch, Alex benötigt das Licht. Ohne Licht ist er hilflos, wie ein Regenwurm in der Sonne. Für sie spielt Licht oder Dunkelheit keine Rolle. Sie ist mit den Nachteilen der Dunkelheit vertraut und hat sich damit, soweit es ihr möglich ist, arrangiert.

„Bleib stehen. Vor dir steht ein Stuhl und rechts daneben befindet sich ein Tisch. Setz dich hin."

Anna macht, was er verlangt. Sie stößt mit dem Knie gegen den Stuhl und dreht sich um. Vorsichtig setzt sie sich hin. Die gefesselten Hände hinter ihrem Rücken behindern sie und verstärken ihre Unsicherheit. Da, wo die engen Fesseln ins Fleisch schneiden, schmerzen ihre Handgelenke. Wohin hat er sie gebracht? Die Anspannung und die Angst lassen ihren Körper erzittern. So sehr sie sich auch bemüht Ruhe zu bewahren, nicht panisch zu werden, gelingt ihr das kaum.

Plötzlich erinnert sie sich, dass sie nur mit ihrem Nachtshirt bekleidet ist. Sie erhebt sich etwas und zieht mit ihren gefesselten Händen ihr Shirt herunter. Zur Angst kommt zusätzlich noch Scham hinzu und Tränen steigen ihr in die Augen.

„Nein, ich werde ihm keine Schwäche zeigen", macht sie sich Mut.

In diesem Augenblick fasst Alex mit einer Hand ihren Kopf. Mit der anderen Hand reißt er das Klebeband vom Mund. Der unerwartete Schmerz zwingt Anna zu einem lauten Stöhnen. Dann entfernt er ihr den Knebel aus dem Mund.

„Versuch erst gar nicht zu schreien. Hier hört dich sowieso niemand. Ich werde jetzt auch deine Fesseln entfernen. Aber denke erst gar nicht an einen Fluchtversuch. Es ist sinnlos", sagt Alex zu ihr.

Als er sich hinter sie kniet, hört sie, wie schnell sein Atem geht. Mit einer Hand streicht er über ihren nackten Oberschenkel.

„Du hast sehr schöne Haut."

Und dann, tatsächlich, befreit er ihre Hände von den Fesseln. Damit hat sie nicht gerechnet. Was soll dieser Großmut? Er hat bestimmt etwas mit ihr vor. Nur was?

Anna schluckt. Ihre Kehle ist rau und trocken. Sie würde gerne einen Schluck Wasser trinken. Mit der Zunge versucht sie, ihre Lippen zu befeuchten. Doch sie gibt kaum Feuchtigkeit ab. Der Knebel hat alle Feuchtigkeit aufgesogen.

„Wo bin ich hier, was hast du mit mir vor?", krächzt sie.

Sie erhält keine Antwort.

Sie hört, wie er etwas auf den Tisch stellt.

„Was ich mit dir vorhabe? Kannst du dir das nicht vorstellen?"

Er lacht leise.

„Es war doch schön bei dir zu Hause. Hat es dir keinen Spaß bereitet? Das kannst du ab jetzt jeden Tag haben. Freust du dich schon?"

„Du Schwein!", schreit Anna aus Leibeskräften.

„Das meinst du doch nicht im Ernst?", fragt sie leiser.

Anna traut ihren Ohren nicht, was sie da hört. Ihr Zittern wird stärker. Hat er sie entführt, damit sie als Sexsklavin für ihn da sein soll? Das kann nicht wahr sein.

Ist das ein Albtraum, aus dem ich irgendwann schweißnass erwache?, fragt sie sich. Sie kneift sich mehrmals in den Oberarm. Leider erwacht sie nicht. Nein, das ist kein Albtraum, das ist die Wirklichkeit in der schrecklichsten Form und sie kann nichts dagegen unternehmen.

„Aber Anna, nicht doch. Du überanstrengst nur deine Stimmbänder. Selbstverständlich ist das mein Ernst. Zier dich doch nicht so. Was denkst du denn, wozu du hier bist?", hört sie seine süffisante Stimme etwas entfernt von ihr.

Sie will nicht ein hilf- und willenloses Opfer in seinen Händen sein. Wenn sie schon als Frau erniedrigt wird, will sie zumindest innerlich ihre Würde bewahren. Sie strafft ihren Rücken.

„Was bist du für ein armseliger Mensch", sagt sie und aus den Worten trieft die pure Verachtung.

„Nun komm mir nicht auf diese Art. Es wäre schade, wenn ich dir wieder den Knebel in den Mund stecken und deine Hände fesseln müsste."

Nein, das will Anna auf keinen Fall. Sie sagt nichts mehr.

Hinter ihrem Rücken macht er sich an etwas zu schaffen. Es poltert und er scheint etwas über den Boden zu ziehen. Dann vernimmt sie das Rascheln von Papier.

Wie gerne würde sie einen Schluck Wasser trinken. Sie traut sich nicht, ihn zu fragen.

Keiner der beiden sagt mehr ein Wort, wenn auch aus unterschiedlichen Gründen. Anna will ihn nicht weiter provozieren und bei ihm scheinen ihre Worte Wirkung hinterlassen zu haben.

Es dauert lange, bis Alex das Wort ergreift.

„Drüben in der Ecke ist dein Nachtlager. Eine dünne Matratze und eine Decke. Daneben habe ich dir einen Toilettenstuhl hingestellt und in der anderen Ecke ist zwar ein Waschbecken, aber fließendes Wasser gibt es nicht. Nur der Abfluss funktioniert. Es ist zwar kein Fünf-Sterne-Hotel, aber es muss reichen."

Sie hört, wie er durch den Raum geht und vor ihr stehen bleibt.

„Ach ja, auf dem Tisch stehen zwei Flaschen Wasser und im Wagen habe ich noch Hefegebäck gefunden. Das liegt daneben. Teile es dir gut ein. Wir sehen uns erst morgen Abend wieder. Außerdem habe ich dir eine Zeitung hingelegt. Wenn du sie „gelesen“ hast, kannst du sie ja für etwas anderes benutzen. Du weißt schon. Übrigens, der Lichtschalter ist neben der Tür. Aber den benötigst du ja nicht“, sagt er zynisch.

Sie hört, wie er schadenfroh lacht.

Anna schweigt.

„Wie gesagt, wir sehen uns morgen Abend wieder. Freu dich darauf. Vorfreude ist die schönste Freude.“

Anna schweigt weiterhin.

Seine Schritte entfernen sich. Sie hört wieder das Quietschen der Eisentür und vernimmt, wie ein Schlüssel umgedreht wird. Alex ist gegangen.

Bei Anna brechen alle Dämme. Sie bebt am ganzen Körper und wird von ihren Gefühlen übermannt. Sie weint hemmungslos ihre Angst heraus. Sie ist psychisch und physisch am Ende.

Nach einer gefühlten Ewigkeit versucht sie ihre Tränen zu unterdrücken und sich zu beruhigen. Es gelingt ihr, wieder die Kontrolle über sich zu bekommen.

Zum ersten Mal befühlt sie das Shirt, das einzige Kleidungsstück, das ihren Körper bedeckt. Es reicht gerade einmal bis zu den Knien. Von den drei Knöpfen am Halsausschnitt fehlen zwei. Sie registriert es, aber es ist ihr egal.

Was würde sie morgen erwarten? Was hat er mit ihr vor? Das Gleiche wie heute? Wahrscheinlich wird es noch schlimmer, denkt sie und erschauert.

Fragen über Fragen lähmen ihr klares Denken.

Wo ist sie? Wird bald der Morgen anbrechen oder ist es noch mitten in der Nacht? Sie hat die Uhr, die ihr die Zeit ansagt, nicht dabei. Morgen Abend will er wiederkommen. Was kann sie bis dahin unternehmen, um sich aus dieser schrecklichen Lage zu befreien? Jeder Mensch, den man gefangen hält, versucht, sich zu befreien, zu entkommen. Anna stellt die gleichen Überlegungen an. Wenn sie sich befreien könnte, wohin sollte sie dann laufen, wenn sie keine Ahnung hat, wo sie sich befindet? Jeder Stein, jedes kleine Hindernis bedeutet eine Gefahr für sie, der sie nicht ausweichen kann.

Es ist sinnlos, darüber nachzudenken, resümiert sie mutlos.

Sie legt die Arme verschränkt auf den Tisch und lässt den Kopf darauf sinken. Die Tränen, die sie eben noch gewaltsam unterdrückt hat, kommen zurück. Sie weint leise und lange, bis alle Tränen versiegt sind.

Wie damals nach dem Unfall, als sie erfahren hatte, dass es das Licht für sie nicht mehr geben würde, dass sie den Rest ihres Lebens in der Finsternis verbringen muss.

Wie damals schützt sie ihr Körper, indem er den sanften Mantel des Schlafes über sie ausbreitet.

*

Anna erwacht. Sie weiß nicht, wie lange sie geschlafen hat. Mehrere Stunden oder nur ein paar Minuten? Sie fühlt sich wie gerädert. Alle Knochen schmerzen von der ungewöhnlichen Schlafstellung am Tisch. Sie steht auf und reckt ihre Glieder. Sie steht auf einem groben Betonfußboden. Ihre nackten Füße sind eiskalt. Als sie am Tisch in der gekauerten Stellung vor Erschöpfung eingeschlafen war, hatte sie die Kälte nicht so sehr gespürt. Jetzt, wo sie erwacht ist, friert sie am ganzen Körper. Alex hatte doch etwas von einer Decke erwähnt, bevor er gegangen ist.

Sie streckt die Arme aus und macht vorsichtig einige Schritte, bis sie gegen eine Wand stößt. Sie beginnt mit den Händen die Wände ihres Gefängnisses abzutasten. Es sind raue, nicht tapezierte Wände. An manchen Stellen ist der Putz abgebröckelt und der glatte Ziegelstein kommt hervor. In einer Ecke wird sie fündig. Hier liegt auf einer Matratze eine Decke. So wie Alex es gesagt hat. Sie hebt die Decke hoch und breitet sie aus. Igitt! Sie riecht nach altem Schweiß und kaltem Zigarettenrauch, ist aber flauschig und dick. Sie muss den üblen Geruch in Kauf nehmen und legt sie sich um die Schultern.

Mit den Füßen tastet sie sich an der Matratze entlang und stößt gegen einen Stuhl. Nach kurzem Abtasten stellt sich heraus, dass es ein Toilettenstuhl ist. Da bemerkt sie, dass sich ihre Blase meldet und dringend entleert werden will.

„Na, wenigstens ist das möglich“, sagt sie und setzt sich sofort hin.

Danach fährt sie mit der Erkundung ihres Gefängnisses fort und kommt zur nächsten Wand. Nach drei Schritten berührt sie einen Holzrahmen. Eine Tür, denkt sie. Tatsächlich findet sie auch bald den dazugehörenden Türgriff. Anscheinend hat ihr Gefängnis mehrere Räume. Sie drückt den Griff nieder. Natürlich ist sie verschlossen. Sie legt ein Ohr an die Tür. Nichts – kein Laut dringt an ihr Ohr. Sie tastet weiter zur nächsten Wand. Plötzlich wird diese unterbrochen. Ihre Finger gleiten weiter nach oben, nach unten, vor und zurück. Unverkennbar erneut ein Holzrahmen, der schmal ist und nicht bis zum Boden reicht. Sie fühlt Glas und klopft dagegen. Kein Zweifel, es ist Glas. Sie steht vor einem Fenster. Sie klopft mehrmals mit dem Knöchel ihres Mittelfingers dagegen. Es handelt sich um dünnes Glas, kein wärmedämmendes Glas, wie in ihrer Wohnung. Auch nach längerem Abtasten findet sie keinen Griff, um das Fenster zu öffnen. Sie schüttelt missmutig den Kopf.

An der letzten Wand ihres Gefängnisses ertastet sie schließlich die Eisentür, die bei ihrem Eintreffen so laut gequietscht hat. Sie wirkt dick und schwer und ist erwartungsgemäß ebenfalls verschlossen.

Anna hat den Gedanken, das Glas der Fensterscheibe einzuschlagen. Was würde ihr das bringen? Sie würde sich mit Sicherheit verletzen, aber sie könnte fliehen. Die Frage ist, wohin? Ohne Augenlicht hat sie keine Chance da draußen.

Mutlos und deprimiert tastet sie sich wieder zum Stuhl zurück, wickelt sich in die Decke ein und setzt sich.

Tausend Gedanken und Überlegungen ziehen durch ihren Kopf. Aber es fällt ihr keine Lösung ein.

Ist es bereits Sonntag? Dann wollen ihre Eltern kommen. Bestimmt werden sie etwas unternehmen. Sie werden sie suchen, wenn sie ihre Tochter nicht in der Wohnung vorfinden. Aber wo sollen sie suchen? Ihr Vater benachrichtigt bestimmt umgehend die Polizei. Jedoch auch die Polizei wird keine Ahnung haben, wo sie suchen soll.

Ihre Lage ist hoffnungslos. Sie ist einzig und allein auf das Wohlwollen von Alex angewiesen – und der Preis dafür ist sicherlich sehr hoch.

Nein, das kann und darf nicht die einzige Option sein, die sie hat. Sie muss versuchen, solange es möglich ist, ihr Schicksal selbst zu bestimmen.

Sie steht auf und stellt sich vor den Stuhl gerade hin und baut Körperspannung auf. Gesäß anspannen, Brustkorb ausbalancieren, Bauch anspannen und Schultern und Kopf ausrichten. So wie sie es gelernt hat. Sie weiß inzwischen, dass sie nicht nur durch eine aufrechte Körperhaltung Stärke und Selbstbewusstsein ausstrahlt, sondern auch stärker und selbstbewusster wird.

Sie setzt sich wieder hin und lehnt den Rücken soweit es geht nach hinten und streckt die Beine lang vor sich aus.

Ihre Psychologin, die sie nach dem Unfall lange unterstützte, hatte sie gelehrt, dass positive Gedanken nur durch eine offene, positive Körperhaltung entstehen. Ein gebeugter, zusammengekauerter Körper sei der Nährboden für Depressionen.

Sie ist jetzt ausschließlich bei sich und betritt ihren inneren Raum, den einsamsten Ort der Welt. Sie hat gelernt und geübt, sich dorthin zurückzuziehen, wenn sie alles aus großer Distanz sehen will. Distanz ist angesagt, wenn sie ihre Situation objektiv beurteilen will. Sie ist sich im Klaren, dass Entscheidungen aus der Situation und aus Emotionen heraus ihr nicht weiterhelfen werden.

Alex will am Abend kommen. Sie hat viel Zeit – viel zu viel Zeit.

Drei Stunden später.

Anna sitzt am Tisch, das Kinn auf die Hände gestützt und denkt:

- ich pfeif auf das Selbstbewusstsein,

- ich pfeif auf die *S*tärke,

- ich pfeif auf die Körperspannung.

Was nützt mir das alles,

wenn ich vergewaltigt werde,

wenn ich gefangen bin,

wenn ich nicht weiß, was in den nächsten Stunden passiert,

wenn ich Zweifel habe, zu überleben.

Dann diese gottverfluchte Dunkelheit. Ich habe sie akzeptiert, habe mein Leben darauf eingestellt, war wieder zufrieden und stand dem Leben positiv gegenüber – bis vor wenigen Tagen! Bis ich Alex begegnet bin.

Ich stehe wieder am Anfang – nein, ich stehe noch weiter unten als zu Beginn.

Ich schaffe das nicht! Ich komm' da nicht mehr heraus!

Wieso diese Anstrengung? Dieses Aufbäumen?

Es gibt keinen Lichtblick. Keine Hoffnung.

27

Kommissar Eisenstein und Ronni Kern betreten am frühen Sonntagabend die kleine Eckkneipe „Zum alten Klavier".

„Hallo Frank, hallo Ronni, schön, dass ihr wieder mal vorbeischaut", begrüßt sie Emil, der Wirt.

Die Kneipe ist zu dieser Zeit noch leer. Lediglich ein Gast sitzt an einem Tisch und blättert in einer Zeitung. Die beiden Kommissare nehmen wie immer am Tresen Platz.

Früher waren sie öfter nach einem anstrengenden Tag gemeinsam dorthin gegangen, um sich ungezwungen zu unterhalten und den Tag Revue passieren zu lassen. In den letzten Monaten waren sie nur selten gemeinsam dort.

Es ist Eisensteins Lieblingskneipe. Als er noch nicht in der Beziehung mit Susanne gewesen war, verschlug es ihn abends, wenn er Langeweile hatte, immer wieder einmal in Emils Kneipe. Er trank meistens nicht viel – mal ein, zwei Bier, am liebsten jedoch einen guten Wein. Hier war er in Gesellschaft und manchmal ergab sich ein nettes Gespräch mit einem Gast oder auch mit Emil, dem Wirt.

Die Geselligkeit mit anderen Kolleginnen und Kollegen ist nicht sein Ding. Er hält privat nur oberflächlichen Kontakt zu ihnen. Alle sind jünger als er und es gibt wenig Übereinstimmung in den Freizeitaktivitäten.

Einer der wenigen, die er an sich heranlässt und mit dem er auch das private Gespräch sucht, ist Ronni. Beide respektieren und mögen sich seit Jahren.

Wenn es sein Dienst erlaubt, besucht er gerne den von Emil organisierten monatlichen Klavierabend. Ronni konnte er bisher nicht dafür gewinnen, ihn zu begleiten. Er mag diese Art von Musik nicht. Sogar seine Lebenspartnerin Susanne zieht an solchen Abenden ein Treffen mit Freundinnen vor. Seine Vorliebe für Klaviermusik stößt auch bei ihr nur auf wenig Gegenliebe.

So sitzen die beiden Kommissare heute noch einmal nach längerer Zeit gemeinsam am Tresen.

Die Besprechung im Kommissariat hatte keine neuen Perspektiven eröffnet. Eisenstein hatte es Ronni überlassen, die Einstimmung der Kollegen vorzunehmen.

Er selbst berichtete lediglich von der verdächtigen Stelle im Gebüsch gegenüber Annas Haus. Das Ergebnis der Spurensicherung hierzu steht noch aus.

Eisenstein ist an diesem frühen Abend wortkarg. Er umklammert sein Weinglas und starrt vor sich hin. Ronni kennt das. Er lässt ihn in Ruhe. Irgendwann wird er sein Schweigen brechen und sagen, was ihn bedrückt.

Nach einiger Zeit ist es dann soweit:

„Mensch Ronni, hoffentlich habe ich der Familie Reinders nicht zu viel versprochen. Wie sollen wir Anna finden? Falls wir sie hoffentlich finden, lebt sie dann noch? Zuerst Mia Stein, dann wird die junge Blumenröder ermordet – und jetzt diese junge Anna, die zudem noch behindert, ja, blind ist. Ist diese Frau denn nicht genug gestraft? Warum jetzt auch das noch? Und wir sitzen hier und können nichts Konkretes unternehmen. Das macht mich wahnsinnig."

Ronni, der die gleichen Gedanken hat, kann seinen Kollegen verstehen. Was soll er sagen? Er belässt es daher bei einem zustimmenden Kopfnicken.

In diesem Augenblick öffnet sich die Eingangstür der Kneipe und die junge Kollegin Tanja Freyaldenhoven kommt herein. Sie blickt sich kurz um. Als sie ihre beiden Kollegen am Tresen sieht, stürmt sie direkt auf sie zu.

„Wir haben das Ergebnis der Spurensicherung von der Stelle in dem Gebüsch gegenüber Anna Reinders Haus erhalten", legt sie ohne Begrüßung los.

„Und?", fragt Eisenstein.

Seine Körpersprache verrät, dass er höchst angespannt ist.

„Nichts Außergewöhnliches. An einem Zweig wurden schwarze Gewebefasern gefunden. Eventuell von einer Sportbekleidung."

„Fußabdrücke?"

„Nein, der Boden ist dort zu hart. Einige Kratzer am Baum. Vielleicht von einem Schuh. Einige abgeknickte Äste. Sonst nichts."

„Und dafür kommen Sie hierher, um uns das zu sagen? Ein Anruf hätte völlig genügt", schnaubt Eisenstein unfreundlich.

Er, als auch Ronni, starren die junge Polizistin ungläubig an.

„Ja, mmh, ich meine, ... nein", stottert die Kollegin.

„Frau Baum hat die Karteien durchgesehen. In Troisdorf gibt es nur drei Personen, die in den letzten beiden Jahren wegen Sexualdelikten mit dem Gesetz in Konflikt geraten sind."

Die Polizistin macht eine Pause, schaut zu Boden und atmet tief ein. Sie ist zweifelsfrei aufgeregt. Die Weitergabe von Informationen in einem Mord- und Entführungsfall an zwei so erfahrene und bekannte Kommissare scheint ihren Puls in die Höhe zu treiben.

„Nun lassen Sie sich doch nicht jedes Wort aus der Nase ziehen."

Eisenstein wird langsam sauer und versucht erst gar nicht, das zu verbergen.

„Hier ist die Akte von David Winter."

Die Polizistin knallt einen dünnen Schnellhefter viel zu impulsiv auf den Tresen. Die Kommissare zucken zusammen.

„Mein Dienst ist zu Ende. Auf dem Flur habe ich Frau Baum getroffen, die mich fragte, ob ich Ihnen die Akten vorbeibringen kann, da sich die Kneipe auf meinem Heimweg befindet."

Eisenstein, der inzwischen bemerkt hat, wie ärgerlich und aufgeregt die Frau ist, versucht einzulenken.

„Das ist auch sehr nett von Ihnen. Doch jetzt mal ganz ruhig. Wer ist David Winter? Ist das einer der drei besagten Personen?"

Die junge Kollegin hebt energisch den Kopf und schaut zuerst Eisenstein, dann Ronni Kern offen an. Dann sprudelt sie los:

„Ja, David Winter ist es. Die beiden anderen können nichts mit dem Fall zu tun haben. Einer ist letztes Jahr nach Hamburg verzogen. Nur David Winter bleibt übrig."

„Und was ist mit der dritten Person?", fragt Ronni.

„Ach ja. Dieser Mann ist vor vier Monaten verstorben."

„Woran ist er verstorben? War er krank?"

Ronnis Fragen verunsichern die Polizistin aufs Neue.

„Emh ... Weiß ich nicht. Ich glaube, der ist bei einem Verkehrsunfall ums Leben gekommen. Oder ist er vom Gerüst gefallen? Er war Bauarbeiter. Ich weiß es nicht mehr ..."

„Okay. Belassen wir es dabei. Also, dieser David Winter ist der Einzige, der in Frage kommt. Wo finden wir ihn?"

„Ich glaube, das steht alles in der Akte."

„Gut, dann wär‘s das. Machen Sie mal Feierabend. Sie haben es sich verdient."

Ronni nimmt sich die Akte und beginnt darin zu blättern.

Die Polizistin Freyaldenhoven hat ihren Auftrag abgeschlossen. Eine Last scheint von ihren Schultern zu fallen.

„Danke. Dann gehe ich mal ..."

„Ja, schönen Abend und vielen Dank."

Eisenstein lächelt sie dabei fast väterlich an. Der jungen Frau scheint das gut zu tun. Schnell dreht sie sich um und verlässt die Kneipe.

„Komm, wir müssen zu einer Tagesklinik, ganz in der Nähe. Dort macht dieser David Winter eine Therapie."

Ronni ist voller Tatendrang. Schließlich ist das der erste Hinweis, der ein Weiterkommen verspricht.

Er nimmt sein Glas und trinkt es in einem Zug leer. Für den Wirt legt er einen Geldschein auf den Tresen.

„Stimmt so", ruft er und ist bereits auf dem Weg zur Tür.

Auch Eisenstein ist aufgesprungen und versucht, seinem Freund und Kollegen zu folgen.

28

David hat eine unruhige Nacht hinter sich. Er ist oft aufgewacht, ist aufgestanden, hat wachgelegen und nachgedacht.

Nicht über das Verhalten von Rupert, dem geldgierigen Bayern. Den muss man so nehmen wie er ist. Er will sich halt den einen oder anderen Euro verdienen. Obschon verdienen nicht der richtige Ausdruck ist. Erpressen ist bestimmt zutreffender. David ist mit Sicherheit nicht der Einzige, dem er ein paar Euro abpresst.

Sorgen bereitet ihm nur Anna. Wer weiß, was sie in dieser Nacht bereits von ihrem Entführer hat erleiden müssen. David kennt ihn und befürchtet, dass die Geschichte für Anna nicht gut ausgehen wird. Ich muss ihn finden, um Annas Willen. Koste es was es wolle.

Die Sonne ist gerade über den Horizont geklettert. David sitzt bereits am PC. Er muss in Erfahrung bringen, wo der Entführer wohnt. Zweifellos in Troisdorf, allenfalls in der näheren Umgebung, denn er war am Leyenweiher – wahrscheinlich zu Fuß. Er hatte dort mit Anna gesprochen.

Hätte ich ihn damals nur zur Rede gestellt. Es wäre vielleicht alles anders gekommen. Aber ich war zu feige, macht er sich Vorwürfe.

Sein Gesicht hellt sich auf. Er ist auf der Seite des Einwohnermeldeamtes. Wie gut, dass es Internet gibt und ich in der Lage bin, auf Seiten zu gelangen, die für den Normalsterblichen nicht zugänglich sind, freut er sich.

Jetzt den Namen eingeben und da ist die Anschrift schon. Wie nicht anders zu erwarten, in Troisdorf. Gar nicht so weit vom Weiher und von Annas Haus entfernt.

David klappt den Laptop zu und zieht sich an.

„Ich krieg dich“, sagt er leise.

Das Frühstück ist ihm egal. Ebenso ist ihm egal, ob man ihn in der Klinik vermisst.

Doch halt: Wo ist das Zimmer von diesem Rupert, überlegt er. Jetzt soll er mir einen Gefallen tun, auch wenn das erneut zehn Euro kostet.

Das letzte Zimmer im Flur muss das Zimmer von Rupert sein. Er klopft an. Nichts rührt sich. Er klopft nochmals und legt das Ohr an die Tür. Er vernimmt ein Brummen, dann irgendein Kauderwelsch – wahrscheinlich ein Fluch. Dann öffnet sich die Tür. David kann gerade noch zurückspringen, sonst wäre er Rupert in die Arme gefallen.

„He du Spinner, was willst?“

Rupert bekommt seine Augen kaum auf. Er riecht nach Alkohol. Wahrscheinlich war der Abend vor dem Fernseher lang und er hat sich intensiv seinem bayrischen Bier gewidmet.

„Ich benötige deine Hilfe. Wenn du zum Frühstück gehst, kannst du sagen ich sei krank und liege im Bett?“

„Kann I, aber ...“

„Ich weiß. Zehn Euro. Hier hast du sie.“

„Soo is recht. Host vui glernt.“

„Und? Machst du es?“

„Ja, ja“, knurrt er.

Damit schlägt er David die Tür vor der Nase zu.

David ist zufrieden. Jetzt hat er den ganzen Tag Zeit, sich mit Annas Entführung zu beschäftigen.

Er weiß, wo der Entführer wohnt.

Er weiß, wie er heißt.

Und er weiß, dass Anna in Gefahr ist.

Er sucht sein Zimmer nicht mehr auf. Auf direktem Weg läuft er zu seinem Fahrrad. Er hat das Gefühl, dass es auf jede Minute, jede Sekunde ankommt. Die Anschrift, die er im Internet gefunden hat, liegt im Troisdorfer Stadtteil Spich, direkt an der Hauptstraße und ist mit dem Fahrrad in kurzer Zeit erreichbar. Maximal zehn Minuten werde ich benötigen, überlegt er.

Er schaut zum Himmel hoch. Von Westen haben sich dicke Wolkenfelder vor die Sonne geschoben. Obschon es noch früh am Tag ist, breitet sich eine bleierne Schwüle aus, die Geist und Körper zu lähmen scheint.

Er schwingt sich auf sein Fahrrad und gibt vom ersten Augenblick an so richtig Vollgas. Noch immer spürt er den Schmerz im Bein, wo ihn der PKW erfasst hatte, beachtet ihn aber nicht weiter. Nach wenigen hundert Metern geht sein Atem schnell und er hört sich selbst keuchen.

„Ich weiß, was ich weiß. Fürwahr ich weiß, was ich weiß. Ich kenne ihn. Kenne ihn nur zu gut. Mensch Anna, du hast ja keine Ahnung, auf wen du dich am Weiher eingelassen hast“, murmelt er.

„Wo hast du Anna hingebracht? Wo ist sie? Du wirst es mir sagen und wenn ich es aus dir herausprügeln muss. Du wirst es mir sagen.“

Die Worte kommen nicht mehr aus seinem Mund. Er bewegt nur die Lippen und spricht die Worte im Kopf.

Inzwischen liegt er tief über den Lenker gebeugt. Er stößt raue Flüche aus. Flüche, die er zum ersten Mal als Kind gehört hatte, wenn sein Vater betrunken nach Hause kam.

Er sieht das Haus auf der anderen Straßenseite, fährt aber ein Stück daran vorbei, ehe er anhält. Er schaut zurück. Ein verhältnismäßig neues Reihenhaus. Sofort fällt ihm auf, dass im Gegensatz zu den übrigen Häusern anstelle einer Stufe eine gepflasterte Rampe zur Haustür führt. Im Augenblick kann er sich keinen Reim darauf machen.

Sein Atem hat sich inzwischen fast normalisiert. Allerdings ist sein T-Shirt schweißnass. Er bemerkt es nicht einmal.

Er fährt zurück und stellt das Fahrrad in einer Seitenstraße ab. Er selbst postiert sich etwas vom Haus entfernt. Allerdings nur so weit, dass er den Eingang noch gut im Blick hat und mit einem kurzen Sprint dort sein kann.

Von Zeit zu Zeit wechselt er den Standort. Mal lehnt er an einer Hauswand, mal sitzt er auf der Bordsteinkante zwischen parkenden Autos, mal wechselt er die Straßenseite. Aber immer das Haus im Blick.

Irgendwann kommst du heraus und dann habe ich dich, sagt er sich immer wieder.

Die Zeit verrinnt. David wird zunehmend ungeduldig. Seine Wut und sein Hass werden immer größer. Er kann nicht einschätzen, wie lange er das Warten noch aushalten kann.

„Soll ich einfach klingeln und ihn vor seiner eigenen Haustür zur Rede stellen? Womöglich öffnet seine Frau die Tür. Was sage ich dann? Vielleicht sind aber auch kleine Kinder vorhanden, die schreien, wenn ein unbekannter Mann vor der Tür steht. Wenn er alles leugnet, soll ich ihn dann vor seinen Kindern zusammenschlagen? Wie wird möglicherweise seine Frau reagieren, wenn sie begreift, was für ein Kerl ihr Mann ist? Oder schlägt er einfach die Tür zu, wenn er mich erkennt? Dann ist er gewarnt. Was mache ich dann?“

Fragen über Fragen. Möglichkeiten über Möglichkeiten.

David kommt zu dem Schluss, dass Abwarten der bessere Weg ist. Wenn er aus dem Haus tritt, kann er ihn allein zur Rede stellen. Außerdem ist der Überraschungseffekt auf seiner Seite. Ein nicht zu verachtendes Element.

David empfindet die Schwüle unerträglich. Obschon er körperlich nicht gefordert wird, klebt sein Shirt am Körper.

Es ist kurz vor Mittag. Plötzlich öffnet sich die Haustür.

*

Alex erwacht spät an diesem Sonntagmorgen. Er hat in der Nacht noch lange wachgelegen. Das „Erlebnis“ mit Anna beschäftigt ihn in ungewohnter Weise.

Was ist in den letzten Tagen alles geschehen. Zuerst die Geschichte mit der blöden Blumenröder und dann hat er eine blinde Frau entführt.

Mit den Frauen vorher war doch alles einfach gewesen und hatte geklappt. Manche warfen sich ihm regelrecht an den Hals. Bei einigen musste er etwas nachhelfen. Er hatte seinen Spaß gehabt und die meisten Frauen ebenfalls. Niemand war seiner Meinung nach ernsthaft zu Schaden gekommen. Manche Frauen, die wie er das Vergnügen suchten, hatte er mehrmals „beglückt“. Er achtete bei diesen Frauen immer peinlich darauf, ihnen nicht das Gefühl zu vermittelten, dass eventuell eine Beziehung entstehen könnte. Die Frauen, bei denen er „Überzeugungsarbeit“ hatte leisten müssen, würden ihn bald vergessen haben.

Aber jetzt ist alles anders und komplizierter. Die Sache mit der Blumenröder kann man ihm nicht nachweisen, dessen ist er sich sicher. Und jetzt diese Anna. Er lächelt, wenn er daran denkt. Sie hatte sich gewehrt aber dann schien sie doch eingesehen zu haben, dass es gar nicht so schlecht war. Sie ließ alles ohne Gegenwehr zu. Vielleicht hatte er wieder etwas zu stark zugedrückt, wovon sie ohnmächtig geworden war. Das war der Auslöser für eine seiner besten Ideen. Er nahm sie einfach für sich mit – nur für sich – zu jeder Zeit.

Wenn sie ihm irgendwann überdrüssig wird, kann er sie einfach laufen lassen. Wie praktisch, dass sie blind ist. Sie kann ihn nicht anzeigen oder ihm gefährlich werden, da sie weder weiß, wie er aussieht, noch wie er heißt und wo er wohnt.

„Alex, wo bleibst du?“, hört er die ungeduldige Stimme seiner Frau.

Er muss aufstehen. Seine behinderte Frau wartet im anderen Schlafzimmer auf ihn.

„Ich gehe noch unter die Dusche, dann komme ich!“, ruft er.

„Wieso dauert das heute so lange? Ich werde demnächst auch sonntags den Pflegedienst kommen lassen. Ich habe keine Lust, immer auf dich zu warten.“

Ihre Stimme klingt gereizt und Alex ist klar, dass sich das über den gesamten Tag hinziehen wird.

„Ja, ja, ich beeile mich.“

Er hängt leise einen derben Fluch an.

Vor fast zwei Jahren hatte sie einen schweren Verkehrsunfall. Sie war zu schnell gefahren. Auf dem Weg von ihrer Firma nach Hause verlor sie in einer Kurve die Gewalt über ihr Fahrzeug, kam von der Straße ab und überschlug sich mehrfach. Die Feuerwehr hatte sie mittels hydraulischen Scheren aus dem Autowrack geschnitten. Seitdem ist sie querschnittgelähmt und bekam im Laufe der Zeit starke Depressionen.

Ihren Zustand kann und will sie nicht akzeptieren. Sie sagt oft, dass sie den Tod bevorzugt hätte, als ein Leben im Rollstuhl zu verbringen und auf die Hilfe fremder Menschen angewiesen zu sein.

In der Ehe kriselt es seit dieser Zeit gewaltig. Sie lässt ihren Unmut über ihre gesundheitliche Situation an Alexander aus. Beide verbindet praktisch nichts mehr. Außer, dass sie auf Alexanders Hilfe angewiesen ist. Alex hingegen kann sich aus wirtschaftlichen Gesichtspunkten nicht von seiner Frau trennen. Sie ist Inhaberin einer gut gehenden Softwarefirma und steuert das weitaus meiste Geld mit in die Ehe bei. Auch wenn sie nicht mehr selbst tätig ist, läuft die Firma hervorragend. Bei der Hochzeit hatte er sich auf Gütertrennung eingelassen, was er heute bitterlich bereut. Aber solange er mit ihr zusammen ist, geht es ihm finanziell gut. Daher wird er daran auch nichts ändern und er hofft, seine Frau ebenfalls nicht.

Letztendlich ist er vom Wohlwollen seiner Frau abhängig, denn von seinem Einkommen als Verkaufsfahrer kann er keine großen Sprünge machen. Einen tollen BMW zu besitzen, wie er ihn derzeit fährt, wäre mit seinem Einkommen undenkbar. So hat er sich damit abfinden müssen, seine behinderte Frau zu pflegen.

Mit seiner Familie will er nichts mehr zu tun haben. Seit Jahren hat er zu niemandem mehr Kontakt. Nicht einmal zur Beerdigung seines Vaters ist er gegangen.

Als er gestern spät nach Hause gekommen war, hatte der Pflegedienst seine Frau zu seiner Freude bereits zu Bett gebracht. Sie schlief und er brauchte sich nicht zu rechtfertigen, wo er gewesen war.

Sie ahnt zwar, dass er andere Frauen hat, aber ihm das ins Gesicht zu sagen, unterlässt sie. Es ist ihr schlicht egal.

Heute ist Sonntag. Mit dem Pflegedienst hat er vereinbart, dass er sonntags die Pflege übernimmt. Jetzt ist er an der Reihe und muss, wenn auch widerwillig, aufstehen und seinen Teil der Vereinbarung erfüllen: Sie mit dem Rollstuhl zur Toilette bringen, sie waschen und anziehen, Frühstück zubereiten.

Danach sitzt seine Frau in der Regel in ihrem Rollstuhl und schaut teilnahmslos aus dem Fenster oder blättert in einer Zeitschrift. Dann hat er einige Stunden für sich. Diese Stunden muss er nutzen. Er will unbedingt nochmals zum alten Fabrikgelände, wo er Anna in einem der vielen, leer stehenden Gebäude versteckt hat.

Vor mehr als einem Jahr hatte er dieses Gebäude gefunden. Damals suchte er unbedingt einen Ort, wo er sich mit einer verheirateten Frau ungestört treffen konnte.

Wenn er demnächst Anna dort weiter für seine Zwecke benutzen will, muss er sie bei Kräften halten und ihr auch etwas zum Anziehen bringen. Vor Mittag will er das erledigen.

Alexander steht unter der Dusche und lässt das heiße Wasser genüsslich über seinen Körper rieseln. Unvermittelt kommt ihm sein Vater in Erinnerung. Wieso gerade unter der Dusche, kann er sich nicht erklären. Aber die Erinnerung ist da und er kann sie nicht einfach wegwischen.

Er sieht diese unscheinbare, dürre Gestalt vor sich, die vom Alkohol gezeichnet ist. Er hasst ihn. Er hat ihn sein Leben lang gehasst. Wegen des Alkoholkonsums und wegen seiner

Frauengeschichten. Soweit er sich erinnert, war sein Vater Zeit seines Lebens ein Schürzenjäger gewesen. Kein Rock war vor ihm sicher.

Wenn Alex über sich und sein Handeln nachdenkt, kommt er zu der Überzeugung, dass er wahrscheinlich das heiße Blut und die Vorliebe für hübsche Frauen von ihm geerbt hat. Dieser Gedanke beruhigt sein Gewissen erheblich. Außerdem kann seine behinderte Frau ihm nicht mehr das geben, was er von einer Ehefrau erwartet und benötigt. Für ihn ist es daher legitim, sich die Erfüllung seiner sexuellen Wünsche bei anderen Frauen zu holen.

Nachdem er seine Frau gepflegt und mit ihr zusammen gefrühstückt hat, fährt er sie mit dem Rollstuhl zum Wohnzimmerfenster. Hier liegen wie üblich mehrere Zeitschriften, die er gestern besorgt hat. Seine Frau nimmt sich die erstbeste und schaut nicht einmal auf, als er das Wohnzimmer verlässt.

„Ich bin für ein bis zwei Stunden weg“, sagt er beim Hinausgehen.

„Ja, ja“, murmelt sie leise.

Er packt zwei Flaschen Wasser und einige Kleidungsstücke seiner Frau, die diese seit längerer Zeit nicht mehr getragen hat, in eine einfache Tragetasche. Auf der Fahrt zum Fabrikgelände will er noch bei einem Bäcker vorbeifahren und ein paar belegte Brötchen und zwei, drei Hefeplunder einkaufen.

Er öffnet die Haustür. Die schwüle Luft trifft ihn wie ein Hammer und er geht automatisch einen Schritt zurück. Im Haus ist es doch erheblich kühler, denkt er und bleibt einen Augenblick stehen, um sich an die neuen Bedingungen zu gewöhnen. Er schaut auf die Straße. Es herrscht sonntägliche Ruhe. Sein Wagen steht einige Meter vom Haus entfernt am Bürgersteig. Zur Sicherheit noch ein Blick ins Haus zur Prüfung, dass er nichts vergessen hat. Dann geht er zu seinem Wagen. In Erwartung eines schönen Tages breitet sich ein vergnügtes Lächeln auf seinem Gesicht aus.

Hätte er auch nur geahnt, was in den nächsten Minuten geschehen würde, wäre ihm sein strahlendes Lächeln auf den Lippen gefroren.

*

David ist wie versteinert. Obschon er seit Stunden damit gerechnet hat, es sogar herbeigesehnt hat, steht er da, unfähig sich zu bewegen.

Er starrt die Haustür an. Sie ist offen, aber es tritt niemand heraus. Womöglich kommt seine Frau heraus und das Warten geht weiter.

David hat seine leblose, gläserne Starre abgelegt. Er verlagert das Gewicht von einem Bein auf das andere und ballt die Fäuste. Wie ein Boxer kurz vor dem Kampf.

Dann tritt ein Mann aus der Haustür heraus. Die eine Hand hält eine Tragetasche, mit der anderen Hand zieht er die Haustür zu. Seine Miene zeigt ein Lächeln. Davids Nackenhaare stellen sich auf und ein kalter Schauer läuft über seinen Rücken.

Es ist Alexander.

Sein Bruder!

„Dir wird das Lachen noch vergehen“, stößt David voller Wut hervor.

Im Sprint überquert er die Straße. Gleichzeitig hat Alexander fast seinen Wagen erreicht, der an der Straße parkt.

Alexander sieht David nicht kommen. Zu sehr sind seine Gedanken mit Anna beschäftigt.

David fasst ihn brutal bei der Schulter und reißt ihn herum. Für einen Augenblick stehen sich die beiden Brüder wortlos und unbeweglich gegenüber.

Alexander findet zuerst seine Stimme wieder.

„Ach, mein kleiner Bruder. Lange nicht gesehen. Wie geht es dir? Wieso so stürmisch?"

Alexander lächelt unnatürlich.

David packt ihn am Hemd und zieht ihn dicht an sich heran.

„Wo ist Anna?", zischt er.

„Wo ist Anna? Wohin hast du sie gebracht, du Schwein?"

Alexander befreit sich von Davids Griff und stößt ihn mit einer Leichtigkeit zurück. Er ist größer und breiter und wirkt wesentlich kräftiger als David.

„Aber mein kleiner Bruder, was soll das? Wovon redest du?"

„Ich weiß alles. Alles! Hörst du? Ich habe dich beobachtet, als du in Annas Zimmer warst. Als du sie rausgetragen hast, in dein Auto gelegt hast und abgehauen bist. Wo ist sie?"

David will erneut auf seinen Bruder losgehen. Dieser hält ihn mit ausgestrecktem Arm einfach auf Distanz.

„Aber Kleiner. Du willst mir doch nicht den Spaß verderben? Habe ich dir den Spaß verdorben, als du dir zu Hause „schlimme" Hefte mit nackten Frauen angeschaut hast? Nein, habe ich nicht. Und du wirst mir meinen Spaß ebenfalls nicht verderben. Ist das klar?"

Er stößt David beiseite und geht um das parkende Auto herum, um einzusteigen. Dabei schaut er sich lachend zu David um. Er öffnet die Tür zum Einsteigen.

Im Nachhinein kann David nicht sagen, wo der große BMW-SUV so schnell her kam. Ebenso kann er sich nicht erinnern, ob das Auto mit überhöhter Geschwindigkeit fuhr.

Im Nachhinein weiß er nur, dass ein Körper, ein menschlicher Körper durch die Luft geflogen war und ein Auto auf die andere Straßenseite in die dort geparkten Autos schleuderte.

Er kann er sich nur daran erinnern, einen Schrei, den Schrei seines Bruders gehört zu haben und das laute Geräusch, wenn Blech auf Blech trifft.

Er kann sich nicht daran erinnern, wie lange er auf dem Bürgersteig in Schockstarre gestanden hat und wann er zu seinem Fahrrad gelaufen ist.

Ziemlich genau kann er sich daran erinnern, dass er geflüchtet und in noch schnellerem Tempo als auf der Hinfahrt mit seinem Fahrrad geflüchtet ist.

29

Anna weiß nicht, wie lange sie bereits in diesem Raum gefangen ist. Jegliches Zeitgefühl ist ihr abhanden gekommen. Sie fühlt sich beinahe so, wie kurz nach dem Unfall, bei dem sie ihr Augenlicht verloren hatten. Hilflos, deprimiert und voller Angst um ihre Zukunft und sogar um ihr Leben. Doch einen Vorteil hat sie heute im Gegensatz zu damals. Sie kann mit ihrer Blindheit umgehen, sie hat gelernt, ihre übrigen Sinne gezielt einzusetzen und sich darauf zu verlassen. Aber reicht das in dieser Situation?

Ihr Rücken schmerzt vom langen Sitzen auf dem Stuhl. Alex hatte zwar von einer Matratze gesprochen, die sie auch gefunden hat, aber sie will sich nicht hinlegen. Hin und wieder hört sie das leise Piepen von Mäusen, oder vielleicht sogar Ratten? Sie stellt sich vor, wie die Nager über ihren Körper und ihr Gesicht huschen, wenn sie auf der Matratze liegt. Nein, auch wenn es extrem unbequem ist, sie bleibt am Tisch sitzen.

Sie erhebt sich und streckt ihren Körper. Nach einigen Übungen mit Armen, Beinen und Rumpf bessern sich die Rückenschmerzen. Sie tastet sich zur Wand hinter ihr. Dann geht sie nach links, eine Hand immer in Kontakt mit der rauen Wand. Sie erinnert sich, dass dort der Toilettenstuhl steht und das Fenster ist. Als ihre Finger die Fensterscheibe berühren, merkt sie, dass sich das Glas warm anfühlt. In der Nacht, als sie das Fenster entdeckt hatte, fühlte sich das Glas kalt an. Ihr kommt es auch vor, als wenn wärmende Sonnenstrahlen sie durch die Scheibe bescheinen. Sie kennt dieses wohlige

Gefühl von den vielen Spaziergängen zum See und dem Verweilen auf der Bank.

Das bedeutet, dass es heller Tag ist und die Sonne ins Fenster scheint, überlegt sie. Ist es morgens oder mittags? Diese Frage kann sie nicht beantworten. Die Abendsonne kann es nicht sein, dafür ist sie dann doch noch nicht lange genug hier gefangen. Trotzdem hat sie jetzt eine vage Möglichkeit gefunden, die sie Tag und Nacht voneinander unterscheiden lässt.

Sie tastet sich wieder zu ihrem Stuhl zurück und greift nach der Flasche Wasser, die Alex ihr dagelassen hat. Sie ist fast leer. Sie trinkt den letzten Rest. Einteilen muss sie das Wasser nicht, denn die zweite Flasche ist noch nicht angebrochen.

Inzwischen meldet sich auch ihr Hungergefühl. Mit Erleichterung stellt sie fest, dass mit dem Hunger ihr Überlebenswille und damit auch ihr Verstand wieder funktionieren. Bisher hat sie keinen Bissen essen können. Zu sehr war sie mit sich und ihrer schrecklichen Situation beschäftigt gewesen ohne dabei klare Gedanken fassen zu können.

Außer den beiden Flaschen Wasser hat Alex ihr ein Hefegebäck dagelassen. Sie tastet den Tisch ab und findet eine Tüte mit dem Gebäck. Hungrig beginnt sie zu essen. Danach noch einen großen Schluck Wasser und es geht ihr etwas besser.

Alex hat gesagt, dass er am nächsten Abend, also heute kommen würde. Sie hat keine Vorstellung, was sie dann erwartet – mit Sicherheit nichts Angenehmes.

Trotzdem, sie nimmt sich vor, ein richtiges Gespräch mit Alex zu führen. Sie will ihm keine Vorhaltungen machen oder ihn anklagen. Dazu ist sie nicht in der Position. Sie will ihn bitten und ihm einleuchtend klarmachen, dass das nicht der richtige Weg ist, den er eingeschlagen hat. Vielleicht sieht er ein, dass er zu weit gegangen ist und lässt sie frei. Vielleicht hat er auch Mitleid, aber darauf hofft sie nach dem, was bisher geschehen ist, nicht unbedingt.

Das Gespräch mit ihm im Park war doch gut und vernünftig gewesen. Ist sein jetziges Verhalten vielleicht eine Reaktion auf die Abfuhr in der Disco? Denn dass er an dem Abend verärgert über sie war, davon kann sie ausgehen. Sie kann auch die Möglichkeit nicht ausschließen, dass er immer schon Frauen gegenüber gewalttätig war und sie nur ein Opfer unter vielen für ihn ist.

Sie hat keine Ahnung. Sie muss warten, bis er wieder da ist – und sie darf die Hoffnung nicht verlieren.

30

David rast mit seinem Fahrrad von Troisdorf-Spich in Richtung Troisdorf-Zentrum. Den Blick starr nach vorne gerichtet. Er will nur weg, weg von diesem schrecklichen Unfall. Immer wieder springen ihm die Bilder vor Augen, wie sein Bruder durch die Luft geschleudert wurde. Er kann keinen klaren Gedanken fassen. Wo soll er hinfahren? Er hat keine Ahnung. Er tritt mit voller Kraft in die Pedale. Immer geradeaus, bis er das Zentrum erreicht hat. Für die neue Stadthalle hat er keinen Blick übrig. Er biegt links ab, dann rechts und wieder links und rechts – ohne ein Ziel.

Er kommt erst wieder zur Besinnung, als er auf einen holprigen Waldweg fährt und mit einem Mal den Leyenweiher erreicht. Den Ort seiner ersten Begegnung mit Anna. Er bremst abrupt ab und steigt vom Rad. Sein Fahrrad wirft er neben eine Bank. Er selbst schmeißt sich auf die Bank und vergräbt das Gesicht in seinen Händen.

Er weint nicht, denn für seinen Bruder hat er keinerlei Mitleid. Die Heftigkeit des Unfalls, die Unvorhersehbarkeit und das Bild, als Alexander über den SUV durch die Luft flog, haben ihn geschockt. Grundsätzlich will er nichts mit seinem Bruder zu tun haben. Schon gar nicht möchte er gefragt werden, was er vor dem Haus seines Bruders wollte. Was soll er auf solch eine Frage antworten? Er müsste so viel erklären und am Ende würde ihm niemand glauben oder man würde ihn sogar verdächtigen, Anna entführt zu haben.

Anna. Da sind wieder die Gedanken, die sich unentwegt um diese Frau ranken. Haben Zufall und Gerechtigkeit eine

Beziehung, die wir Menschen nicht glauben, nicht verstehen wollen? Anna ist durch einen Autounfall erblindet – Alexander, ihr Entführer und wahrscheinlich auch ihr Vergewaltiger, ist durch einen Autounfall gerichtet worden. Ist das Zufall? Zumindest ist es Gerechtigkeit, denkt er.

Unvermittelt überfällt ihn eine maßlose Traurigkeit. Was ist mit Anna geschehen? Wo ist sie?

Der Einzige der diese Fragen beantworten kann, ist verunglückt, vielleicht sogar tot.

Verzweiflung breitet sich bei David aus. Er springt auf und läuft hin und her. Was kann er machen? Wie soll er Anna finden? Er muss etwas unternehmen.

Zur Polizei gehen? – Nein, das würde auch nichts bringen. Nur er würde Probleme bekommen.

Jemanden um Hilfe bitten? – Aber wen? Und wie kann diese Hilfe aussehen?

Er schwingt sich auf sein Fahrrad. Er muss in Ruhe nachdenken. Irgendeine Lösung, eine Idee wird er finden.

*

„Sie haben einen Patienten, der in Ihrer Klinik wegen sexueller Probleme, man kann es vielleicht auch Sucht nennen, behandelt wird. Sein Name ist David Winter. Ist das richtig?“, fragt Frank Eisenstein den Klinikleiter Dr. Hermann Renger.

Eisenstein und Ronni Kern hatten bei der Ankunft in der Klinik direkt um ein Gespräch mit ihm gebeten. Ihre Geduld wurde jedoch auf eine harte Probe gestellt, denn der Arzt hatte am heutigen Abend Rufbereitschaft und musste erst telefonisch informiert werden. Es dauerte über eine halbe Stunde, bis er den Kommissaren zur Verfügung stand.

„Ja, das stimmt. David Winter wird bei uns behandelt. Was ist mit ihm?"

„Das können wir noch nicht sagen. Wir möchten nur mit ihm reden."

„Natürlich können Sie mit ihm reden. Nur, wenn ich Ihnen helfen soll, sind das etwas wenig Informationen. Soll ich Sie zu Davids Zimmer bringen lassen?"

„Ja, das wäre schön. Aber zuerst haben wir noch ein paar Fragen. Was ist das für eine Therapie und wie verhält sich David Winter? Haben Sie irgendwelche Auffälligkeiten in seinem Verhalten hier in der Klinik festgestellt?"

„Mhh, ich glaube, ich darf Ihnen über Davids Therapie keine Auskunft geben. Sie verstehen, Schweigepflicht."

Der Klinikleiter verschränkt demonstrativ seine Arme vor der Brust.

„Okay, wir ermitteln in einem Fall von Vergewaltigung und in einem Mordfall. Jetzt ist außerdem eine Frau verschwunden, wahrscheinlich wurde sie entführt. Wir können nicht warten, bis wir eine richterliche Anordnung haben, das dauert viel zu lange. Jede Stunde zählt. Ich denke, Sie sollten uns helfen."

Eisenstein hat sich nach vorne gebeugt und schaut Dr. Renger intensiv an.

„Steht David unter Verdacht?", will der Klinikleiter jetzt wissen.

„Nein, zur Zeit nicht. Wir möchten lediglich mit ihm reden. Vielleicht weiß er etwas und kann uns helfen."

„Na gut. Dann will ich Ihnen über David berichten", lenkt Dr. Renger ein.

Er erklärt den beiden Kommissaren in groben Zügen die Art und Dauer der Therapie. Auch erwähnt er, dass David in punkto Zuverlässigkeit Defizite hat. Er sagt, dass David sich häufig verspätet, hin und wieder nicht zum Frühstück erscheint und dass die Therapeuten den Eindruck haben, David stehe nicht voll hinter der Therapie.

„Heute Morgen hat ein anderer Patient ihn krank gemeldet. Nichts Schlimmes. Magenprobleme oder Kopfschmerzen, glaube ich."

„Dann muss er ja in seinem Zimmer sein. Können Sie uns zu ihm bringen lassen?"

„Natürlich."

Dr. Renger ruft telefonisch eine Schwester zu sich.

„Begleiten Sie bitte die beiden Herren zu David Winters Zimmer", weist er die junge Frau an.

„Ach, noch eine Frage", wendet sich Ronni nochmals dem Klinikchef zu.

„Haben Patienten die Möglichkeit, die Klinik unbemerkt zu verlassen oder nachts unbemerkt später zur Klinik zurückzukommen, vielleicht auch über die ganze Nacht wegzubleiben?"

„Nein, auf keinen Fall. Unser Personal achtet peinlich darauf, dass alle Regeln eingehalten werden", antwortet Dr. Renger mit voller Überzeugung.

Die Schwester, die noch im Zimmer steht, stimmt ihrem Chef zu.

„Niemand kann ungesehen die Klinik verlassen. Und die ganze Nacht wegbleiben? Nein das geht gar nicht", sagt sie.

„Ich will Ihnen oder Ihren Kolleginnen und Kollegen nichts unterstellen. Aber es wäre doch denkbar, dass ein Patient eine Möglichkeit gefunden hat, die Klinik zu verlassen, vielleicht auch nur für eine Stunde", hakt Eisenstein nach.

„Theoretisch ja, aber ..."

Eisenstein unterbricht die Schwester ungeduldig.

„Also grundsätzlich ist es möglich. Das wollte ich hören. Wir müssen mit Ihrem Personal sprechen“, sagt Eisenstein zu Dr. Renger, dessen Gesichtsausdruck zwischen Überraschung und Verärgerung liegt.

„Sofort? Das geht nicht. Es sind nicht alle Mitarbeiter da. Heute ist Sonntag, da arbeiten wir nur mit einer Mindestanzahl von Mitarbeitern.“

„Dann befragen wir halt im Augenblick nur die anwesenden Mitarbeiterinnen und Mitarbeiter. Gestatten Sie uns, Ihr Zimmer für die Befragung zu benutzen? Wir dürfen doch sicher auf Ihre Kooperation zählen, denn der Fall eilt.“

„Ja, natürlich.“

Der Klinikleiter scheint zu überrascht, als dass er an eine Ablehnung denken kann.

An die Schwester gewandt sagt Eisenstein:

„Sie schicken bitte die Kolleginnen und Kollegen nacheinander hierher. Aber das machen wir später. Zuerst wollen wir mit David Winter sprechen. Gehen wir?“

Die Schwester führt die Kommissare zu Davids Zimmer. Ronni klopft an. Keine Reaktion. Auch nach dem zweiten Anklopfen öffnet niemand. Ronni drückt die Türklinke herunter. Das Zimmer ist nicht verschlossen.

Die Schwester drängt sich vor und geht als Erste ins Zimmer.

„David Winter ist nicht da.“

„Da haben wir es. Sie haben anscheinend doch nicht alles hier im Griff“, sagt Eisenstein.

„Bis wann muss jeder Patient abends im Zimmer sein?“, fragt Ronni.

„Bis spätestens zehn Uhr.“

„Das ist nicht mehr lange bis dahin. Wir warten und in der Zwischenzeit sprechen wir mit Ihren Kolleginnen und Kollegen."

Als Erster kommt der Pförtner ins Zimmer des Klinikleiters. Dann folgen noch zwei Sozialarbeiter und eine Schwester und als Letzter ein Arzt, der zu dieser Zeit noch schriftliche Arbeiten in der Klinik erledigt.

Lediglich ein Sozialarbeiter kann sich theoretisch vorstellen, dass ein Patient während des gemeinsamen Aufenthalts im Park für kurze Zeit das Gelände verlassen kann.

„Was bedeutet für kurze Zeit?", will Ronni genauer wissen.

„Vielleicht eine oder auch zwei Stunden. Im Park gibt es viele Sträucher und Bäume. Alle Winkel sind für uns nicht einsehbar. Wir sind nur zu zweit und können nicht jeden Patienten beaufsichtigen. Das ist auch nicht gewollt, schließlich handelt es sich hier nicht um eine geschlossene Anstalt. Die Patienten sind freiwillig hier und wir können nur an sie appellieren, sich an die Regeln zu halten. Wenn ein Patient das nicht will, dann ..."

„Ich verstehe", unterbricht ihn Ronni.

Insgesamt gesehen haben die Befragungen keine neuen Erkenntnisse gebracht.

Frank Eisenstein und Ronni Kern bedanken sich bei Dr. Renger und verlassen das Arztzimmer.

„Das war nicht viel, was wir erfahren haben. Hoffentlich haben wir mit diesem David Winter mehr Erfolg. Allmählich sollten wir weiterkommen. Die Zeit drängt", resümiert Ronni.

„Komm, wir setzen uns in den Eingangsbereich in der Nähe der Treppe und des Aufzugs. Dort sehen wir sofort, wenn er zurückkommt."

31

Die Sonne, die vorhin noch in Annas Gefängnis schien, ist untergegangen. Sie steht am Fenster und spürt die warmen Sonnenstrahlen seit längerer Zeit nicht mehr.

Anna schließt daraus, dass es Nachmittag oder schon Sonntagabend ist. Der Raum hat sich durch die Sonneneinstrahlung stark aufgeheizt. Es ist gut, dass die Sonne jetzt nicht mehr hineinscheint. Das verspricht für die nächste Zeit ein wenig Kühlung.

Alex ist noch nicht wiedergekommen. In Anna machen sich Erleichterung und Befürchtung gleichzeitig breit. Wenn er nicht kommt, wie soll es dann weitergehen? Ihr Vorhaben, ein Gespräch mit ihm zu führen, kann sie dann nicht in die Tat umsetzen.

Wegen der Hitze hat sie mehrmals im Laufe des Tages getrunken. Sie hat nur noch einen Schluck Wasser in der Flasche, den sie unbedingt für den Notfall aufbewahren will. Ihr Mund ist trocken und sie verspürt den unbändigen Wunsch, das Wasser zu trinken. Aber ist das jetzt bereits der Notfall? Nein – jetzt noch nicht. Wer weiß, wann Alex kommt und ihr neues Wasser bringt.

Allmählich meldet sich auch der Hunger wieder. Essbares hat sie nichts mehr und das Stück Hefegebäck konnte ihren Hunger nicht lange stillen.

Sollte Alex nicht bald kommen, muss sie etwas unternehmen. Aber was?

Bevor es nicht wieder Tag wird, kann sie nichts tun. Um sicher zu gehen, dass es Tag ist, will sie warten, bis die Sonne wieder ins Fenster scheint. Sie benötigt Hilfe von anderen Menschen und die Chance, diese zu erhalten, besteht tagsüber wesentlich eher als nachts. Das bedeutet aber gleichzeitig, dass sie die Nacht in diesem Verlies verbringen muss. Ohne etwas Essbares und nur mit einem Schluck Wasser.

Vielleicht kommt Alex doch noch in Kürze vorbei und bringt ihr Essen und etwas zu trinken, macht sie sich Mut.

Es ist noch nicht lange her, da hat er sie vergewaltigt und jetzt sehnt sie sich nach ihm, wenn auch aus völlig anderen Gründen. Sie kann sich selbst nicht mehr begreifen.

Ungeduldig geht sie auf und ab. Sie kann sich inzwischen mit hundertprozentiger Sicherheit in dem kleinen Raum bewegen. Anfangs hatte sie die Schritte vom Tisch bis zur Wand oder bis zum Fenster gezählt. Mittlerweile ahnt sie, wo sich jede Wand, die Türen, und das Fenster befinden. Das Zählen der Schritte ist nicht mehr erforderlich.

Sie hört kaum einen Laut. Bis vor einiger Zeit hörte sie das Zwitschern der Vögel draußen. Wenn es Nacht ist, ist es einleuchtend, dass auch diese Geräusche verstummt sind. Manchmal bildet sie sich ein, den Geräuschpegel der Stadt in der Ferne zu hören.

Alex kommt nicht in der nächsten Stunde und auch nicht in den Stunden danach. Eine lange Nacht steht ihr bevor. Sie hat genug Zeit zum Überlegen. Der Nachteil an der Zeit zum Nachdenken ist, dass sich die nackte Realität immer stärker durchsetzt. Und diese Realität bringt Anna eindeutig zu der Erkenntnis, dass ihr Leben ernsthaft in Gefahr ist. Sie begreift, dass Alex der gefährlichste und gefühlsärmste Mensch ist, dem sie je begegnet ist.

Sie hat nicht nur genug Zeit, sich über die Realität klar zu werden, sondern sie hat auch genug Zeit, sich Überlegungen zu ihrer Flucht zu machen. Denn dass sie versuchen wird, aus ihrem Gefängnis zu entkommen, steht für sie fest.

Für eine mögliche Flucht gibt es nur einen Weg. Da die Eisentür verschlossen ist, bleibt nur der Weg durch das Fenster.

Aber wie soll es dann weitergehen? Was wird sie außerhalb dieser Mauern erwarten? In welche Richtung soll sie sich wenden?

Fragen, die sie nicht vorab klären kann. Sie muss abwarten, was sich draußen ergeben wird und dann spontan und logisch entscheiden.

Anna ist erschöpft. Die psychischen Anstrengungen haben ihr alles abverlangt. Sie sitzt am Tisch und legt den Kopf auf ihre Arme. Es dauert nicht lange, bis sie am Tisch eingeschlafen ist. Ihre Gedanken an Flucht versinken in einem Schleier aus Müdigkeit und Verzweiflung.

In den ersten Monaten ihrer Blindheit hatte sie oft Albträume, in denen sie in den Straßen der Stadt umherirrte. Niemand half ihr. In einem Traum fiel sie in den nahen Fluss, in einem anderen lief sie vor einen Bus und wurde überfahren. In allen Träumen rannte sie planlos umher, ohne je ihr Zuhause zu finden. Und keiner ihrer Träume hatten ein Happy End.

Jetzt hat sie erneut einen dieser wilden Albträume. Sie läuft wieder planlos umher und niemand ist da, der ihr hilft. Der Unterschied von früher zu heute ist, dass dieser Traum Wirklichkeit werden kann.

Sie hat noch nicht lange geschlafen, als sie hochschreckt. Zum ersten Mal in ihrem Leben hat sie Todesangst. Sie beginnt zu zittern und zu weinen. Der Traum hatte ihr die Wirklichkeit brutal vor Augen geführt.

Sie springt auf und stolpert die drei Schritte bis zur Tür. Verzweifelt rüttelt sie am Türgriff. Sie weiß, es handelt sich um eine Eisentür und alles Rütteln ist sinnlos. Sie schreit, sie schreit nochmals, sie schreit so lange, bis ihre Stimme versagt. Aber niemand hört ihre Schreie. Niemand antwortet und es kommt niemand, der an die Tür klopft und sie befreit.

Wahrscheinlich ist sie irgendwo abseits der Stadt, vielleicht irgendwo in der Natur, weit ab von Menschen – Menschen die ihr vielleicht helfen könnten.

Sie legt erneut ihren Oberkörper auf die Tischplatte. Die Erschöpfung fordert ihren Tribut und sie fällt in einen traumlosen Schlaf. Normalerweise ist die Nacht das Spielfeld des Vergessens, doch nicht bei ihr und nicht in dieser Nacht.

32

David Winter kommt kurz nach zehn Uhr zurück. Er hat den Hintereingang gewählt und schlurft mit müden Beinen die Treppe hoch.

„Sind Sie Herr Winter?“, fragt Ronni in einem schärferen Ton als er eigentlich wollte.

„Ja, wer sind Sie?“

„Mein Name ist Ronni Kern und das ist mein Kollege Frank Eisenstein. Wir sind von der Kriminalpolizei und hätten Sie gerne gesprochen.“

„Polizei? Wieso ... wieso? Was wollen Sie von mir?“

David ist total überrascht. Jetzt schon die Polizei? Wie haben die so schnell festgestellt, dass ich am Unfallort war? Hat mich jemand gesehen, der mich kennt? Aber wer kennt mich schon?

Die Gedanken rasen in seinem Kopf. Sein Blick irrt hin und her durch den Raum, als suche er die schwer bewaffnete Polizeieinheit, die ihn festnehmen will.

„Sie sind so überrascht. Haben Sie etwas zu verbergen?“, fragt Ronni und baut sich kurz vor ihm auf.

„Nein ... nein.“

David weiß nicht, wo er hinschauen soll und sieht daher zu Boden.

„Wieso kommen Sie aus dem Keller und nicht durch den Haupteingang? Wo kommen Sie eigentlich her?“, fragt Eisenstein, der seitlich von ihm steht.

David dreht sich erschrocken zu ihm hin. Dass auch noch der zweite Kommissar ihm Fragen stellt, damit hat er anscheinend überhaupt nicht gerechnet.

„Mein Fahrrad, ... im Park abgestellt. Habe eine Fahrradtour gemacht“, stottert er.

„Ach so. Dann wollen wir mal zu Ihrem Zimmer gehen und uns ein wenig unterhalten.“

Eisenstein geht vor. David und Ronni folgen.

„Eine Fahrradtour also. Heute Morgen haben Sie sich noch krank melden lassen und jetzt machen Sie eine Fahrradtour?“

Eisenstein schaut David mit strenger Mine an. Die Kommissare sitzen am Tisch und David kauert mehr auf seinem Bett, als dass er sitzt.

„Ja, ja. Ich hatte Kopfschmerzen. Jetzt geht es mir wieder gut und ich musste raus an die frische Luft. Ich bin etwas mit dem Rad gefahren.“

„Okay. Herr Winter, wo waren Sie Samstagabend?“, konfrontiert Ronni ihn schonungslos mit dieser Frage.

David zuckt zusammen, als der Fragesteller wieder wechselt.

„Mmh ... Das ist schon lange her. Wo soll ich schon gewesen sein. Wir haben alle zusammen im Speisesaal zu Abend gegessen und dann bin ich wie immer auf mein Zimmer gegangen. Habe noch am PC gespielt und irgendwann bin ich eingeschlafen.“

David kann dem Blick von Ronni nicht standhalten und schaut zur Seite. Ronni spürt deutlich, dass mit David etwas nicht stimmt. Er ist unsicher und er lügt, davon ist Ronni überzeugt.

„Kennen Sie eine Anna Reinders?“, fragt Eisenstein.

David zuckt erneut zusammen. Er schüttelt den Kopf und schaut auf seine Hände, die er unablässig knetet.

„Sie lügen. Sie kennen Anna Reinders gut und waren Samstag bei ihr“, blufft Eisenstein und steht auf.

Eisenstein hatte in der Vergangenheit mehrmals mit einem Bluff Glück gehabt. Vielleicht klappt es auch dieses Mal.

Es entsteht eine Pause, in der keiner ein Wort sagt. Eisenstein geht im Zimmer auf und ab. David schaut immer noch auf seine Hände.

„Ich höre.“

Eisensteins Stimme durchschneidet die Stille wie ein Schwert.

Die merken, dass ich lüge. Wenn herauskommt, dass ich vor Annas Haus war und ich nichts gesagt habe, bekomme ich enorme Schwierigkeiten. Ich bin schließlich vorbestraft, denkt David.

„Wenn Sie uns nicht die Wahrheit sagen, kann sich das sehr nachteilig für Sie auswirken. Anderseits, wenn Sie uns die Wahrheit sagen, wirkt sich das bei einer Anklage und auch bei einem Strafmaß immer günstig aus. Also reden Sie.“

Eisenstein Ton ist jetzt freundlicher. Er bleibt vor David stehen und schaut von oben fast väterlich auf ihn herab.

Nach einer kurzen Pause seufzt David.

„Also gut. Ich kenne Anna. Samstag war ich vor ihrem Haus.“

„Und was wollten Sie dort?“, schaltet sich Ronni wieder ein.

„Na ja ... Sie wissen schon. Von der anderen Straßenseite kann man in ihr Schlafzimmer schauen ...“

Es ist ihm peinlich, darüber zu reden.

„Sie sind dort auf einen Baum geklettert?“

„Ja.“

„Und weiter. Haben Sie Anna gesehen?“

„Ja. ... Nicht nur Anna.“

„Wie bitte? Wen haben Sie noch gesehen? Nun lassen Sie sich doch nicht jedes Wort aus dem Mund ziehen."

Es dauert wieder eine Weile, bis David erneut zum Reden ansetzt.

„Einen Mann. Der hat Anna später aus dem Haus getragen. Zu seinem Auto und ist mit ihr weggefahren."

Er hebt den Kopf und schaut Eisenstein an. Seine Augen scheinen den Kommissar anzuflehen „Bitte helfen Sie mir."

Er senkt wieder den Kopf.

„Ich weiß, ich hätte das der Polizei melden müssen. Aber es darf in der Klinik niemand wissen, dass ich mich so spät noch außerhalb der Klink aufgehalten habe und wie soll ich das erklären ... das mit Anna ...? Vielleicht hätte mir die Polizei auch gar nicht geglaubt."

Eisenstein setzt sich wieder an den Tisch. Er ist davon überzeugt, dass David die Wahrheit sagt und dass er Anna nicht entführt hat. Dazu hat er gar nicht das Format. Er ist ein Spanner, nichts anderes.

„David, ich kann Sie verstehen", signalisiert Ronni Kooperationsbereitschaft.

„Was haben Sie gesehen? – Es ist wichtig, enorm wichtig."

„Ein Mann stürmte ins Zimmer. Er sprang auf das Bett und Anna schrie. Später hat er Anna hinaus zu seinem Wagen getragen und auf den Rücksitz gezerrt."

David stockt.

„Und dann ist er losgefahren."

„Lebte die Frau noch"?

„Das konnte ich nicht sehen. Ich weiß es nicht", stammelt David Winter.

„Haben Sie sich das Kennzeichen gemerkt?"

„Nein, das ging alles so schnell. Ich habe zu spät daran gedacht“, gesteht David.

„Es war ein schwarzer Wagen. Ich glaube ein BMW“, ergänzt er dann noch.

„Nun erzählen Sie ganz langsam von Anfang an. Wie haben Sie Anna kennengelernt? Haben Sie Anna öfter beobachtet? Wie ist der Tag abgelaufen?“

David ist nun befreiter, nachdem er mit seinem Geständnis begonnen hat.

Die beiden Kommissare scheinen in Ordnung zu sein. Vielleicht werden sie sich tatsächlich für ihn einsetzen, wenn er Schwierigkeiten bekommt. Vielleicht legen sie auch ein Wort bei den Ärzten für ihn ein, wenn sie erfahren, dass er die Therapie unterläuft, überlegt er.

Er erzählt ihnen ausführlich die ganze Geschichte mit ihm und Anna. Am Ende ist er erleichtert. Er hat alles gesagt, was es zu sagen gibt. Bis auf eine Kleinigkeit, eine entscheidende Kleinigkeit: Er hat nicht gesagt, dass er den Entführer kennt und dass es sein Bruder ist, der vor wenigen Stunden schwer verunglückt ist.

Es hat auch niemand danach gefragt, beruhigt er sich.

Doch dann kommt diese Frage.

„Herr Winter, noch eine Frage. Können Sie den Mann beschreiben? So, dass wir im Präsidium eine Zeichnung anfertigen können?“, fragt Ronni.

Zum ersten Mal seit Beginn des Gesprächs steht David auf und geht zum Fenster. Er kann den Kommissar nicht ansehen. Er ist ein schlechter Lügner.

„Nein, natürlich nicht. Es war dunkel und der Mann hatte eine Kapuze über den Kopf gezogen“, lügt er.

„Vielleicht wie groß er war, dick, dünn oder sonst etwas Auffallendes?“

„Nein, absolut nichts.“

Er spricht mit fester Stimme, so gut es eben möglich ist. Dann geht er wieder zum Bett und setzt sich hin.

„Verstehe. Wir danken Ihnen Herr Winter. Sie haben uns sehr geholfen. Wir werden uns vielleicht später nochmals mit Ihnen unterhalten müssen.“

Auf dem Flur bleibt Eisenstein stehen und sieht Ronni an.

„Und jetzt? Was bringt uns diese Aussage. Wir sind dem Täter keinen Schritt näher gekommen. Das Einzige, was wir wissen ist, dass David Winter ein Spanner ist.“

Ronni sagt nichts. Manchmal ist es besser, Frank Eisenstein gegenüber zu schweigen. Er hat das Gefühl, wenn er etwas sagen würde, könnte das Eisenstein in Rage bringen. Eisenstein hasst nichts mehr, als wenn alle Bemühungen erfolglos bleiben und alle Spuren im Nichts enden.

Beiden ist klar, dass die Zeit drängt, wenn sie etwas erreichen wollen.

*

Für David ist die Nacht alles andere als erholsam. Er wälzt sich im Bett hin und her. Seine Gedanken kreisen um das Gespräch mit den beiden Kommissaren und natürlich um Anna.

Wird die Polizei Anna finden? Lebt sie überhaupt noch?

David hat ein schlechtes Gewissen. Die beiden Kriminalbeamten waren nett zu ihm gewesen und er hatte ihnen fast alles erzählt, was er Samstagabend gesehen hatte – aber nur fast alles.

Als er gesehen hatte, wie Alexander Anna entführte, hatte er nicht reagiert. Er hatte Anna ihrem Schicksal überlassen. Diesen Fehler will er wieder gutmachen, wenn es nicht bereits zu spät dafür ist.

Die Sonne ist gerade aufgegangen. David steht auf, erledigt seine Morgentoilette und zieht sich an. Er muss sich beeilen. Er will zum Krankenhaus und vor dem Frühstück wieder zurück sein. Sollte er es nicht schaffen, ist das auch kein Beinbruch, denn Hunger verspürt er keinen. Dafür ist er viel zu angespannt.

Bevor er losgeht, ordnet er wieder Bett und Bettdecke so an, dass man auf den ersten Blick den Eindruck hat, es läge jemand im Bett, der sich die Bettdecke über den Kopf gezogen hat und schlafen würde.

David bemerkt nicht, dass sich die Zimmertür öffnet.

„Griaß di God. Do legst di nieda. Du bist ja kreativ, wia i sig. Wo gehst denn hi?“

Rupert steht plötzlich hinter David, der wie von der Tarantel gestochen herumfährt.

„Wie kommst du denn hier herein? Was willst du?“

„Die Tür war offen und i wollt mal sehn, was du machst.“

„Findest du nicht auch, dass es noch viel zu früh für einen Besuch ist?“

„Ja mei. Sei ma ned bäs. Oiso, wo wuist hi?“

„Ich muss ins Krankenhaus. Mein Bruder ... er hatte einen Verkehrsunfall. Bin zum Frühstück wieder da. Aber halt den Mund. Das geht keinen etwas an.“

„Versteh di scho. Bassd scho. Fürs schweigen kriag i fünf Euro.“

„Du bist ein Halsabschneider. Aber okay.“

David nimmt seine Geldbörse und gibt ihm das Geld.

„Dangschee. Habedehre, gfreid me. Und servus."

Damit ist Rupert auch bereits so leise wie er gekommen ist, zur Tür hinaus.

David hat keine Zeit, über diesen unverschämten Erpresser nachzudenken. Er hastet die Treppen hinunter in den Keller und von dort in den Park, wo sein Fahrrad steht.

Er vermutet, dass Alexander ins Troisdorfer St. Josef-Hospital gebracht wurde. Das Krankenhaus befindet sich in der Stadtmitte und ist in wenigen Minuten für ihn erreichbar.

Es ist noch ruhig im Eingangsbereich des Krankenhauses. Die Dame am Empfang wirkt müde und ist sicher froh, wenn ihr Dienst in Kürze zu Ende ist.

„Guten Morgen, können Sie mir sagen, wo ich Herrn Alexander Winter finde?"

Die Frau bearbeitet die Tastatur ihres Computers.

„Der liegt in der zweiten Etage auf der Intensivstation. Da können Sie jetzt nicht hin."

„Schade. Vielen Dank."

David schlendert durch den Eingangsbereich. Mal in die eine, mal in die andere Richtung. Mit einem Mal ist er im Aufzug verschwunden.

Der Flur der zweiten Etage ist leer. Scheinbar sind die Schwestern im Schwesternzimmer. Ein kurzer Blick nach rechts und links und er hat das Schild mit der Aufschrift „Intensivstation" entdeckt.

Hinter einem Empfangstresen hebt eine Schwester wegen der frühen Störung missmutig den Kopf.

„Mein Bruder ist hier. Alexander Winter. Kann ich kurz zu ihm?"

„Nein, das geht auf keinen Fall."

„Geht es ihm so schlecht? Ich möchte ihn nur ganz kurz etwas fragen. Es ist wichtig. Sehr wichtig."

„Ich habe doch gesagt, das geht nicht. Ihr Bruder liegt im Koma. Sie können ihn nicht sprechen."

„Darf ich ihn dann nur kurz sehen? Wirklich nur ganz kurz."

„Sie nerven. Na gut, kommen Sie mit. Aber nur ansehen, nichts fragen und nichts sagen. Er kört Sie sowieso nicht."

David folgt der Schwester bis zum Fußende eines Bettes.

Soll das sein Bruder sein? Der Kopf ist eingewickelt mit weißen Verbänden. Beide Arme sind ebenfalls verbunden und mit einer Art Aufzug hochgezogen. Ein Bein liegt auf der Decke, von oben bis unten ebenfalls mit Verbänden eingewickelt. An beiden Seiten des Bettes stehen Geräte und Monitore, mit denen Alexander verbunden ist. Sie geben alle unterschiedliche Geräusche und Töne ab.

Ein wenig spürt er Mitleid mit seinem Bruder bei sich aufkommen. Er unterdrückt diesen Anflug von Gefühl. Alexander hat es nicht verdient, sagt er sich. Trotzdem fühlt er sich wegen seiner Härte ein wenig unmoralisch.

Ihm ist klar: Diesem Mann kann man vorerst keine Fragen stellen.

Er ist enttäuscht. Er hatte so sehr gehofft, Alexander würde ihm die Stelle nennen, an der er Anna versteckt hält.

Was jetzt? Die letzte Hoffnung Anna zu finden ist dahin und sie selbst wird nicht in der Lage sein, sich zu befreien und zu fliehen. Irgendwann in den nächsten Tagen wird er in der Zeitung lesen können, was mit Anna geschehen ist. Wie man sie gefunden hat und in welchem Zustand sie ist.

Hoffentlich überlebt sie, denkt er. Es ist ihm egal, dass ihm einige Tränen in die Augen steigen, wenn er sich Annas Schicksal vorstellt.

Er verlässt niedergeschlagen und resigniert die Klinik und radelt langsam zurück.

33

Eine lange, endlos scheinende Nacht liegt hinter Frank Eisenstein und Ronni Kern. Sie haben sich gemeinsam nochmals alle Bilder der Tatorte der Vergewaltigung, des Mordes an Elvira Blumenröder und der Wohnung von Anna Reinders angesehen und die Protokolle gelesen. Wo sind Gemeinsamkeiten, wo Besonderheiten, wo Hinweise, die auf einen möglichen Täter schließen lassen?

Haben sie etwas übersehen? Nein. Sie können keine Gemeinsamkeiten bei den betroffenen Frauen finden. Weder vom Wohnort her, noch vom Sportverein oder von Freunden und Bekannten. Die Frauen hatten keinen Kontakt zueinander. Sie kannten sich nicht. Folglich hat der Täter seine Opfer wahllos ausgewählt. Die einzige Gemeinsamkeit, die alle Frauen miteinander hatten – sie waren alle hübsch und attraktiv.

Inzwischen wird auch die Presse ungeduldig, die von der Entführung Wind bekommen hat. Die regionalen Medien, für die bereits die Vergewaltigung an Mia Stein und der Mord an Elvira Blumenröder ein Fressen war, titeln jetzt bei der Entführung der blinden Anna Reinders in großen Lettern:

„HILFLOSE, BLINDE FRAU ENTFÜHRT“, „KOMMISSARE TAPPEN IM DUNKELN“, oder „SIND UNSERE FRAUEN NOCH SICHER?“ So und ähnlich lauten die täglichen Schlagzeilen in der Presse. Die Archive wurden durchforstet und ein Bild von Annas Unfall veröffentlicht. Reporter treibt es immer wieder zum Haus von Anna, wo sie Fotos aus allen möglichen Blickwinkeln schießen.

Doch was kann die Polizei unternehmen? Dazu geben sie keinerlei Hinweise oder Anregungen.

Frank Eisenstein und Ronni Kern sehen keine Möglichkeit, die Sicherheit aller hübschen und attraktiven Frauen in der Stadt zu garantieren. Ebenso ist es unmöglich, alle leer stehenden Gebäude, Hütten oder alle Keller nach Anna zu durchsuchen.

Was die Presse schreibt, interessiert die Beamten grundsätzlich nicht. Es ist Aufgabe des Chefs, Antworten zu finden und zu geben.

Eisenstein kann sich mit der Erfolglosigkeit nicht abfinden. Er leidet, weil er den bisherigen Opfern nicht helfen konnte und mögliche weitere Taten nicht verhindern kann.

Ob Anna noch lebt, bezweifelt er. Der Tod ist meistens schneller als er. Er muss diesen Wahnsinnigen stoppen.

Ronni und er haben nur ein paar Stunden auf einer Liege im Bereitschaftszimmer geschlafen – das muss reichen.

Ronni hat einen seiner berüchtigten, starken Kaffees aufgegossen. Der hilft immer gegen Übermüdung und macht wieder frisch, zumindest für die nächsten ein, zwei Stunden.

Eisenstein sitzt an seinem Schreibtisch und dreht die Kaffeetasse in den Händen. Er grübelt. Der Rest des Kaffees in der Tasse ist inzwischen kalt geworden.

Ronni steht am Fenster. Das Wetter ist umgeschlagen, was nach der Schwüle vorhersehbar war. Am Abend hat es angefangen stark zu regnen und ein böiger Wind ist aufgekommen. Dicke, schwere Tropfen klatschen gegen die Scheibe.

In ihren Ermittlungen und Überlegungen hat sich die Geschwindigkeit der Zeit geändert. Sie schleppt sich langsam so dahin. Leider ist es ihnen bisher nicht gelungen, eine Spur, wenn auch eine noch so kleine, zu finden. Sie treten auf der Stelle.

„Ronni“, der Name durchdringt die Stille des Raumes.

Ronni, der in der Besucherecke in einem Sessel ebenfalls seinen Gedanken nachhängt, schreckt zusammen. Eisenstein schaut ihn wie abwesend an. Ronni kennt den alten Fuchs genau. Das ist ein Zeichen dafür, dass Eisenstein eine Idee hat, die noch nicht ganz ausgereift ist. Er benötigt die Hilfe seines Kollegen. Ronni sagt zuerst nichts. Er wartet ab, denn er weiß, dass Eisenstein jeden Moment loslegen wird.

„Der Mann, der Anna verschleppt hat, hatte es doch sicherlich eilig“, sinniert Eisenstein.

Ronni kann nicht widersprechen.

„Wahrscheinlich“, ist sein Kommentar.

„An einigen Stellen in und außerhalb der Stadt stehen Radargeräte. Womöglich wurde er geblitzt. Was hältst du von dem Gedanken?“

„Mensch Frank, wieso bist du nicht früher darauf gekommen. Ich bin schon unterwegs. Vielleicht sind die dafür zuständigen Kollegen schon im Dienst.“

Ronni springt auf und verschwindet durch die Tür. Es ist gerade sieben Uhr.

Eisensteins Miene hellt sich auf. Er fährt sich wie so oft mit der Hand durch seine Stoppelhaare und lehnt sich im Schreibtischsessel zurück. Ja, das ist eine Chance. Vielleicht haben sie Glück.

Es dauert mehr als eine Stunde, bis Ronni ins Büro stürmt. In der Hand hält er einen Stapel großformatiger Fotos.

Mit einem Schwung wirft er die Bilder vor Eisenstein auf den Schreibtisch, zieht sich einen Stuhl heran und nimmt neben seinem Kollegen Platz.

„Dann wollen wir mal. Das sind die Fotos von Samstag nach achtzehn Uhr", sagt Ronni hoffnungsvoll.

Das erste Bild zeigt eine Frau in einem Golf, das zweite einen Mann in einem LKW. Es folgen ein Audi und ein weiterer Golf. Der Stapel ist fast zu Ende.

Ronni ruft freudig aus: „Da ist er, ein schwarzer BMW."

Ronni und Frank beugen sich gleichzeitig über das Foto. Ein Mann sitzt am Steuer. Das Foto zeigt am unteren Rand die Uhrzeit: Zweiundzwanziguhrzweiunddreißig. Das Kennzeichen ist klar zu erkennen.

Vorsichtshalber schauen sie noch die restlichen Bilder durch. Einen zweiten schwarzen BMW finden sie nicht.

Ronni gibt die Daten in den PC ein und sucht Name und Anschrift heraus. In der Zwischenzeit hat Eisenstein bereits seine Krawatte gebunden und sein Sakko angezogen. Er steht in der Tür und wartet.

„Wir haben ihn!", ruft Ronni.

„Wie heißt er und wohin fahren wir?"

„Alexander Winter, wohnt in Troisdorf-Spich. Ich hole mir schnell noch mein Sakko, dann können wir."

„Moment!", sagt Eisenstein und bleibt stehen.

„Alexander Winter? Unser Spanner heißt ebenfalls Winter aber der hat kein Auto. Vielleicht sein Bruder oder ein anderer Verwandter?"

„Natürlich. Ist bestimmt der Bruder. Wir werden sehen."

Eisenstein lässt Ronni den Vortritt am Steuer. Er ist ein exzellenter Fahrer, der keine Zeit verlieren wird.

Ein glücklicher Zufall hat ihnen vielleicht weitergeholfen. Womöglich handelt es sich bei dem geblitzten BMW tatsächlich um den BMW, den David gesehen hat. Einige Indizien sprechen dafür. Farbe des Wagens und Zeitpunkt passen. Wie sagt Eisenstein in solchen Situationen: „Nur dem Tüchtigen hilft das Glück."

*

Bei Ermittlungen gibt es nur selten Glück. Durch pedantische Kleinarbeit wird meistens ein Puzzle zusammengesetzt, das am Ende zum Erfolg führt. Frank Eisenstein und Ronni Kern haben keine Puzzleteile, die sie zusammensetzen können. Sie haben jetzt anscheinend einmal dieses seltene Glück.

Sie haben den BMW aufgespürt und den Halter des Wagens ermittelt. Doch direkt neben dem Glück befindet sich das Pech. Ein kleiner Schlenker des Schicksals, und im nächsten Augenblick kann das Pech wieder zuschlagen. Beide wissen das, als sie zu der Anschrift von Alexander Winter fahren.

Noch einmal haben Sie ein wenig Glück, als sie einen Parkplatz direkt vor dem Haus bekommen, in dem Alexander Winter wohnt. Es regnet in Strömen und hin und wieder mischt sich ein Blitz mit anschließendem Donner ein. Einen Schirm haben sie nicht dabei, daran hat keiner der beiden in der Eile gedacht. Die wenigen Schritte bis zum Hauseingang reichen aus, dass das Regenwasser ihnen über den Kopf bis in den Hemdkragen läuft.

Über dem Hauseingang ist ein kleines Regendach angebracht und sie können sich die Nässe aus dem Gesicht wischen. Auf dem Klingelschild steht „Winter/Giesecke. Es dauert lange, bis die Haustür geöffnet wird.

„Guten Morgen Frau Winter. Mein Name ist Frank Eisenstein, dies ist mein Kollege Ronni Kern. Entschuldigen Sie bitte die frühe Störung. Wir hätten gerne Ihren Mann gesprochen", sagt Eisenstein freundlich.

„Ja, den hätte ich auch gerne gesprochen. Mein Name ist Giesecke, mein Mann heißt Winter“, entgegnet Frau Giesecke erregt.

Sie sitzt im Rollstuhl und ihr Gesicht ist puterrot. Seitdem ihr Mann den Unfall hatte, hat sich ihr Blutdruck extrem erhöht.

„Heißt das, Ihr Mann ist nicht da? Wo können wir ihn sprechen?“, fragt Ronni.

„Meinen Mann können Sie nicht sprechen. Er hatte gestern einen Unfall. Direkt hier vor der Haustür. Ein Wagen hat ihn einfach umgefahren, als er in seinen Wagen einsteigen wollte.“

„Das tut mir leid. Dürfen wir reinkommen und uns in Ruhe unterhalten? Vielleicht können auch Sie unsere Fragen beantworten“, fragt Eisenstein.

Ohne eine Antwort abzuwarten drückt er sich an der Frau vorbei und will den Rollstuhl an der Rückenlehne umdrehen und nach innen ziehen.

„Lassen Sie das. Ich kann schon allein fahren“, sagt Frau Giesecke bissig.

Eisenstein lässt den Rollstuhl los.

„Dann kommen Sie halt hinein“, sagt sie unwirsch.

Frau Giesecke dreht sich mit dem Rollstuhl um und fährt voran ins Wohnzimmer. Die Kommissare folgen. Sie platziert den Rollstuhl vor einen eleganten Glastisch und fordert die Kommissare auf, in den beiden bequemen Ledersesseln Platz zu nehmen.

Ronni ist angespannt und sieht sich aufmerksam nach allen Seiten um. Er will keine unliebsame Überraschung erleben. Vielleicht lügt die Frau und ihr Mann ist doch zu Hause, denkt er.

„Dann erzählen Sie einmal, was mit Ihrem Mann geschehen ist und wie es ihm geht“, fordert Eisenstein die Frau auf.

Frau Giesecke berichtet, dass ihr Mann irgendwann nach dem Frühstück am Sonntag wegfahren wollte. Wann das genau war und wohin er fahren wollte, kann sie nicht sagen. Er wollte wahrscheinlich gerade in das Auto einsteigen, als ein heranrasender PKW ihn erfasst hat. So berichtete ihr zumindest die Polizei, erzählt sie ohne besondere Anteilnahme. Sie hat den Unfall nicht gesehen.

„Und er hat Ihnen nicht gesagt, wohin er wollte und wann er wieder zurück sein würde?“

„Nein, das macht er grundsätzlich nicht. Keine Ahnung, wo er sich immer herumtreibt. Er hat sonntags meine Pflege zu übernehmen, das haben wir vereinbart. Aber das schert ihn einen Dreck. Es ist einfach kein Verlass auf ihn“, tobt sie.

Frau Gieseckes Gesicht hat eine noch tiefere rote Färbung angenommen.

„Welches Auto fährt Ihr Mann?“, schaltet sich Ronni ein.

„Einen 7er BMW. Verdammt teuer. Den habe ich ihm geschenkt, als es mir noch gut ging. Von seinem mickrigen Gehalt als Verkaufsfahrer bei der Firma *Tiefkühlfavorit* kann er sich so ein Spielzeug nicht leisten.“

„In welchem Krankenhaus liegt Ihr Mann?“

„Ich glaube, hier in Troisdorf.“

„Sie glauben?“, hakt Eisenstein nach.

„Ja, was interessiert es mich. Ich will ihn sowieso nicht besuchen.“

„Ist er denn ansprechbar?“

„Nein, soviel man mir gesagt hat, liegt er im Koma. Er kann froh sein, dass er noch lebt.“

Eisenstein schaut Ronni an, der stumm nickt. Enttäuschung liegt in ihren Blicken. Von Frau Giesecke ist keinerlei Hilfe zu erwarten.

Sie bedanken sich für die bereitwillige Auskunft und verlassen das Haus.

Eisenstein hätte gerne erfahren, was der Grund für ihre Behinderung ist, vermied jedoch nachzufragen. Wahrscheinlich hätte sie den Grund theatralisch und ausschweifend erzählt, um dann über ihren Mann herzuziehen und ihre Situation und ihr Leid in allen möglichen Facetten darzulegen. Für ihren Fall hätte es keinerlei Relevanz. Eisenstein hat nicht die Nerven, sich dies alles anzuhören.

Draußen ist ein Sturm aufgezogen, der ihnen den Regen ins Gesicht schlägt. Klatschnass steigen sie ins Auto ein.

Zunächst sagt keiner der beiden Kommissare ein Wort. Die Enttäuschung ist zu groß. Sie hatten so viel Hoffnung in diesen Besuch gesetzt. Und jetzt das. Auch diese Fährte scheint ins Leere zu laufen. Trotzdem wollen sie im Krankenhaus anrufen und nachfragen, ob Alexander Winter ansprechbar ist.

„Frau Giesecke macht nicht den Eindruck einer glücklich verheirateten Ehefrau. Sie wirkt verbittert und ist anscheinend überhaupt nicht gut auf ihren Mann zu sprechen“, sagt Ronni, als sie sich das Gesicht ein wenig abgetrocknet haben und er losgefahren ist.

„Dass die Frau behindert ist, ist für ein Ehepaar in den besten Jahren mit Sicherheit eine enorme Belastung“, entgegnet Eisenstein.

„Ich glaube, beide Eheleute haben sich nicht mehr viel zu sagen. Jeder scheint sein eigenes Leben zu leben. Es ist doch nicht normal, dass ein Mann seine behinderte Frau verlässt, ohne zu sagen, wohin er fährt und wann er wieder zurück sein wird. Und das, obschon sie auf seine Hilfe angewiesen ist“, meint Ronni.

„Die Frau scheint überhaupt nicht zu wissen, was ihr Mann so treibt. Er verheimlicht ihr gegenüber einiges. Ich denke, dass es ihr auch egal ist.“

„Er ist Verkaufsfahrer, wie sie sagte. Als Verkaufsfahrer für Tiefkühlkost kommt man mit einer Menge Menschen in Kontakt. Hauptsächlich mit Frauen. Vielleicht hat er dadurch die Frauen gefunden?“, überlegt Ronni.

„Er kann sich sogar die Frauen aussuchen, die ihm gefallen und die alleinstehend sind und die er einfach überwältigen kann. Ein perfekter Selbstbedienungsladen für Vergewaltiger“, ergänzt Eisenstein.

Ronni Kern als auch Frank Eisenstein sind davon überzeugt, dass Alexander Winter ihr Mann ist.

*

Wenn Logik, Fleiß und Intuition nicht weiterhelfen, hilft manchmal der Zufall.

Frank Eisenstein und Ronni Kern stehen vor der Aufzugstür im Polizeipräsidium und warten auf den Aufzug. Sie sind völlig durchnässt und die Kleidung klebt ihnen am Körper. Ihre Körperhaltung, mit nach unten gerichtetem Blick, dokumentiert ihre Niedergeschlagenheit. Zu ihnen gesellen sich zwei Kolleginnen vom Streifendienst. Die beiden Frauen unterhalten sich über einen Verkehrsunfall. Frank und Ronni hören nicht hin. Die Fahrstuhltür öffnet sich und Eisenstein und Ronni steigen zusammen mit den Kolleginnen ein. Im weiteren Gespräch der Frauen fallen die Worte „schwarzer BMW“ und Eisenstein ist plötzlich hellwach.

„Guten Tag, meine Damen. Ich höre, sie sprechen von einem schwarzen BMW. Können wir uns darüber eingehender unterhalten? Darf ich Sie bitten, mit uns in mein Büro zu kommen?“

Ronni schaut Eisenstein überrascht an, als er die ungewohnte Freundlichkeit seines Kollegen vernimmt. Der Aufzug erreicht die erste Etage, wo sich Eisensteins Büro befindet und die Aufzugstür öffnet sich.

Die Polizistinnen mustern zuerst Eisenstein dann Ronni Kern, die wie zwei begossene Pudel vor ihnen stehen.

„Leider geht das nicht“, sagt die eine der beiden Damen und kann sich ein Grinsen nicht verkneifen.

„Ich weiß nicht. Wollen Sie sich nicht zuerst einmal umziehen? Sie holen sich noch eine Erkältung, so nass wie Sie sind.“

„Nein, nein, das geht schon. Wir haben Wichtigeres zu tun. Kommen Sie bitte mit?“, sagt Eisenstein und wischt sich mit dem Ärmel seiner Jacke das Gesicht ab.

„Wir haben einen Termin bei unserem Chef. Und der reißt uns den Kopf ab, wenn wir nicht pünktlich sind“, flötet die jüngere der beiden mit ungewöhnlich hoher Stimme.

Eisenstein blockiert die Aufzugstür.

„Lassen Sie das nur meine Sorge sein. Ich bin Kommissar Eisenstein und Ihre Angaben könnten enorm wichtig für uns sein.“

Eisenstein drängt die Frauen hinaus. Etwas widerwillig, aber auch von einer gewissen Neugier getrieben, folgen die beiden Polizistinnen dem Kommissar. Ihre Angaben sollen für einen Kommissar wichtig sein. Sie fühlen sich geschmeichelt.

In seinem Büro angekommen, legt Eisenstein sofort los.

„Nun berichten Sie uns bitte, was es mit dem schwarzen BMW auf sich hat.“

Beide Kolleginnen schauen sich an und die ältere der beiden beginnt. Sie berichtet von einem Unfall in Troisdorf-Spich.

„Der Fahrer ist ins St. Josef-Hospital eingeliefert worden“, ergänzt die Jüngere pflichtbewusst.

„Auf unserer heutigen Streifenfahrt haben wir festgestellt, dass der PKW des Unfallverursachers noch immer auf dem Bürgersteig in der Nähe der Unfallstelle steht“, fährt die Ältere fort.

„Diese Nachlässigkeit der Kollegen, die den Unfall aufgenommen haben, müssen wir nun ausbügeln und den PKW abschleppen lassen“, beschwert sich die Jüngere.

„Sie wissen doch, Herr Kommissar. Wir müssen noch einmal zum Unfallort hinfahren, die Abschleppung einleiten und überwachen, einen Bericht schreiben und ... und... und ...“, fährt sie fort.

„Ja, ja. Ich verstehe. Sie haben uns sehr geholfen. Sollte Ihr Chef wegen der Verspätung Ärger machen, sagen Sie ihm, dass sie bei der Aufklärung eines Mordes und einer Entführung geholfen haben – vielleicht sogar entscheidend“, lächelt Eisenstein und zwinkert Ronni mit einem Auge zu.

Beim Hinausgehen dreht sich die ältere der beiden Polizistinnen nochmals um und meint:

„Ach, Herr Kommissar, da ist noch etwas Seltsames. Wir haben uns auch das Auto des Verletzten angesehen. Auf dem Rücksitz lag eine Tasche mit verschiedenen Frauenkleidungsstücken und zwei Flaschen Wasser.“

Eisenstein und Ronni Kern schauen sich vielsagend an. Das könnte ein wichtiger Hinweis sein – eventuell auf Anna Reinders? Vielleicht sollten die Kleidungsstücke für sie sein, schließlich hatte sie vermutlich nur Nachtbekleidung an, als sie entführt wurde.

Wie aus dem Nichts hatte sich plötzlich eine neue Spur ergeben. Aber führt diese Spur auch dazu, Anna zu finden?

„Das ist eine wichtige Information. Es ist gut, dass Sie so umsichtig gehandelt haben. Wir danken Ihnen sehr und wünschen Ihnen eine guten Tag."

Nachdem die Polizistinnen das Büro verlassen haben, ruft Ronni im Krankenhaus an. Zunächst will der Stationsarzt keine Auskunft über den Zustand von Alexander Winter geben. Erst auf massives Zureden von Ronni lässt er sich zu der Aussage herab, dass Herr Winter unter Umständen noch Tage im Koma liegen wird und in absehbarer Zeit nicht vernehmungsfähig ist.

Ronni flucht leise. Erneut ein Schuss ins Nichts und die Uhr tickt unerbittlich weiter. Die Zeit läuft ihnen davon – besonders jedoch Anna Reinders.

Draußen blitzt und donnert es. Die Schleusen des Himmels öffnen sich immer weiter und der Regen prasselt wie aus Eimern nieder. Das Wetter spielt nach den vorherigen warmen Tagen verrückt. Kein gutes Omen.

34

Anna wird durch einen starken Geräuschpegel wach. Sie kennt das Geräusch, aber im Augenblick kann sie es nicht einordnen. Um sie herum prasselt es. Auch die Quelle kann sie nicht lokalisieren. Es kommt von oben, von den Seiten, von überall her.

Plötzlich ein gewaltiger Knall. Sie zuckt zusammen und aus einem Reflex schlägt sie die Hände vors Gesicht. Eine Bombe? Eine Explosion? Dann ein tiefes, lang anhaltendes Grollen. Danach ist wieder Ruhe, nur das unüberhörbare Prasseln bleibt.

Endlich begreift sie. Ein Gewitter. Das Prasseln rührt vom starken Regen her, der unablässig auf das Dach hämmert und gegen die Scheibe schlägt.

Sie erhebt sich und tastet sich langsam zum Fenster. Keine wärmenden Sonnenstrahlen bescheinen ihr Gesicht. Die Scheibe fühlt sich kalt an. Trotzdem hat sie das Gefühl, dass es Tag ist. Immer wieder lassen Donnerschläge sie zusammenzucken. Mit der Zeit wird das rollende, mahlende Geräusch leiser. Nur das Prasseln des Regens bleibt.

Anna erinnert sich an eine chinesische Geschichte, die sie vor Jahren gelesen hat.

In einem Satz, der auf Konfuzius zurückzuführen ist, heißt es: *Grollt der Donner, so spricht der Himmel.*

In vielen Kulturen gilt der Gott des Donners als Wagenlenker, als Bild für den Lenker des Schicksals.

Hat der Himmel zu ihr gesprochen? Lenkt ein Gott ihr Schicksal und ist es vorausbestimmt?

Ein kalter Schauer läuft ihr über den Rücken. Für wenige Augenblicke hat sie ihre Situation vergessen. Aber nur für wenige Augenblicke, dann hat die Realität wieder Besitz von ihr ergriffen. Sie hat Angst.

Wieso kommt Alex nicht? Hat er sie vergessen? Bestimmt nicht, ist sie überzeugt.

Vielleicht ist er unverhofft erkrankt oder die Polizei hat ihn festgenommen und er sagt nicht, wo er sie gefangen hält.

Ihr Magen knurrt. Sie ist hungrig und durstig. Sie tastet sich an der Wand entlang zum Waschbecken und dreht den Wasserhahn bis zum Anschlag auf. Nichts. Kein Tropfen Wasser.

Soll das ihr Schicksal sein. Was hat der Lenker ihres Schicksals mit ihr vor? Soll ihr Leben in diesem Loch beendet sein?

Sie kann und will sich nicht ihrem Schicksal ergeben!

Nach ihrem Unfall ist sie zu einer richtigen Kämpferin geworden. Ihre Psychologin sagte einmal eindringlich zu ihr: „Anna, du kannst kämpfen. Du musst kämpfen. Du schaffst das. Kämpfe um dein Leben.“

Heute passen diese Worte mehr zu ihrer Situation als damals. Und damals hatte sie gekämpft und es geschafft. Heute wird sie erneut kämpfen, und sie wird es heute genauso schaffen, macht sie sich Hoffnung.

Der Fluchtinstinkt in ihr ist in vollem Umfang erwacht.

Sie wartet, bis kein Donnergrollen mehr zu hören ist und der Regen nachlässt. Dann geht sie in Richtung Tisch und tastet nach dem Stuhl. Sie findet ihn sofort und zieht ihn zum Fenster hinüber. Noch einmal tastet sie die Glasscheiben und den Rahmen ab. Es sind vier kleine Scheiben, die durch ein Holzkreuz gehalten werden.

Sie stellt sich neben das Fenster und besinnt sich. Soll sie es wirklich tun oder besser noch abwarten? Wenn sie warten soll, wie lange soll sie warten? Einen Tag, zwei Tage? Sie hat kein Wasser und keine Nahrung mehr. Und was geschieht, wenn sie weiter abwartet und Alex tatsächlich kommt?

Der Regen hat nachgelassen.

Nein, sie wird nicht warten. Sie muss etwas unternehmen – jetzt oder nie.

Entschlossen hebt sie den Stuhl und mit der ganzen Kraft, die ihr zur Verfügung steht, schlägt sie den Stuhl gegen das Fensterkreuz.

Sie hört Glas zersplittern und Holz brechen. Den Stuhl wirft sie achtlos hinter sich. An verschiedenen Stellen ihrer nackten Beine spürt sie einen leichten Schmerz. Vermutlich haben einige Glas- oder Holzsplitter ihr Bein getroffen. Sie wischt mit einem Finger über eine Stelle und steckt den Finger in den Mund. Er schmeckt nach Blut.

Was soll's. Es wird nur ein kleiner Schnitt sein, denkt sie.

Auf Zehenspitzen macht sie vorsichtig einige Schritte zum Tisch. Sie ist barfuß und der Boden ist mit Sicherheit von Scherben übersät. Mehrmals hat sie das Gefühl, auf Scherben zu treten, ohne sich jedoch zu verletzen. Sie nimmt die Decke. Für den Rückweg zum Fenster bewegt sie sich in einem kleinen Bogen und kann dadurch den meisten Scherben entgehen.

Am Fenster legte sie die Decke zum Schutz über einen Arm und tastet den Fensterrahmen ab. An manchen Stellen stecken noch Scherben im Rahmen, die sie mit dem geschützten Arm herausschlägt.

Nach kurzer Zeit ist der Rahmen von allen größeren Splittern befreit. Sie legt die Decke zur Sicherheit über Rahmen und Fensterbank.

Mit beiden Händen stemmt sie sich auf den Rahmen und drückt sich hoch, sodass sie auf dem Rahmen kniet. Kopf und Rumpf muss sie stark nach vorne beugen, um nicht mit dem Kopf an den oberen Rahmen zu stoßen.

Dann streckt sie die Beine langsam und vorsichtig nach vorne. Sie sitzt im Fenster und ihre Beine baumeln nach draußen. Es regnet im Moment nur wenige Tropfen aber es ist kalt, im Gegensatz zu den vorherigen Tagen.

Sie bleibt sitzen und überlegt, zweifelt und wägt noch einmal alle Möglichkeiten ab. Sie hat nur zwei Optionen – bleiben oder fliehen. Sie hat sich für die Flucht entschieden, also muss sie springen. Wenn sie sich recht erinnert, ist sie zwei Stufen hochgestiegen, als Alex sie in dieses Gefängnis brachte. Zwei Stufen – ein Sprung von ihrem Sitzplatz aus von vielleicht einem Meter. Ein kleiner Sprung in die Freiheit aber auch in eine unbekannte Welt.

Mit einem Mal ist sie sich sicher – sie springt.

Auch wenn es sich vielleicht nur um einen Meter handelt, landet sie hart auf umherliegenden Steinen, Glasscherben und Holz vom Fenster. Sie bleibt stehen und bewegt sich nicht. Einmal, zweimal tief durchatmen. Sie unterlässt es, ihre Füße auf Schnitte hin zu untersuchen. Sie kann eh nichts daran ändern.

Wie soll es jetzt weitergehen? Ihr Gefängnis hat sie erkundet und kennt jede Wand und jede Ecke. Jetzt befindet sie sich an einem völlig unbekannten Ort. Alle ihre Sinne sind aufs Höchste angespannt.

Anna versucht logisch zu denken. Sie nimmt die Decke aus dem Fenster und legt sie sich um die Schulter. Sie tut gut gegen die Kälte und Nässe. Zusätzlich bietet sie die einzige Möglichkeit, ihre Blößen zu bedecken, denn sie ist nur mit einem Nachthemd bekleidet.

Sie orientiert sich.

Als sie am Tisch saß, befand sich hinter ihr die Eisentür. Vor ihr war das Fenster Jetzt steht sie mit dem Rücken zum Fenster. Um zur Eingangstür zu gelangen und damit wahrscheinlich auch zu einer Straße oder zu einem Weg, muss sie sich links halten.

Sie macht vorsichtig einen Schritt nach links. Bevor sie den Fuß aufsetzt, tastet sie den Untergrund mit dem Fuß ab. Auf diese Weise macht sie langsam Schritt um Schritt. Da sie ihren Blindenstock nicht hat, müssen ihre Füße dessen Aufgabe übernehmen.

Nach mehreren Schritten wird der Boden glatt und eben. Er fühlt sich wie Asphalt an. Vor dem nächsten Schritt bemerkt sie, dass sie an einer scharfen Kante angekommen ist. Ungefähr zehn Zentimeter unterhalb der Kante spürte sie erneut Asphalt. Sie vermutet, dass sie an einer Bordsteinkante steht.

Jetzt hat sie die nächste Entscheidung zu treffen. Soll sie nach rechts oder nach links ihren Weg fortsetzen? Sie horcht. Der Regen ist wieder stärker geworden und überdeckt fast alle Geräusche. Aus der Ferne dringen Autogeräusche an ihr Ohr. Sie kann trotz Anstrengung nicht genau orten, woher die Geräusche kommen. Einmal ist sie der Meinung, sie kommen von rechts, einige Sekunden später denkt sie, sie kommen von links. Wieder einige Augenblicke später ist sie überzeugt, weit entfernt gegenüber von sich Autogeräusche zu hören. Sie bleibt lange stehen und strengt ihr Gehör an und denkt nach.

Die Bordsteinkante führt nach links und nach rechts. Wenn die Geräusche von vorne zu ihr dringen, muss sie den Weg oder die Straße überqueren.

Den Bürgersteig verlassen und die Straße überqueren will sie nicht. Es ist zu ungewiss, was sie auf der gegenüberliegenden

Seite erwartet. Hier hat sie einen Bordstein, an dessen Kante sie sich orientieren kann. Wer weiß, ob es drüben auch eine Bordsteinkante gibt.

Sie entscheidet sich, den Weg nach rechts fortzusetzen.

Langsam macht sie Schritt für Schritt. Zuerst den Boden mit den Zehenspitzen abtastend. Immer weiter entfernt sie sich von ihrem Gefängnis, der Freiheit entgegen. Ihre Stimmung hellt sich auf. Sie hat gewusst, dass sie es schaffen wird.

Dann endet die Bordsteinkante.

35

Ronni Kern macht in Gedanken eine Bestandsaufnahme. Dabei schaut er seinen Kollegen Frank Eisenstein ratlos an.

Sie hatten noch nie einen Fall, der ihnen so viel Kopfzerbrechen bereitet hat und in dem sie nur Zuschauer waren, wie bei diesem Fall. Was haben sie? Sie haben ein Vergewaltigungs-, ein Mord- und ein Entführungsopfer. Sie haben zwar auch einen mutmaßlichen Täter, der aber anscheinend keine Spuren hinterlassen hat. Von dem Entführungsopfer weiß niemand, wo der Täter es gefangen hält. Der Täter selbst hatte einen Unfall und ist nicht vernehmungsfähig, vielleicht kämpft er sogar ums Überleben. Ein niederschmetterndes Ergebnis.

„Was unternehmen wir jetzt?"

„Mmh", macht Eisenstein und fährt sich zum wiederholten Mal mit den Fingern durch seine Haare.

„Wo könnte er hin sein?", fragt er gedankenverloren.

„Wie meinst du das?", fragt Ronni.

„Ja nun, wo könnte Alexander Winter hingefahren sein, als er geblitzt wurde?"

„Keine Ahnung", entgegnet Ronni schulterzuckend.

„Wenn du so schnell fährst, dass du mit 86 km/h geblitzt wirst, bist du doch wahrscheinlich nicht unterwegs, um eine Spazierfahrt zu machen."

„Er wollte bestimmt zu dem Versteck, wohin er Anna bringen wollte. Er musste sich beeilen, In seinem Auto lag schließlich eine mit Sicherheit gefesselte und geknebelte Frau", überlegt Ronni.

„Das denke ich auch. Wir wissen zwar, wie schnell er fuhr, wissen wir auch wo er geblitzt wurde?"

Ronni kramt das Foto aus der Akte. An dem Foto hängt ein Computerausdruck, der Angaben über Datum, Uhrzeit, Film- und Fotonummer und genaue Ortsangabe der Verkehrsordnungswidrigkeit macht.

„Wohin führt die Straße?", will Eisenstein wissen.

„Keine Ahnung. Schauen wir uns das auf der Landkarte an", antwortet Ronni und macht sich sofort am PC zu schaffen.

Sybille Baum, die Sekretärin, mischt sich von der gegenüberliegenden Seite des Zimmers ein.

„Wo dieser Herr Winter geblitzt wurde, befindet sich ein Kindergarten. Die Straße führt nach wenigen Kilometern in ein Industriegebiet."

„Ein Industriegebiet? In einer Firma laufen ständig Menschen herum, zumindest tagsüber. Da versteckt doch niemand eine Frau. Die Wahrscheinlichkeit, dass sie entdeckt wird ist doch viel zu hoch", gibt Ronni zu bedenken.

„Die Straße führt durch das neue Industriegebiet. Am Ende geht eine Straße ab, in Richtung Rhein, zum alten Industriegebiet. Dort stehen noch einige alte, verlassene Gebäude. Mein Mann und ich sind dort einmal im Frühjahr mit dem Rad gefahren, als wir von Niederkassel zur Siegmündung und von dort bis zur Siegquelle geradelt sind."

„Du fährst Fahrrad? Das wusste ich gar nicht. Bis zur Siegquelle? Die ist doch hinter Siegen, mindestens über 100 Kilometer weit."

Ronni schaut seine Kollegin ungläubig an.

„Natürlich nicht an einem Tag. In meinem Alter übernachtet man einmal bei solch einer Tour."

Sybille lächelt. Ungehalten kommt Eisenstein wieder auf ihren Fall zurück.

„Darf ich einmal euer Gespräch über Freizeitaktivitäten unterbrechen? Hier gibt es Wichtigeres. Wir müssen Anna finden."

„Natürlich. Fahren wir doch einfach hin und schauen uns um. Wenn wir der Meinung sind, dass Anna dort sein könnte, können wir immer noch Kollegen anfordern. Wenn es sein muss, auch eine Hundertschaft."

Mit diesen Worten klappt Ronni die Akte zu und steht auf. Es ist keine Spur, sondern lediglich eine Idee, die ein wenig Hoffnung gibt.

36

Sie steht am Ende des Bürgersteiges. Die Kante, an der sie sich orientiert, endet hier. Wenn sie in diese Richtung weiterginge, hätte sie keinerlei Orientierung mehr. Unmöglich.

„Keine Aufregung, Anna“, sagt sie sich.

„Es gibt immer einen Ausweg.“

Sie atmet tief ein und aus und versucht, sich zu beruhigen, was ihr halbwegs gelingt. Es gießt inzwischen wie aus Kübeln. Mit der Hand wischt sie sich das Regenwasser aus dem Gesicht.

„Hilfe! Ist hier jemand?“, ruft sie laut.

Ihr Hilferuf wird vom prasselnden Regen fast verschluckt. Sie erhält keine Antwort. Ihr zweiter Versuch ist genauso erfolglos.

Es bleibt ihr nur eine Möglichkeit. Zurück. Zurück den Bordstein entlang in die Richtung, aus der sie gekommen ist. Als sie am Bürgersteig vor ihrem Gefängnis losging, hat sie gewohnheitsmäßig ihre Schritte gezählt. 176 Schritte waren es.

Etwas schneller als vorhin schlägt sie den Rückweg ein. Nach einer Weile hat sie die 176 Schritte zurückgelegt und müsste wieder auf der Höhe ihres Gefängnisses sein.

„Hallo, ist hier jemand?“, ruft sie erneut.

Wiederum erhält sie keine Antwort. Soll sie ihr Gefängnis suchen, um dort Schutz vor den Regenmassen zu finden? Sie überlegt kurz. Nein, kein Gefängnis mehr – auf keinen Fall.

Anna tastet sich weiter an der Bürgersteigkante entlang. Jetzt in die andere Richtung. Ihre Füße schmerzen. Normalerweise geht sie wegen ihrer Blindheit aus Sicherheitsgründen nie barfuß. Ihre Füße sind daher empfindlich. Sie bückt sich und betastet ihre Füße. Die Zehen sind durch den Asphalt und die scharfe Bordsteinkante aufgeraut. Sie streicht mit der Handfläche über ihre Fußsohle. Eine klebrige Nässe bedeckte ihre Fußsohle. Sie ist sich sicher, dass es sich um Blut handelt. Aber es gibt keine Alternative. Sie muss weitergehen.

Nach einer Weile bemerkt sie, dass sich der Geruch in der Luft etwas verändert hat. Ein neuer Geruch ist hinzu gekommen. Es riecht irgendwie modrig, wie modriges Wasser. Zum Platschen des Regens ist auch ein neues Geräusch dazu gekommen. Sie bleibt stehen, damit sie genauer hören kann. Es hört sich an, als wenn Wasser fließt, als wenn Wellen gegen etwas stoßen. Ist sie in der Nähe eines Baches, eines Flusses? Stoßen die Wellen vielleicht gegen eine Kaimauer? Das würde bedeuten, dass sie eventuell in bewohntem Gebiet ist.

Dann müssen doch hier Menschen sein, überlegt sie.

Aber wer geht schon bei einem solchen Wolkenbruch aus dem Haus?

„Hilfe! Ist hier jemand?"

Wie vorhin antwortet nur das Prasseln des Regens. Es wäre ein riesiger Zufall, wenn jemand sie hören oder sehen würde. Vielleicht sieht sie ein Obdachloser, der einen trockenen Unterschlupf sucht. Wie würde er sich verhalten? Er könnte sie ignorieren, weil er befürchten würde, selbst in Schwierigkeiten zu geraten, falls er sich um sie kümmert. Oder sie käme vom Regen in die Traufe, wenn er sie nur so spärlich bekleidet sieht. Vielleicht würde er aber auch Hilfe holen.

Aber niemand sieht sie, niemand spricht sie an, niemand hilft ihr. Sie verwirft den Gedanken.

Sie bahnt sich weiter den Weg durch die Regenmassen. Inzwischen geht sie auf der anderen Seite des Bordsteins, wahrscheinlich auf der Straße. Ihr rechter Fuß schmerzt zu sehr und sie benutzt jetzt den linken Fuß als Tastwerkzeug. Ihre Füße platschen durch das Wasser, das ihr mittlerweile bis zu den Knöcheln reicht.

In der Ferne hört sie wieder dumpfes Donnergrollen.

Nimmt das denn gar kein Ende? Würde doch zumindest der Regen aufhören. Sie zieht sich die Decke fester um die Schultern, obschon auch diese klatschnass ist und keinen Schutz mehr gegen das Unwetter bietet.

Sie friert und sie merkt, dass ihre Kräfte nachlassen.

Sie mag nicht mehr weitergehen. Sie ist müde. Trotzdem zwingt sie sich dazu. Stehenbleiben ist keine Alternative.

37

Der Regen klatscht gegen die Scheiben. Nur wenige Autos begegnen ihnen. Ronni nimmt die letzte Kurve vor dem Industriegebiet viel zu schnell. Die Reifen schliddern auf der nassen Fahrbahn. Eisenstein verzieht das Gesicht, als er gegen die Tür gedrückt wird.

Kleine und mittelständische Betriebe haben sich rechts und links der Straße niedergelassen. Überall parken Autos entlang der Straße. Ronni drosselt das Tempo. Fast am Ende des Industriegebietes zweigt eine Straße links ab.

„Hier muss es sein. Die Straße führt zum alten Industriegebiet", sagt Eisenstein, der eine Straßenkarte auf den Knien hält.

Ronni biegt ab. Sie sind allein auf der Straße. Zu Beginn parken rechts und links noch einige PKW aber nach einigen hundert Metern ist kein Auto weit und breit mehr zu sehen. Zwischen den Betonplatten auf dem Gehweg sprießt Gras und Unkraut und der Asphalt der Straße ist übersät mit Schlaglöchern. Hier geht und fährt nur selten jemand. Die Straße führt direkt auf den Rhein zu, der in geringer Entfernung vorbeifließt. Kurz vor dem großen Strom fällt das Gelände zum Wasser hin ab. Vorher macht die Straße eine scharfe Rechtskurve und führt weiter am Wasser entlang.

Die Gebäude rechts und links der Straße sind zum Teil aus Backsteinziegeln gebaut und wirken heruntergekommen. Hier wird zweifellos seit langem nicht mehr gearbeitet.

Ronni stellt den Wagen am Bordstein ab. Er und Frank bewaffnen sich mit einem Regenschirm. Regenjacken tragen sie bereits.

„Verdammt!“, flucht Ronni, als er mit den Schuhen im tiefen Regenwasser steht.

Er stelzt auf den Fersen um den Wagen herum zum Bürgersteig, auf dem Eisenstein wartet. Dieser verfolgt belustigt Ronnis Gang und grinst.

„Ja, grins nur. Ich muss fahren und als Belohnung darf ich auch noch im tiefen Wasser aussteigen.“

Eisensteins Grinsen wird noch breiter aber er verkneift sich einen Kommentar.

Direkt neben dem Bürgersteig befindet sich der Eingang zu einer kleinen Firma. Ronni geht hin und rüttelt an der Tür. Sie ist verschlossen. Sie gehen weiter. Auch die Türen der nächsten Firmen sind verschlossen.

Sie gehen an einer Mauer entlang, an der Efeu hochrankt. Die Mauer zerfällt irgendwann und es bleibt nur noch das Efeu übrig, bis auch dieses verschwindet und Platz für Kies und Gras macht. Sie kommen zu einem alten, eisernen Gittertor, das verlassen neben dem Bürgersteig steht und rechts und links lediglich von Betonsäulen gehalten wird. Vor langer Zeit diente es einmal als Eingang zu einer Firma. Durch die Eisenstäbe sehen sie, dass sich mehrere Gebäude circa einhundert Meter hinter dem Tor erheben. Links neben dem Tor steht, ein wenig vom Bürgersteig entfernt, einsam ein kleines Gebäude. Früher war es vielleicht ein Pförtnerhaus oder Ähnliches.

Ronni drückt den Türgriff des Eisentors herunter und ist erstaunt, dass es sich ohne Widerstand öffnen lässt. Er geht durch das Tor, obschon er das Firmengelände auch einfach neben dem Tor hätte betreten können.

Eisenstein nimmt zuerst das ehemalige Pförtnerhaus in Augenschein. Zum Bürgersteig hin befindet sich eine Eingangstür. Es handelt sich um eine Art eiserne Feuerschutztür. Wahrscheinlich wurde sie später eingesetzt, nachdem die vorherige Tür eventuell durch Vandalismus zerstört worden war. Sie ist verschlossen. Eisenstein geht um das kleine Gebäude herum. Auf der Rückseite befindet sich ein Fenster. Es ist eingeschlagen. Die Splitter der Scheibe und des Rahmens liegen zerstreut draußen herum. Eisenstein registriert sofort, dass das Fenster von innen eingeschlagen worden ist. Seltsam denkt er, geht näher heran und schaut hinein.

„Ronni, komm bitte hierher!“, ruft er.

„Schau mal, eine Matratze, ein Toilettenstuhl, ein Waschbecken, ein umgekippter Stuhl und ein Tisch.“

„Und zwei leere Wasserflaschen. Hier war jemand drin“, erkennt Ronni treffsicher.

„Hier wurde Anna gefangen gehalten.“

Eisenstein ist sich sicher.

„Aber wo ist sie jetzt?“, fragt Ronni.

Eisenstein dreht sich um die eigene Achse und hält nach allen Seiten Ausschau. Den Schirm hat er längst neben das Fenster gestellt und der Regen klatscht ihm erbarmungslos ins Gesicht.

„Anna Reinders war hier und sie ist geflohen. Sie läuft jetzt blind hier im Gelände herum. Ich kann es kaum glauben“, bestätigt Ronni Eisensteins These.

„Vielleicht ist sie auch nicht geflohen, sondern jemand hat sie befreit und sie ist in Sicherheit?“, mutmaßt Eisenstein.

Er hat sein Smartphone bereits am Ohr und spricht mit Sybille Baum. Ronni ist währenddessen durch das Fenster in das Gebäude eingestiegen. Eisenstein ruft Ronni zu:

„Sybille sagt, dass sich niemand gemeldet hat, der eine blinde Frau befreit hat. Ich habe die Spurensicherung und alle verfügbaren Kollegen angefordert. Wir durchkämmen das Gebiet und wenn wir jeden Stein umdrehen müssen."

„Okay. Hier ist nichts weiter."

Ronni klettert durch das Fenster zurück auf den Weg und beide gehen zur Straße und warten auf die Kollegen.

„Sollten wir tatsächlich einmal Glück haben und Anna einigermaßen unversehrt finden?"

„Mmh", macht Eisenstein.

Diese Gefühlsäußerung geht ungehört im Regen unter.

Ronni sieht, wie er mit den Fingern durch seine Stoppelhaare fährt.

38

Zur gleichen Zeit macht Anna schwerfällig Schritt vor Schritt. Seit einiger Zeit tastet sie nicht mehr den Boden mit den Zehenspitzen ab. Den Schmerz an ihren Füßen spürt sie nicht mehr. Der Regen, das Wasser auf der Straße und die Kälte haben ihr die Kraft und die Zuversicht genommen. Hilfe zu rufen hat sie aufgegeben. Ihre Stimmbänder bringen nur noch krächzende Töne hervor.

Sie mag nicht mehr weitergehen, sie möchte sich setzen. Trotzdem gehen ihre Beine immer weiter vorwärts, Schritt um Schritt. Ihr Wille scheint nicht mehr bis zu ihren Muskeln und Körperteilen vorzudringen. Es gibt keinen Weg zurück.

Sie erinnert sich plötzlich an ihre Kindheit. Die Welt war bunt und schön gewesen. Sie war sicher und zufrieden gewesen. Wenn sie sich von den Eltern getrennt hatte, hatte es trotzdem immer ein Wiedersehen gegeben.

Sie erinnert sich an Tobias. Ach, was war sie anfangs verliebt gewesen. Bis sie erblindete, er nicht mit der Situation zurechtgekommen war und sie verlassen hatte. Sie begriff, dass nicht jede Trennung bedeutet, dass es ein Wiedersehen gibt. Manche Trennungen sind für immer.

Der Asphalt unter ihren Füßen ist grobem Kies und einzelnen großen Steinbrocken gewichen. Das Wasser, das vorhin noch bis zu ihren Knöcheln gereicht hatte, ist verschwunden. Es geht leicht bergab.

Sie stolpert und fällt hin. Ihr ganzer Körper schmerzt. Sie schließt die Augen.

Nein, ich mag nicht mehr. Könnte ich doch nur liegen bleiben, denkt sie. Sie erhebt sich schwerfällig und stolpert weiter nach vorn. Sie muss immer weiter. Es gibt keinen Weg zurück.

In ihrem Gefängnis dachte sie manchmal, dass sie für ewig dort gefangen ist. Die Zeit, in der sie auf Alex wartete, schien nicht zu enden. Schien ewig zu dauern. Das alles ist jetzt Vergangenheit, ist nicht mehr rückgängig zu machen.

Könnte sie doch nur die Uhr ein einziges Mal rückwärts drehen. Dann hätte sie Tobias nicht gedrängt, loszufahren, dann wäre der Unfall nicht geschehen, sie wäre nicht blind, sie wäre Alex nicht so hilflos ausgeliefert gewesen und sie würde nicht in diesem gottverdammten Regen umherstolpern.

Doch was geschehen ist, ist geschehen. Ein Rückwärts gibt es nicht. Und ein Vorwärts?

Sie muss weitergehen. Immer vorwärts.

Das Wasser umspielt wieder ihre Füße. Sie spürt es nicht.

Was jetzt geschieht, kann nicht mehr ungeschehen gemacht werden. Sie spürt es. Die Kälte steigt in ihr hoch, greift nach ihrem Herzen.

Und die Zeit, sie bleibt nicht stehen. Sie läuft ihr davon.

Sie erinnert sich an ihre Eltern. Sie wollte ihnen am Sonntag ihr Lieblingsessen zubereiten. Einen Rinderbraten wollte sie machen, den ihr Vater so gerne mag. Sie wollte ihren Eltern zeigen, was sie als Blinde alles kann. Sie war so stolz auf sich gewesen.

Es wird wohl niemals mehr geschehen.

Damals nach dem Unfall hatte sie das Leben noch vor sich. Sie wollte leben. Sie hatte Träume – doch mancher Traum zerplatzt irgendwann. Ihre Träume zerplatzten, als Alex in ihr Leben getreten war.

Das Wasser reicht ihr bis zu den Knien. Sie kann kaum noch einen Fuß vor den anderen setzen. Sie geht wie in Trance. Langsam, unendlich langsam, immer vorwärts. Es gibt kein Zurück.

Das Donnergrollen hört sie nicht mehr. Den Regen spürt sie nicht mehr.

Das Wasser reicht ihr bis zu den Hüften. Sie rutscht aus. Sie kann sich nicht mehr halten, sich nicht mehr hinstellen. Die Wassermassen schlagen über ihrem Kopf zusammen. Es geht nicht mehr vorwärts.

Sie hatte nie schwimmen gelernt. Als Kind hatte sie das Chlor in den Schwimmbädern nicht vertragen und später, als Blinde, wie sollte sie? Sie hatte genug andere Probleme zu lösen.

Jetzt ist sie froh, nicht schwimmen zu können – nicht schwimmen zu müssen.

Es gibt kein Zurück – aber auch kein Vorwärts mehr.

Endlich, es ist vorbei, ist ihr letzter Gedanke.

39

Frank Eisenstein, Ronni Kern und alle verfügbaren Kolleginnen und Kollegen suchen das Gebiet des alten Industriegeländes nach Anna ab.

Jede verschlossene Tür wird aufgebrochen, jedes Gebäude durchsucht. Jedes Buschwerk wird durchforstet und in jeden Container wird hineingesehen. Anna ist vom Erdboden verschwunden.

Eisensteins Sprechfunkgerät meldet sich.

„Herr Kommissar, kommen Sie bitte. Wir haben etwas. Drüben am Rheinufer“, krächzt es aus dem Lautsprecher.

„Okay wir kommen“, bestätigt er.

Mehrere Polizisten stehen am Kiesstrand des großen Flusses. Das Wasser des Rheins ist im Vergleich zu den Vortagen gestiegen. Alle starren auf ein Buschwerk, dessen Äste bis ins Wasser ragen.

„Dort drüben, sehen Sie. Da hat sich ein Kleidungsstück im Astwerk verfangen.“

Eisenstein und Ronni schauen in die angegebene Richtung. Tatsächlich hängt dort ein Kleidungsstück in den Ästen direkt über dem Wasser. Mehrere Polizisten stehen mit den Füßen im Wasser und hangeln mit einer langen Stange danach. Sie benötigen mehrere Versuche, bis sie das Kleidungsstück herangezogen haben.

Ein Polizist bringt es Eisenstein.

„Ein langes Damen-Shirt“, sagt Eisenstein tonlos.

Er beordert alle Polizisten zum Rheinufer.

„Suchen Sie das Rheinufer flussabwärts nach der Frau ab. Vielleicht hatte sie eine Chance.“

„Komm, lass uns zum Wagen gehen. Ich glaube wir sind zu spät“, sagt Eisenstein zu Ronni.

Seine Stimme klingt verbittert – resigniert.

Frank Eisenstein und Ronni Kern sinken erschöpft in die Polster ihres Wagens. Frank greift in das Handschuhfach und zieht eine Packung Zigaretten heraus. Vor zwei Jahren hat er das Rauchen aufgegeben. Doch für Notfälle liegt noch immer eine Packung im Handschuhfach. Jetzt ist solch ein Notfall. Eisenstein zündet sich die Zigarette an und inhaliert tief. Sofort bekommt er einen Hustenanfall. Wütend wirft er die Zigarette aus dem Fenster.

„Verdammt, nichts klappt heute!“, flucht er.

*

Tage später fanden Spaziergänger mehrere Kilometer stromabwärts vom alten Industriegebiet eine Frauenleiche, die der Strom ans Ufer gespült hatte. Wie sich herausstellte, handelte es sich um Anna Reinders.

Anmerkungen und Dank

Wie immer in meinen Büchern möchte ich zu Anfang ausdrücklich darauf hinweisen, dass das Buch ein Roman ist. Alle Personen, Ereignisse und Orte sind frei erfunden. Ähnlichkeiten mit lebenden oder verstorbenen Personen sind rein zufällig. Ich versichere, dass ich keine Person oder Personengruppe, sowie tatsächlich existierende Institutionen und Orte diskreditieren oder diffamieren möchte. Nicht alle Handlungsorte existieren tatsächlich. Selbstverständlich ist die Stadt Troidorf als größte Stadt des Rhein-Sieg-Kreises vorhanden. Ebenso sind z.B. der Leyenweiher, die ehemalige „Belgische Siedlung" und das St. Josef-Hospital reale Bestandteile der Stadt. Natürlich habe ich alle Orte so beschrieben, wie ich sie als Autor sehe.

Wenn eine Geschichte geschrieben, ein Buch fertiggestellt ist, gibt es immer Menschen, bei denen ich mich bedanken möchte.

An erster Stelle geht mein Dank an Sie als Leserin und Leser. Falls Sie bereits meine Troisdorf-Krimis kennen, bin ich gespannt, wie Ihnen dieser neue Roman gefällt. Alle neuen Leserinnen und Leser begrüße ich recht herzlich. Ich freue mich, dass Sie sich für diese spannende Geschichte, die in meiner Heimatstadt Troisdorf hätte passieren können, interessieren.

Eine Geschichte über Monate zu Papier zu bringen macht nur dann einen Sinn, wenn es einen Verlag gibt, der daraus ein

Buch erstellt und es verlegt. Ich bin dankbar, dass Herr Franz König vom Verlag ratio-books diesen Part erneut professionell übernommen hat.

Ebenso geht mein großer Dank an Frau Klein für ihr Lektorat.

Ich danke vielen Menschen, die bewusst oder unbewusst zum Gelingen meiner bisherigen Bücher beigetragen haben. Die mir Ideen und Anregungen gegeben haben, die mich angespornt haben und die mich ermutigt haben.

Aus diesen Menschen möchte ich einen jungen Mann aus Ruhpolding besonders erwähnen: Fabian Amort. Ihn und seine Familie kenne ich seit seiner Kindheit. Er ist begeisterter Leser meiner Krimis. Sofort war er freudig einverstanden, als ich ihn bat, das Manuskript zu lesen und die Passagen zu lektorieren, in denen ich die bayerische Mundart und bayerische Redewendungen zitiere. Hierfür meinen speziellen Dank.

Bedanken möchte ich mich auch bei meiner Schwiegertochter Annette, die wie bei meinen vorherigen Büchern das Manuskript als Erste gelesen hat. Ihre Meinung zur Story ist mir immer sehr wichtig.

Abschließend bedanke ich mich, wie bei jedem meiner Romane, bei meiner Ehefrau, die meine häufig geistige Abwesenheit während des Schreibens liebevoll ertragen hat. Trotzdem konnte ich es ihr nicht ersparen, als Erste mein Manuskript zu lesen. Im Gegenzug habe ich gerne ihre Kritik und ihre Anregungen angenommen.

Ich würde mich freuen, von Ihnen liebe Leserin, lieber Leser ein Feedback zu erhalten. Ihre positive wie negative Kritik können Sie mir gerne an meine E-Mail-Adresse übermitteln:
heribertweishaupt@gmx.de

Von Heribert Weishaupt
bisher im Verlag ratio-books erschienen:

Wer der Meinung ist,
dass man für Geld alles haben kann,
gerät leicht in den Verdacht,
dass er für Geld alles zu tun bereit ist.
(Benjamin Franklin)

Franz Bertram wird tot am Sieglarer See gefunden. Auf den ersten Blick sieht es wie ein Unfall aus – aber ist es das wirklich? Wenige Tage später stirbt Paul Altmann unter mysteriösen Umständen. Bei den Ermittlungen stößt Kommissar Eisenstein auf eine Fehde zwischen den Familien der beiden Toten. Mehr als einmal wird er in dem verwirrenden Labyrinth von Tatverdächtigen in die Irre geführt. Besteht ein Zusammenhang zwischen den beiden Todesfällen? Außerdem stellt sich die Frage, inwieweit die Wohnungsbaufirma „Eigenheim GmbH" in den beiden Fällen involviert ist. Das Motiv scheint in der Gier nach Geld zu liegen. Eisenstein muss alle Register ziehen, um Licht ins Dunkle zu bringen.

ISBN 978-3-939829-47-8

Rache trägt keine Frucht!
Sich selbst ist sie die fürchterliche Nahrung.
Ihr Genuss ist Mord,
und ihre Sättigung das Grausen.
(Johann Christoph Friedrich von Schiller)

In der blühenden Wahner Heide finden zwei Kinder eine vergrabene Leiche. Kommissar Frank Eisenstein und sein Kollege Ronni Kern übernehmen den Fall. Wenige Tage später geschieht ein weiterer Mord. Fundort ist erneut die Wahner Heide.

Was geht in der Heide vor? Treibt ein Serienmörder sein böses Spiel, oder besteht ein Zusammenhang mit schrecklichen Ereignissen vor zwanzig Jahren? Und dann ist da noch Felix. Um ihn ranken sich ebenfalls furchtbare Erlebnisse in der Vergangenheit. Schuld und Rache scheinen die Motive zu sein. Können die Kommissare den Wettkampf gegen die Zeit und gegen einen skrupellosen Gegner gewinnen? Oder gibt es am Ende nur Verlierer?

SBN 978-3-939829-51-5

Betrogene Liebe ist wie Menschenblut –
sie schreit aufwärts nach Rache.
(Matthias Claudius)

An einem nebligen Novembermorgen wird auf dem Burghof der Burg Blankenberg eine grausam zugerichtete Frauenleiche gefunden. Ähnlichkeiten mit Anprangerungen im Mittelalter sind unverkennbar. Die junge Kommissarin Lisa Brenner hat sich auf eigenen Wunsch nach Bonn versetzen lassen Für sie ist das ihr erster Mordfall. Dann geschieht ein weiterer Mord, dieses Mal auf Burg Windeck. Die Ermittlungen zeigen, dass viele Spuren nach Troisdorf führen.

Der Druck auf die beiden Kommissare steigt.

Ist die junge Kommissarin diesem Druck gewachsen und kann Frank Eisenstein, Ronnis pensionierter Kollege, bei den Ermittlungen helfen?

ISBN 978-3-939829-72-0

Die Lüge tötet die Liebe. Aber die Aufrichtigkeit tötet sie erst recht.

(Ernest Hemingway)

Eine Frau wird von ihrem Mann betrogen. Ihr Stolz ist verletzt und sie will Rache – Rache, um jeden Preis.

Doch der Preis ist höher, als sie gedacht hat. Sie zahlt diesen Preis und macht sich schuldig. Dabei gerät sie in den Strudel von Rache, Liebe und Verbrechen. Sie lässt alles hinter sich, die Stadt, ihre Arbeit und ihren Ehemann und flüchtet in die Stille und Einsamkeit.

Kann sie ihrer Vergangenheit entfliehen oder holt ihre Schuld sie ein? Kommissar Frank Eisenstein ermittelt unter Freunden.

ISBN 978-3-96136-019-2

Geschichten

rund um die Vorweihnachtszeit und um das Weihnachtsfest

Manche der persönlichen Weihnachtsgeschichten habe ich vielleicht so erlebt, wie ich sie niedergeschrieben habe. Andere Geschichten haben sich nie so in der realen Welt abgespielt. Sie sind vollkommen frei von mir erfunden.

ISBN 978-3-939829-55-3